本书为2023年度江苏高校哲学社会科学研究一般项目"奥威尔代表作《在鲸腹中》研究"（2023SJYB0361）结项成果

乔治·奥威尔文学观研究
A Study of George Orwell's Literary View

骆守怡 著

东南大学出版社
SOUTHEAST UNIVERSITY PRESS
·南京·

内容提要

本书以奥威尔为亨利·米勒的小说《北回归线》辩护的文章《在鲸腹中》为起点,阐述奥威尔的文学观。正文共分三章:第一章聚焦奥威尔在对普通俗人的礼赞和对圣人理想的质疑中所呈现出的人文价值观,第二章通过梳理奥威尔对现代派作家的批评来挖掘奥威尔的审美认识论,第三章通过分析奥威尔"文学的社会学批评"随笔及其"将政治写作变成艺术"的理想阐述其文学政治观。每一章皆以奥威尔对米勒的支持为出发点,论述奥威尔特定的文学倾向,三章共同构筑奥威尔文学观的总体面貌。

图书在版编目(CIP)数据

乔治·奥威尔文学观研究 / 骆守怡著. -- 南京:东南大学出版社,2025.3. -- ISBN 978-7-5766-1759-7

Ⅰ.I561.074

中国国家版本馆 CIP 数据核字第 2024VE4234 号

责任编辑:刘　坚(635353748@qq.com)　　责任校对:张万莹
封面设计:王　玥　　责任印制:周荣虎

乔治·奥威尔文学观研究

Qiaozhi·Aowei'er Wenxueguan Yanjiu

著　　者	骆守怡
出版发行	东南大学出版社
出 版 人	白云飞
社　　址	南京市四牌楼2号　邮编:210096
经　　销	全国各地新华书店
印　　刷	广东虎彩云印刷有限公司
开　　本	787mm×1092mm　1/16
印　　张	12.75
字　　数	240千字
版　　次	2025年3月第1版
印　　次	2025年3月第1次印刷
书　　号	ISBN 978-7-5766-1759-7
定　　价	78.00元

本社图书若有印装质量问题,请直接与营销部调换。电话(传真):025-83791830

乔治·奥威尔（George Orwell,1903—1950年）是20世纪上半叶英国最重要的作家之一。不论是揭露社会现实问题的纪实作品，还是两部以文学形式包裹政治内涵的代表作《动物庄园》和《一九八四》，都共同成就了其"政治作家"的形象，他的文学观点也常常为大量的社会政治思想研究所淹没。在1940年发表的《在鲸腹中》一文中，奥威尔为同时代的超现实主义作家亨利·米勒（Henry Miller）辩护，二人也因此成为20世纪三四十年代的一对颇为奇特的文学组合。奥威尔为何要为米勒辩护？这个问题成为探究奥威尔文学观的重要切入口。

奥威尔的文学观的基础在于他的人文价值观。奥威尔赞赏巴黎流浪者米勒认同普通人的勇气，但米勒却对普通人不屑一顾，因此奥威尔的解读似乎是一种误读，但恰恰是这种误读揭开了奥威尔作为"普通的俗人"的支持者的面孔。"粗俗"所包含的反道德权威的精神内涵与奥威尔天生的反律法主义一拍即合：它是以违法手段谋生的底层人民拒绝盲从的精神依托，是以查理·卓别林（Charlie Chaplin）为代表的普通人实现幽默的抗争的有效途径，也是身体与灵魂的二元论中不可或缺的一元。圣性超乎人性，与粗俗针锋相对。不论是崇尚理性的乔纳森·斯威夫特（Jonathan Swift）、主张禁欲的托尔斯泰，还是疯狂偏执的奥布莱恩，或是虔诚的英国天主教徒 T. S. 艾略特（T. S. Eliot），他们的圣性理想实际上都是对一种静止的、没有好奇心的文明独断专横的渴望，但是奥威尔却一直是个"好奇的乔治"，以腹对地的态度拥护平凡生活。流行读物的世界和《北回归线》一样，都是来自普通人的声音。从这片野生的文化青芜中,奥威尔发起了对主流审美态度的反叛,成为文化研究领域的拓荒者。总之,根植于世俗情怀的人文价值观构成了奥威尔文学观的基础,这也是他支持米勒的出发点。

奥威尔文学观的必要内容在于他的审美认识论。奥威尔对米勒超现实主义风格赞美的背后是他对现代主义文学偶像的坚定拥护。对詹姆斯·乔伊斯(James Joyce)、D. H. 劳伦斯(D. H. Lawrence)和艾略特的关注、评论、借鉴和支持,是他审美立场的表达。作为一位曾经脚踏现代主义余波的艺术青年,《缅甸岁月》的唯美风格、《让叶兰继续飘扬》中青年艺术家的画像以及遗作《吸烟室的故事》中细腻柔和的心理刻画,都是奥威尔没有放弃的文学初心的投射;糅合了大量"无用"信息的《巴黎伦敦落魄记》和以"毫无用处"的玻璃镇纸为核心意象的《一九八四》,也都是奥威尔对艺术"无用论"的应和。奥威尔普遍称赏现代派大师,却唯独冷落了伍尔夫,因为不论是在题材的选择、对左翼诗人的态度还是对文学走势的预判方面,二人的立场都背道而驰。奥威尔对现代派作家的认同与他对传统的留恋高度相关,这种"向后看"的心理构成了奥威尔审美意识的情感基础。同时,《一九八四》对记忆和时间的双重平面化书写也以一种间接的方式体现了奥威尔的现代主义认同。总之,奥威尔对现代派作家的拥护既是其审美认识论的映射,也是其保守情感的寄托,这些都是奥威尔文学观的重要内容,也是他与米勒在文学层面的交集。

奥威尔文学观的关键内容在于他所坚守的文学政治观。奥威尔长于文学的社会学批评。针对文学与政治的关系这一复杂难解的命题,他撰写了一组核心文章,坚持形式与主题批评并重,坚守艺术与宣传的界限,坚信文学批评应客观公正,并选择了一条中间派的道路;既以人道主义为宗旨为改善人类生存状态而努力,又保持艺术上的独立和自由,这就是奥威尔政治写作理想的实质。它不是雷蒙·威廉斯(Raymond Williams)眼中低人一等或急功近利的权宜之计,而是奥威尔在艺术至上和政治宣传的两个极端之间做出的第三种选择。《北回归线》就是一个在政治环境中伸张文学自由的出色案例。米勒保持独立思想的勇气、正视可怕现实的胆量和以退为进的"隐含的见解"让奥威尔在对20世纪30年代小说创作的普遍失望中如获至宝。当战争的乌云迫近,当文学与政治的天平严重地偏向政治一端时,米勒是扭转局面的一块极具分量的砝码。但是,经历战争之后,奥威尔不再支持浪子的游荡,"躲进鲸鱼腹中"的建议变成了公民作家"分裂的自我"的新平衡。总之,政治与审美都是奥威尔的关切,保持二者的平衡构成了其政治文学观的关键内容,为米勒辩护正是维护这种中庸立场的必然选择。

总之,对奥威尔文学观的研究不仅解释了奥威尔对米勒的辩护与赞赏,也揭开了他与既定形象相悖的三张面孔:他是道德楷模,却是"俗人"的支持者;他推行"窗玻璃"式的散文,却是现代主义文学的拥护者;他是"政治作家",却是政治与文学的"中间派"。

目 录
CONTENTS

绪论 ·· 001

第一章　奥威尔的人文价值观 ··· 029
　第一节　普通人信仰 ··· 030
　第二节　礼赞普通的俗人 ··· 041
　第三节　圣性理想批判 ·· 053
　第四节　流行文化探究 ·· 064

第二章　奥威尔的审美认识论 ··· 077
　第一节　现代主义作家批评 ·· 078
　第二节　青年艺术家之初心 ·· 091
　第三节　"鲸腹"与"斜塔" ··· 101
　第四节　情感认同与审美认同 ··· 110

第三章　奥威尔的政治文学观 ··· 121
　第一节　文学批评的原则 ··· 123
　第二节　政治与审美的平衡 ·· 131
　第三节　米勒填补的"空缺" ··· 142
　第四节　公共话题的三种书写 ··· 153

结语 ·· 167

参考文献 ·· 173

附录　"悖论"的偏见 ·· 183

绪 论

> 奥威尔所有的面孔都是平等的,但有一些比其他更平等。

——约翰·罗登

乔治·奥威尔(George Orwell,1903—1950年),原名艾里克·阿瑟·布莱尔(Eric Arthur Blair),是二十世纪三四十年代英国最重要的作家之一。奥威尔在少年时代即对文学兴趣浓厚,并立志成为作家。1927年,在缅甸担任了5年殖民地警察后,奥威尔辞职回国并踏上了以写作为生的道路。从1933年至1939年,他以每年一部作品的速度出版了四部小说和三部纪实作品。1945年,代表作《动物庄园》(Animal Farm)问世,奥威尔因此名声大振。1949年,《一九八四》(Nineteen Eighty-Four)的出版更将他推上了声誉的巅峰。不论是揭露社会现实问题的纪实作品还是两部以文学形式包裹政治内涵的代表作,都共同成就了奥威尔作为讽刺作家和政治作家的形象,奥威尔与文学的关系也因此变得若即若离。他不像佐拉·尼尔·赫斯顿(Zora Neale Hurston),需要一个艾丽斯·沃克(Alice Walker)这样的著名崇拜者把她从历史的遗迹中追回,他活着的时候就已是一个话题。他也不像同时代的W. H. 奥登(Wystan Hugh Auden),而立之年便叱咤文坛。他的声名鹊起之日却几乎已是生命终结之时。也许他有点像詹姆斯·乔伊斯,生前遭受争议与低估,死后声誉日隆,可是乔伊斯作为文学界泰山北斗的地位如今已毋庸置疑,而奥威尔却因为《动物庄园》和《一九八四》被永远贴上了"政治"的标签。奥威尔权威研究者约翰·罗登(John Rodden)在《乔治·奥威尔剑桥指南》(The Cambridge Companion to George Orwell,2007,下称《剑桥指南》)开篇就指出奥威尔"首先是一位政治作家"。政治当然是奥威尔研究的关键词。讨论奥威尔而不谈政治,他作家的形象就被抽去了精魂,变得绵软无力。然而,如果仅仅谈论政治,他作家的形象就又变得太过抽象,棱角分明却严肃呆板。在经典之作《文学声誉的政治:"圣乔治"奥威尔的形象与地位》(The Politics of Literary Reputation: The Making and Claiming *of "St. George" Orwell*，1989）中，罗登分别论述了奥威尔作为"反叛者""普通人""先知"和"圣人"的四副面孔，从根本上树立和稳固了奥威尔的形象。这四副面孔合成了一座巨型的奥威尔四面雕像，颇具深沉厚重之大气，却少了生动传神之灵气，就像许多照片里的奥威尔一样，严肃、深沉、内敛，却并不完全是他的写照。在给奥威尔雕像增加新的维度之前，须先行对他在不同论者心中的既有形象进行梳理。

本章首先对国内外奥威尔研究的现状和趋势进行分门别类地整理，并着重关注奥威尔文学性研究的概况和文学观研究可探索的空间，引出本选题的起点文章《在鲸腹中》（*Inside the Whale*，1940）；继而对奥威尔米勒批评的始末和《在鲸腹中》的接受情况进行归纳，并在此基础上提出"奥威尔为什么要为米勒辩护"这个论题，并指出该论题对于奥威尔文学观研究的重要性；最后，阐明本书的研究思路、意义与方法。

一、国外奥威尔研究综述

（一）奥威尔原著：从散卷到全集

乔治·奥威尔生前发表过的作品包括六部长篇小说和三部纪实文学（均已在《参考文献》第一部分列出），以及《在鲸腹中》（*Inside the Whale*，1940）、《狮子与独角兽》（*The Lion and the Unicorn*，1941）、《批评文集》（*Critical Essays*，1946）和《论英国人》（*The English People*，1947）等四卷文集，另有在报纸杂志上发表的评论、报道、广播节目文稿等。奥威尔遗孀索尼娅·奥威尔（Sonia Orwell）与伊恩·安格斯（Ian Angus）1968年编辑出版了《乔治·奥威尔随笔、报道和信件集》（*The Collected Essays, Journalism and Letters of George Orwell*，下称《四卷本》）。除了九部长篇作品以外，《四卷本》成为20世纪70至90年代奥威尔研究的权威资料，直到21世纪依然被大量引用。到了1998年，彼得·戴维森（Peter Davidson）耗时十多载陆续编订出版的二十卷本《奥威尔作品全集》（*The Complete Works of George Orwell*，下称《全集》）全部问世。《全集》前九卷为长篇作品，后十一卷以编年顺序收录了奥威尔从少年时代直到去世为止的三十多年中公开和未公开发表的文字，包括信件、日记、随笔、诗歌、广播节目文稿、笔记等等，并辅以严谨翔实的背景介绍和考据细节呈现。2006年，戴维森又补充编订了《丢失的奥威尔：〈奥威尔作品全集〉补遗》（*The Lost Orwell: Being a Supplement to the Complete Works of George Orwell*）。

至此，奥威尔作品的全貌得以完整呈现。

（二）奥威尔研究

英美学术界的传统奥威尔研究大致可分为四种类别：亲近式研究、传记研究、政治思想研究和文学性研究。不同类型的研究常常相互交叉重合，皆服务于论著的主要研究思路和目标。

1. 亲近式研究：朴实自然，早期主流

此类研究是由奥威尔的亲人、好友、熟人进行的具有十分明显的个人化倾向的研究，这在早期的奥威尔研究中较为常见。论者通过所掌握的第一手资料和与奥威尔相处或共事的鲜活记忆，书写自己眼中的奥威尔。这类研究的代表有：奥威尔的胞妹阿芙丽尔·邓恩（Avril Dunn）以及儿时伙伴贾金莎·布丁肯（Jacintha Buddicom）的回忆录，奥威尔在英国广播公司的同事劳伦斯·布兰德（Laurence Brander）所著的《乔治·奥威尔》（*George Orwell*，1955），奥威尔在《论坛报》（*Tribune*）的同事约翰·阿特金斯（John Atkins）和托斯科·费维尔（Tosco Fyvel）分别著写的《乔治·奥威尔文学生平研究》（*George Orwell：A Literary and Biographical Study*，1954）和《乔治·奥威尔个人回忆录》（*George Orwell：A Personal Memoir*，1982），奥威尔在伊顿公学的同学西里尔·康诺利（Cyril Connolly）的《承诺的敌手》（*Enemies of Promise*，1938）的第三章《乔治时代的少年》（*The Georgian Boyhood*），奥威尔的好友乔治·伍德考克（George Woodcock）的《水晶之魂：乔治·奥威尔研究》（*The Crystal Spirit：A Study of George Orwell*，1966），奥威尔的好友兼遗嘱执行人理查德·里斯（Richard Rees）的《乔治·奥威尔：胜利阵营的逃亡者》（*George Orwell：Fugitive from the Camp of Victory*，1961）等。这些著作涵盖了奥威尔的成长经历、写作生涯、创作细节和政治思想等等，结构相对松散，并不像后来的学术性研究那样具有明确的话题性和针对性，不过大都读来自然流畅，常常流露出触动人心的真情实感。

2. 传记研究：日臻完善，各有侧重

奥威尔的传记主要有七部。20世纪出版的四部分别是彼得·斯坦斯基（Peter Stansky）与威廉·米尔勒·亚伯拉罕斯（William Miller Abrahams）合著的《未知的奥威尔》（*The Unknown Orwell*，1972）和《乔治·奥威尔的转变》（*Orwell：The Transformation*，1979）、伦敦大学政治学教授伯纳德·克里克

(Bernard Crick)的《乔治·奥威尔传》(George Orwell: A Life, 1981)以及迈克尔·谢尔登(Michael Shelden)的《奥威尔传记：授权本》(Orwell: The Authorized Biography, 1991)。其中，斯坦斯基和亚伯拉罕斯合著的两部传记因未能获得原著的引用权、大量依赖转述的二手资料，学术价值较低。他们笔下未知的奥威尔仍然是个谜。克里克是奥威尔遗孀索尼娅千挑万选后最终确定的传记作者。克里克不负所托，在尽全力还原事实的同时也高度评价了奥威尔。他的传记获得了学术界的普遍肯定，在二十世纪八九十年代成为奥威尔研究的重要依据，被引率极高，到今天依然如此。21世纪以来共有三部奥威尔传记问世，它们分别是：杰弗里·迈耶斯(Jeffrey Meyers)的《奥威尔：一代人的冷峻良心》(Orwell: Wintry Conscience of a Generation, 2000)、D. J. 泰勒(D. J. Taylor)的《奥威尔传》(Orwell: The Life, 2003)、戈登·伯克(Gordon Bowker)的《乔治·奥威尔》(George Orwell, 2004)。这三部传记皆在二十卷本《全集》问世之后出版，并以之为依据，比20世纪以长篇作品和《四卷本》为依据的传记更为丰富全面。三部传记的翔实程度大抵相当，但是侧重点和水平各不相同，其中迈耶斯的版本最为精良和严谨。迈耶斯尤其注重文学关系的考察，常常将奥威尔与查尔斯·狄更斯(Charles Dickens)、劳伦斯、欧内斯特·海明威(Ernest Hemingway)和金斯利·艾米斯(Kingsley Amis)等作家进行横向和纵向的对比勾连，对于关注奥威尔文学思想的研究来说十分具有启发性。伯克的传记偏重时代背景呈现和政治思想分析，但是伯克认为奥威尔有虐待狂倾向和暧昧的性取向，这让人难以苟同。《剑桥指南》中的《奥威尔与传记作者》(Orwell and the Biographers)一文是伯克对截至2003年所有奥威尔传记性研究的述评。泰勒版传记较伯克版更为严谨，但泰勒认为奥威尔是一个几乎与现实脱节的极度孤独的人且迷失在自己的世界中，这种说法有失客观。奥威尔热情好客，朋友众多，他也没有脱离现实，而是兴致勃勃地解读政治、文学、文化和自然的世界。

3. 政治思想研究：异彩纷呈，余热不减

奥威尔只是一位对社会政治思想感兴趣的作家，而非政治理论家，因此奥威尔的文本从来都不是纯粹的政治理论研究，而往往是集时政、社会、文化、宗教甚至哲学思想的综合思考，与之相关的研究也一直是奥威尔研究的主流。

在二战后早期众多的奥威尔批评家中，最有威望的当数纽约知识分子莱昂内尔·特里林(Lionel Trilling)、欧文·豪(Irving Howe)和英国"新左派"代表人物雷蒙·威廉斯。特里林在美国版《向加泰罗尼亚致敬》(Homage to Catalonia,

1938，简称《致敬》）的前言中把奥威尔视为一个"贤人"，认为奥威尔作为一个作家的美德在于他不是天才，而是以"以简单、坦率和真诚的智慧面对世界"。特里林笔下这样一个拥有普通的智慧、坦率、善良和诚实品质的奥威尔形象产生了巨大影响，有力推动了奥威尔在美国的经典化进程。豪一直把奥威尔当作自己参与社会政治论争的导师，他 1963 年编撰了《奥威尔的一九八四：文本、来源、批评》（Orwell's Nineteen Eighty-Four: Text, Sources, Criticism），将《一九八四》奉为对极权世界的一种类型学呈现。1983 年后，豪编纂了《重温〈一九八四〉：我们世纪的极权主义》（1984 Revisited: Totalitarianism in Our Century），认为奥威尔作品占据了大量极权主义相关文献的中心位置。早在豪 1957 年出版的批判性研究《政治和小说》（Politics and the Novel）中，《奥威尔：噩梦般的历史》（Orwell: History as Nightmare）一文就作为最后一章总结全书。豪把《一九八四》放在司汤达、陀思妥耶夫斯基和康拉德等作家的一系列杰出政治小说的最后，并隆重宣布该作"把我们带到了终点。人们感觉或者说希望，此书之外不可能更进一步"。无独有偶，奥威尔在威廉斯的代表作《文化与社会：1780—1950 年》（Culture and Society: 1780-1950, 1958）中也是压轴出场。

如果说特里林和豪对奥威尔的支持从一而终的话，那么威廉斯的态度则经历了显著的变化。威廉斯对奥威尔的批评从 1955 年开始持续了 30 年，分别是 1955 年对布兰德所著《乔治·奥威尔》的书评，1958 年《文化与社会：1780—1950 年》的《奥威尔》（Orwell）一章，1971 年专著《奥威尔》（Orwell）和 1979 年《政治与文学：〈新左翼评论〉访谈录》（Politics and Letters: Interview with New Left Review）中关于奥威尔的访谈笔录。威廉斯以文学批评的形式展开了政治思想批评，从阶级决定论的视角审视奥威尔的"悖论"，代表了战后英国左翼知识分子对奥威尔从崇拜到敌视的态度变化。威廉斯的门生特里·伊格尔顿（Terry Eagleton）也延续了威廉斯对奥威尔的负面看法。另一方面，亲近式研究的代表作、伍德考克的《水晶之魂：乔治·奥威尔研究》以亲切又充满敬意的笔触追忆和概括了奥威尔一生的成就，在充分分析文本的基础上解读了奥威尔小说的主题思想。伍德考克偏重奥威尔政治和道德思想探讨，并提出了很多为后人重视的论点，如把奥威尔与唐·吉诃德（Don Quixote）相类比，反对将《一九八四》视为绝望之作，指出奥威尔所有的政治信条都是道德信条，等等。

1984 年前后，《一九八四》史无前例地连续几周雄踞畅销小说排行榜的榜首，这一时期也是奥威尔研究的一个高潮期。女性主义批评家达芙妮·帕泰

(Daphne Patai)在《奥威尔秘密：男性意识形态研究》(*The Orwell Mystique: A Study in Male Ideology*，1984)中讨论了奥威尔作品中的性别政治。在 2003 年纪念奥威尔百年诞辰研讨会上，帕泰则对奥威尔的"厌女"和"恐同"思想进行了抨击，并就此与罗登展开了辩论。林奈特·亨特（Lynette Hunter）在《乔治·奥威尔：对声音的追寻》(*George Orwell: The Search for a Voice*，1984)中考察了奥威尔小说的阅读体验。克里斯托弗·诺里斯（Christopher Norris）的《神话中的奥威尔：来自左派的观点》(*Inside the Myth. Orwell: View from the Left*，1987)试图拨开后人用自己的观点包裹住奥威尔的层层迷雾。惠特尼·F. 博尔顿（Whitney F. Bolton）的《〈一九八四〉的语言：奥威尔的英语与我们的英语》(*The Language of 1984: Orwell's English and Ours*，1984)从社会语言学角度出发，探讨了奥威尔的语言风格。继 1984 年前后对奥威尔的关注达到高潮之后，2003 年，即奥威尔百年诞辰之年，奥威尔研究又迎来了新的高潮，突出表现为两部新的传记（泰勒版和伯克版）和托马斯·品钦（Thomas Pynchon）作序的新版《一九八四》的问世。

从 20 世纪 80 年代末至今的汗牛充栋的奥威尔政治思想研究中，可以称得上代表人物的是约翰·罗登。作为最勤勉的奥威尔研究者，他到目前为止共撰写奥威尔研究专著六部，编辑专著两部。绪论开篇提及的《文学声誉的政治："圣乔治"奥威尔的形象与地位》是罗登的第一本研究奥威尔的专著，也是极具开创性的著作。该作分五部分展现诸如雷蒙·威廉斯为代表的英国马克思主义者、以莱昂内尔·特里林和欧文·豪为代表的纽约知识分子、女性主义者、心理分析研究者和英国天主教知识分子等不同群体对奥威尔的接受的发展史，通过分析他们眼中不同的奥威尔形象与自身理念之间的互动关系，勾画出现当代英美文化界的宏阔思想史背景，学术广度令人叹为观止。2003 年，罗登出版了《后世的场景：奥威尔的遗产》(*Scenes from an Afterlife: The Legacy of George Orwell*)，陈述了奥威尔对当代世界文化产生的深远影响，该著作与《所有知识分子的老大哥：乔治·奥威尔的文学兄弟》(*Every Intellectual's Big Brother: George Orwell's Literary Siblings*，2006)都是对《文学声誉的政治："圣乔治"奥威尔的形象与地位》的补充和拓展。《所有知识分子的老大哥：乔治·奥威尔的文学兄弟》比《文学声誉的政治："圣乔治"奥威尔的形象与地位》晚出版十几年，材料也十分翔实。用罗登的话说，这本书的主题就是"奥威尔与知识分子"。除了少部分内容与《文学声誉的政治："圣乔治"奥威尔的形象与地位》重合外，该作另外关注了 20 世纪 30 至 40 年代的伦敦左翼知识分子、20 世纪 50 年代的"运动派"作家以及美国文化保守派等对奥威尔的接受史。奥威尔对英美文学文化界以及政治界产生的影响从两次世界大战之间一直持续到 21 世纪，奥威尔批评的社会文化土壤也在不断发生变化，其思想遗产在不同时代、不同群体中彰显出不同的意义。罗登的著作拉远了研究的镜头，以一种总揽全局的视角考察奥威尔"声誉"的形成历史，以动态而非机械的方式关注他与各个时代的知识群体之间相互塑造的关系，是"影响研究"的典范，具有重大的学术价值。值得一提的是，罗登在《所有知识分子的老大哥：乔治·奥威尔的文学兄弟》第八章给奥威尔写了一封情真意切的隔空公开信，他对奥威尔的认同、仰慕与追忆跃然纸上，令人动容。

2003 年 5 月，罗登主持了为纪念奥威尔百年诞辰在美国韦尔斯利学院（Wellesley College）举办的"乔治·奥威尔：探索他的世界和遗产"（George Orwell: An Exploration of His World and Legacy）国际研讨会，并参与主编了会议论文集《走向 21 世纪的乔治·奥威尔》（George Orwell: Into the Twenty-first Century, 2004）。2007 年罗登编著了《剑桥指南》，当中收录的文章虽然角度各不相同，但大都侧重于对其社会政治思想的探讨。有的学者还将奥威尔与伊拉克战争等现实政治事件相关联。罗登对奥威尔的研究一直没有停止，并于 2020 年出版了专著《成为乔治·奥威尔：生活与书信、传奇与遗产》（Becoming George Orwell: Life and Letters, Legend and Legacy）。不过，由于罗登专注于影响研究，而且常常以奥威尔的批评者为研究对象，因此对奥威尔作品本身的宏观论述多于细致的文本分析，而且罗登的研究偏重社会科学方向，对奥威尔的文学性研究几乎未着笔墨。克里斯托弗·希钦斯（Christopher Hichens）是除了罗登之外的最坚定的奥威尔支持者，他在《奥威尔的胜利》（Orwell's Victory, 2002）中对威廉斯和伊萨克·多伊彻（Isaac Deutscher）等左翼知识分子对奥威尔的批判进行了反击，而斯科特·卢卡斯（Scott Lucas）的专著《持异见者的背叛：超越奥威尔、希金斯和美国新世纪》（The Betrayal of Dissent: Beyond Orwell, Hitchens and the New American Century, 2004）则又与希钦斯的观点针锋相对。

英国马克思主义批评家约翰·纽辛格（John Newsinger）的《奥威尔的政治》（Orwell's Politics, 1999）是 20 世纪末当之无愧的奥威尔政治思想研究权威著作，后来的研究者都对其研究十分倚重。该作为奥威尔的作品提供了丰富的政治背景，其翔实程度不亚于任何一部传记，不过纽辛格并未把奥威尔当作想象性作家来考察。安东尼·斯图尔特（Anthony Stewart）的《奥威尔，双重视角和正派的价值》(George Orwell, Doubleness, and the Value of Decency, 2003)是21世纪初非常基础和全面的奥威尔社会政治思想研究。斯蒂芬·英格尔(Stephen Ingle)是继纽辛格之后21世纪出现的奥威尔政治思想研究的代表。他的著作《乔治·奥威尔社会和政治思想重估》(The Social and Political Thought of George Orwell: A Reassessment, 2006)的目标在于探索奥威尔"作为作家的伟大之处",其重点依然是"奥威尔的政治"。他以"想象性作品"为研究主线,分析它们所传达的政治思想。在第一章中,英格尔对奥威尔的"想象性作品"和"报道性文章"作了区分,并多次强调这一区分,这是所有奥威尔研究者都应该注意的问题。当然,此举并非把奥威尔的作品割裂开,而是提醒读者注意作为小说家和新闻记者的奥威尔在写作实践中的差异。在终章部分,作者强调自己并未把奥威尔看成政治理论家,而是"道德作家"。该作广泛引用了诸多文学家、哲学家和思想家的观点,挖掘奥威尔与他们之间的关联,视野相当开阔。英格尔对奥威尔笔下的"普通人"作出了大致界定,认为他们是相对"没有权力"的人的总称,为本研究第一章中讨论的"普通人"提供了依据。不过,虽然英格尔的研究目标之一是奥威尔的语言魅力,但并未对这一问题展开详尽的文本分析。2019年,英格尔又出版了《奥威尔再审视》(Orwell Reconsidered)。作为导读性质的书籍,该著作较为浅显,生平细节交代丰富,与时政话题联系紧密。

本·克拉克(Ben Clarke)的《环境中的奥威尔:社群、神话和价值》(Orwell in Context: Communities, Myths, Values, 2007)主张对奥威尔的作品进行语境下的解读。菲利普·邦兹(Philip Bounds)的《奥威尔与马克思主义:乔治·奥威尔的政治与文化思想》(Orwell and Marxism: The Political and Cultural Thinking of George Orwell, 2009)梳理了奥威尔与同时代马克思主义知识分子在普通人描写、大众文化、文学评论、英国文化和极权主义思想等五个方面的联系。该作的首要目标和创新之处在于将奥威尔与这些马克思主义者的思想进行比对性分析。邦兹作为政治学博士,自然将研究视角锁定在奥威尔的政治与文化思想上,主要以奥威尔的随笔和评论为研究对象,对于奥威尔的六部小说基本没有涉及(除了《附录一》),不过邦兹对奥威尔文化思想的整理、提炼和阐述皆十分出彩。罗伯特·科斯(Robert Colls)的《乔治·奥威尔:英国反抗者》(George Orwell: English Rebel, 2013)也是对奥威尔政治观点的总体把握。

2012年,悉尼大学教授彼得·马克斯(Peter Marks)出版了学界第一部也是唯一一部奥威尔随笔研究专著《作为随笔家的乔治·奥威尔：文学、政治和期刊文化》(*George Orwell the Essayist: Literature, Politics and the Periodical Culture*)。该著按时间顺序将奥威尔的随笔家生涯分成四个阶段，以写作背景介绍、文本分析、文章梗概转述等方式对每个阶段的作品进行解读。马克斯的着眼点在政治，因此该著作本质上是以随笔为依据对奥威尔政治观点的把握和提炼。同时，马克斯十分注重对奥威尔写作时代的报刊文化大背景的研究，对各家报纸杂志的来龙去脉和相应的读者群进行了详尽的分析梳理，许多随笔因为这些丰富而关键的背景信息而变得立体和鲜活起来。马克斯的研究以时间为顺序，研究框架稳固清晰，但是作品与作品之间的内在关联不明显。此外，马克斯对奥威尔的文学评论几乎是一笔带过，对于奥威尔文化研究随笔虽然稍作展开，但也只是点到为止。

近几年来，奥威尔政治思想研究领域又出现了新的成果，例如2017年出版的迈克尔·G. 布莱南（Michael G. Brennan）的《乔治·奥威尔与宗教》(*George Orwell and Religion*)和伊恩·威廉斯（Ian Williams）的《乔治·奥威尔的政治文化观》(*Political and Cultural Perceptions of George Orwell: British and American Views*)。2018年，牛津大学出版社出版了大卫·德万（David Dwan）的著作《自由、平等和谎言：奥威尔的政治理想》(*Liberty, Equality, and Humbug: Orwell's Political Ideas*)，这些研究与罗登的新作《成为乔治·奥威尔：生活与书信、传奇与遗产》都是奥威尔政治思想研究依然热度不减的证明。

关于奥威尔在文化研究方面的贡献的研究，虽然并未出现专著，但是莱斯利·约翰逊（Lesley Johnson）在《文化批评家：从马修·阿诺德到雷蒙·威廉斯》(*The Cultural Critics: From Matthew Arnold to Raymond Williams*, 1979)中论述了奥威尔对流行文化研究的贡献，明确了其文化批评家的地位。2004年，西蒙·杜林（Simon During）在《文学研究：批判性介绍》(*Cultural Studies: A Critical Introduction*)中指出奥威尔"在某种程度上创作了与当代文化研究类似的作品……但往往很少得到认可"，强调了其相关成就的重要性。约翰·迈克尔·罗伯茨（John Michael Roberts）的《乔治·奥威尔何以成为流行文化研究的先驱？》(*How Are George Orwell's Writings a Precursor to Studies of Popular Culture?* 2014)一文通过将奥威尔的某些观点与米咯伊尔·巴赫金（Mikhail Bakhtin）、皮埃尔·布迪厄（Pierre Bourdieu）和吉尔·德勒兹（Gilles Louis Rene Deleuze）等学者后来提出的观点相印证来证明奥威尔在大众文化研究中的开创性地位，就此将奥威尔的文本纳入大众文化理论体系中去。

4. 文学性研究：边缘起伏，尚有余地

文学性研究与对奥威尔作品的文学性解读、作家关系研究以及文学观研究相关。虽然这些研究在奥威尔研究中一直存在，但仅仅处于边缘地位，尽管偶有起伏，但始终不占主流，到了近十几年才又出现了新的转机。1968年《四卷本》问世以后，学者们开始关注奥威尔的象征主义手法、文学传统地位以及叙事技巧和语言技巧，而不是像20世纪50年代那样从政治和传记等角度来研究他的作品。约翰·韦恩（John Wain）的《文学和观念的论文》（*Essays on Literature and Ideas*，1963）中有关奥威尔的部分和基斯·奥德立特（Keith Alldritt）的专著《乔治·奥威尔的气质：文学史上的一篇文章》（*The Making of George Orwell：An Essay in Literary History*，1969）是早期文学性研究的代表作。韦恩认为奥威尔作为评论家和小册子作家在英国文学中数一数二，但是作为小说家却并不是特别有天赋。奥德立特不仅进行了深入细致的文本分析，还考察了奥威尔与狄更斯、艾略特等作家的文本关联，这些论证在后来重要的奥威尔文学性研究中被大量引用。伍德考克在《水晶之魂：乔治·奥威尔研究》第四部分《像窗玻璃一样的散文》（*Prose Like a Windowpane*）中分析了奥威尔的四大写作动机和五类文学批评，并阐述了奥威尔在谋篇布局和人物刻画等方面的不足。但是，尽管讨论对象是文学问题，但伍德考克常常将结论归结到政治道德思想上来。罗伯特·A. 李（Robert A. Lee）在《奥威尔的小说》（*Orwell's Fiction*，1969）中对奥威尔的小说成就给予了正面评价。萨缪尔·海恩斯（Samuel Hynes）的《奥登一代：20世纪30年代英国的文学与政治》（*The Auden Generation：Literature and Politics in England in the 1930s*，1976）将奥威尔、W. H. 奥登、斯蒂芬·斯彭德（Stephen Spender）和伊夫林·沃（Evelyn Waugh）等作家置于同一历史舞台的时而疏离、时而交叠的不同区域内，为奥威尔20世纪30年代的文学活动提供了生动的背景。

二十世纪七八十年代出现了一些通识性的经典研究著作，例如迈耶斯的《乔治·奥威尔：批评的遗产》（*George Orwell：Critical Heritage*，1975）和《乔治·奥威尔阅读指南》（*A Reader's Guide to George Orwell*，1975），以及J. R. 哈蒙德（J. R. Hammond）的《乔治·奥威尔手册：小说、文献、随笔指南》（*A George Orwell Companion：A Guide to the Novels，Documentaries and Essays*，1982）等。迈耶斯是除《全集》编纂者戴维森和《剑桥指南》编者罗登以外的奥

威尔研究权威。迈耶斯偏重文学思想研究,其写作对象包括海明威、康拉德、毛姆、D. H. 劳伦斯和 T. E. 劳伦斯等。他共编辑出版过五部奥威尔研究著作,除了传记《奥威尔:一代人的冷峻良心》外,最重要的就是《乔治·奥威尔:批评的遗产》。该文集收录了从 20 世纪 30 至 60 年代有关奥威尔全部作品的 108 篇书评,评论者包括利维斯夫人(Q. D. Leavis)、欧文·豪、伊夫林·沃、埃德蒙·威尔逊(Edmund Wilson)等大家,这些发表在《地平线》(Horizon)、《观察家报》(Spectator)和《党派评论》(Partisan Review)等著名报纸杂志上的书评是文化界对奥威尔作品作出的即时反馈,具有很强的时效性,保留了历史的鲜活印记。这些研究虽然不是系统性研究,却具有珍贵的史料价值。2010 年,迈耶斯推出了《奥威尔:生活与艺术》(Orwell: Life and Art),该著作前半部分以传记文学的形式追溯了奥威尔的人生轨迹,后半部分对奥威尔在文学和批评两方面的成就展开讨论。迈耶斯的妻子瓦莱丽·迈耶斯(Valerie Meyers)也是奥威尔文学性研究的重要学者,她撰写的《乔治·奥威尔》(George Orwell, 1991)一作是十分扎实的基础性研究。该著作对奥威尔的六部小说进行了细致的文学性分析,并兼顾了政治思想分析,尤其是在对《动物庄园》和《一九八四》的讨论中。瓦莱丽长于探究文本间的相互联系,追溯了诸如狄更斯、劳伦斯和乔伊斯等传统和现代作家对奥威尔的影响,并在结论部分梳理了奥威尔对"运动派"诗人和"愤怒的青年"等后世作家的影响,是精良的作家关系研究。但是,瓦莱丽既没有充分论述奥威尔的文学批评及其反映出的文学思想,也较少关注奥威尔的随笔和纪实性作品,这对文学性研究来说是一个缺憾。另外,瓦莱丽关于作家文本关联的论述多为单纯的平行比较,并未进行深入的影响研究[①]。这也是早期基础性研究的共性。

除了瓦莱丽,不少论者也都进行了作家关系研究,这一方面的探讨一直延续到 21 世纪。文森特·薛利(Vincent Sherry)在梳理奥威尔与艾略特之间的文学关系研究概况的基础之上,以奥威尔作品为线索,将其对传统的态度的演变与他的艾略特批评结合起来,并将《四首四重奏》(Four Quartets)与《一九八四》进行了类比。帕翠莎·雷(Patricia Rae)试图论证《一九八四》中"温斯顿与查灵顿的致命联系是奥威尔对艾略特现代主义诗学的崇拜和幻灭的寓言",查灵顿

---

① 瓦莱丽在第一页就犯了一个明显的错误,她把《我为什么写作》(Why I Write)的写作年份标注为 1941 年,而该文的实际发表年份是 1946 年。

之于温斯顿,正如艾略特之于奥威尔。约翰·P. 罗西(John P. Rossi)和大卫·莱比多夫(David Lebedoff)都将伊夫林·沃和奥威尔进行了对比,前者分析二人的个性特征,后者从传记批评的视角关注二人截然相反的人生轨迹。基斯·威廉斯(Keith Williams)的《"义务的督促者":乔伊斯对乔治·奥威尔和詹姆斯·阿基的影响》("The Unpaid Agitator": Joyce's Influence on George Orwell and James Agee, 1999)一文讨论了乔伊斯对《牧师的女儿》(A Clergyman's Daughter, 1935)和《上来透口气》(Coming Up for Air, 1939)两部小说的影响,即二作的现代主义色彩以及与乔伊斯的互文关系。玛莎·C. 卡朋特(Martha C. Carpentier)的《奥威尔的乔伊斯与〈上来透口气〉》(Orwell's Joyce and Coming Up for Air, 2013)立足奥威尔的乔伊斯批评,结合西格蒙德·弗洛伊德(Sigmund Freud)、雅克·拉康(Jacques Lacan)、雅克·德里达(Jacques Derrida)等学者的理论讨论《上来透口气》对乔伊斯文本(主要是《一个青年艺术家的画像》和《尤利西斯》)的借鉴、隐射和互文,包括男性主体性和身份构建、对母体的回归渴望、对父权的叛逆和依赖等等,理论性极强。威廉·亨特(William Hunt)的《奥威尔的神曲:〈一九八四〉的讽刺神学》(Orwell's Commedia: The Ironic Theology of Nineteen Eighty-Four, 2013)一文将小说的氛围还原到了中世纪:"奥威尔笔下'邪恶的风'带着'砂砾般的灰尘'让乔叟那甜美滋润的四月小雨变得干涸,这预示着温斯顿自己的朝圣之路注定通向地狱,万劫不复。"该文充分挖掘了《一九八四》与但丁(Dante)《神曲》(The Divine Comedy)的互文关系。亨特注意到《一九八四》中常常出现数字三和九的叠加,并将温斯顿对应于但丁,查林顿(Charrington)对应于维吉尔(Virgil)、茱莉亚(Julia)对应于贝阿特丽采(Beatrice)、奥布莱恩(O'Brien)对应于圣伯纳德(St. Bernard)、温斯顿之母对应于圣母玛利亚(Virgin Mary),为解读《一九八四》提供了另一种视角。杜克大学的斯蒂芬·M. 布鲁泽金斯基(Steven M. Brzezinski)撰写的博士论文《英格兰:英国现代主义的重组,1918—1956》(England, Inc.: The Corporate Reorganization of British Modernism, 1918—1956)在第六章将奥威尔放入由温德姆·刘易斯(Wyndham Lewis)、查理·卓别林、丽贝卡·韦斯特(Rebecca West)和阿尔弗雷德·希区柯克(Alfred Hitchcock)共同组成的战前战后文化转变和英美文化融合的时代舞台上。爱德华·奎恩(Edward Quinn)的《乔治·奥威尔文学手册:对他生活和工作的文学参考》(Critical Companion to George Orwell: A Literary Reference to His Life and

Work,2009)对奥威尔的所有作品进行音序排列并逐一解读,虽然多为简单的文本分析,但是十分翔实,起到了奥威尔文本研究辞典的功能性作用。

2007年,美国评论家哈罗德·布鲁姆(Harold Bloom)在其主编的《布鲁姆的现代批评:乔治·奥威尔》(*Bloom's Modern Critical Views: George Orwell*)的前言中直言不讳地宣称《一九八四》"美学上的缺陷是显而易见的"。布鲁姆不理解该作奥威尔为什么不能"最后用一点反语或者用讽刺的灵感来拯救作品",也不同意特里林将奥布莱恩对温斯顿的拷问视为"对心理治疗和柏拉图式对话的可怖戏仿"的评价,并断言《一九八四》只是"时代的产物"。彼得·弗乔(Peter Firchow)的《向乔治·奥威尔致敬》(*Homage to George Orwell*,2011)一文的前半部分从特里林对奥威尔"不是天才"的评价入手,指出了奥威尔的创作缺陷。虽然文中出现了一些诸如"奥威尔从来没有写过影评"①的错误信息和奥威尔"生活在五十年前和五十年后,就是没有活在当下"以及奥威尔"精神不稳定"等值得商榷的观点,但是作者关于奥威尔选题的狭窄性和单薄性的论述令人信服,对提醒像罗登这样的奥威尔的忠实支持者理性地看待自己的研究对象有一定的帮助②。

与布鲁姆等相反,语言学家罗杰·福勒(Roger Fowler)对奥威尔的艺术成就称颂有加,其专著《乔治·奥威尔的语言》(*The Language of George Orwell*,1995)是十分宝贵的奥威尔文本研究,揭开了看似简单的英文背后的艺术。福勒解读了奥威尔行文的"描述性现实主义、自然主义和超现实主义""他者的声音""陌生化"等语言策略,并论证了左拉对奥威尔的影响。他还认为奥威尔的小说是"对物质对象和背景的坚实倚靠"与现代主义技巧"如意识流、自由直接和自由间接思维,知觉动词和心理过程动词"的结合。福勒鲜少使用生僻拗口的专业术语,尽显语言学大家的睿智与通透。洛兰·桑德斯(Loraine Saunders)的《乔治·奥威尔被埋没的艺术:从〈缅甸岁月〉到〈一九八四〉》(*The Unsung Artistry of George Orwell: The Novels from Burmese Days to Nineteen Eighty-Four*,2008)是21世纪以来唯一一部专门讨论奥威尔文学价值的专著。与其说该著作从普遍的奥威尔政治思想研究之中跳脱出来,另辟蹊径,不如说是回到了

---

① 《全集》第12卷收录了奥威尔的大多数影评。
② 罗登在《所有知识分子的老大哥:乔治·奥威尔的文学兄弟》结尾处认为,以赛亚·柏林(Isaiah Berlin)和莱昂内尔·特里林都比奥威尔"狭隘得多",因为他们是"知识分子而不是作家"。针对这样的论断,弗乔认为罗登没有给出令人信服的理由。

文学的原点，在周遭对奥威尔文学成就的否定声中重新证明了其文学价值研究的可行性，这对于本研究来说既是一种指引，也是一种鼓励。桑德斯认为《牧师的女儿》等四部奥威尔 20 世纪 30 年代创作的小说一直鲜少有论者问津，但它们的艺术价值并不应该被两部代表作掩盖。在这些小说中，政治信息与文本中的"互文、复调、幽默、对普通人的颂扬和他们'起码的正派'紧密地交织在一起"。不仅如此，桑德斯还对奥威尔的两部代表作进行了全新的解读，揭示了奥威尔在传达强烈政治信息的过程中所渲染出的审美风格，认为它们是对文学现实主义传统的杰出贡献。桑德斯在第三章中对奥威尔第二人称叙述视角的分析尤为独辟蹊径。不过，在该作中，桑德斯把大量篇幅花在《让叶兰继续飘扬》（*Keep the Aspidistra Flying*, 1936）与乔治·吉辛（George Gissing）的文本的对比上，细节的罗列淹没了观点。她认为主人公戈登是受到精神创伤的陀思妥耶夫斯基式的人物，与《地下室手记》（*Notes from the Underground*）关联明显，却并没有深入论证这一联系的存在。此外，文中还存在某些值得商榷的观点。例如，桑德斯认为奥威尔的小说除了《缅甸岁月》（*Burmese Days*, 1934）以外，无力的愤怒和绝望的自怜都被更为成熟和积极的价值观所取代，正因为这份成熟和积极，奥威尔的小说才避免了失败。且不论这些作品是否具有积极的价值观，至少可以肯定的是，小说成功与否与主题积极或者消极并不具有必然联系。

以上文学性研究的主要对象主要是文本和作家关系，而针对奥威尔文学观（主要体现在文学评论中）的系统研究并不多见。虽然奥威尔写下的大量文学评论都被收入文集出版，然而根据《剑桥指南》中《奥威尔、学术圈与知识分子》（*Orwell, Scholars and Intellectuals*）一文提供的数据看来，1996 年到 2003 年之间，奥威尔的作品中，单部作品被引频次最高的分别为《一九八四》《动物庄园》和《威根苦旅》（*The Road to Wigan Pier*, 1937），随笔集《射象》（*Shooting an Elephant*, 1950）和《狮子与独角兽》的被引率较低，而像《在鲸腹中》《批评文集》甚至《四卷本》这样重要的文本则不在考察范围之内①。这些数据不论准确程度如何，至少可以说明，奥威尔的文学批评并没有得到足够的重视。《剑桥指南》本身作为奥威尔研究的基础性权威著作，几乎不包含将奥威尔置于英国文学框架内的文本解读。在该著作收录的十多篇代表性文章中，迈克尔·利文

---

① 根据笔者的阅读经验，大部分 1970 年以后的奥威尔研究专著对《四卷本》的引用率非常高，这可以解释为什么单行本散文集引用率偏低。

森（Michael Levenson）的《虚构的现实主义者：20世纪30年代的小说》（*The Fictional Realist：Novels of the 1930s*，2007）一文虽然以奥威尔小说为对象，也多侧重于对社会政治思想的探讨；威廉·E. 卡恩（William E. Cain）虽然论述了奥威尔的随笔，但是文学批评随笔作为一个专门话题几乎无人问津。尽管如此，还是有论者注意到奥威尔作为文学批评家的成就。迈克·L. 罗斯（Michel L. Ross）的《作为文学评论家的奥威尔：重估》（*Orwell as Literary Critic：A Reassessment*，1988）一文就集中讨论了奥威尔的文学批评。罗斯一方面指出了奥威尔的某些以偏概全和自相矛盾之论，另一方面则细致分析了奥威尔对道德与审美、内容与形式二元对立等文学议题的见解，赞扬了他对现代主义文学的独具慧眼，甚至认为奥威尔在路德耶德·吉卜林（Rudyard Kipling）批评方面超越了艾略特。罗斯的分析有理有据，对奥威尔文学批评研究作出了开拓性贡献。格雷厄姆·古德（Graham Good）的《奥威尔批评中的意识形态与个人特色》（*Ideology and Personality in Orwell's Criticism*，1984）一文讨论了奥威尔对马克思主义与利维斯主义两大思想体系的拒绝、吸纳与平衡，揭示了其文学批评实践中鲜明的个人风格和独立意识。1996年，戴维森出版了他的唯一一部奥威尔研究专著《奥威尔的文学人生》（*George Orwell：A Literary Life*），以传记学视角梳理了奥威尔的作家生涯。在第五部分《作为评论家和随笔家的奥威尔》（*Orwell as Reviewer and Essayist*）中，戴维森将奥威尔随笔大致分为五类：亲身经历描述、文学评论、大众文化批评、政治评论以及文化分析。文学评论作为一个类别被列出，足以证明它的重要性，而"大众文化批评"和"文化分析"也是与之相关的重要内容。2009年，美国水手书屋（Marine Books）推出了奥威尔的批评文集《所有的艺术都是宣传》（*All Art Is Propaganda*）。序言作者吉斯·盖森（Keith Gessen）指出奥威尔可以称得上是"唯一值得一读的那种文学评论家。他最感兴趣的是文学与生活、与世界、与现实中的人的交集"，充分肯定了奥威尔作为文学批评家的独特性。

综上所述，英美奥威尔研究的主流在于其社会政治思想，而针对奥威尔的文学性研究常常位居边缘。首先，利维斯夫人评价奥威尔"天生不适合写小说"，特里林称奥威尔不是一个"天才"小说家而是一个"贤人"，这些判词影响巨大。奥威尔作为道德楷模而非文学家的形象深入人心。其次，除了小说创作家，奥威尔所处的战争时代背景让他同时成为一名优秀的通讯记者、时事评论员、广播员甚至小册子作者，这就稀释了他的文学身份。例如，《诺顿英国文学选集，F卷》

(*The Norton Anthology of English Literature*, *Volume F*)就这样总结他的成就:"奥威尔是一位杰出的记者,他为英国左翼报纸《论坛报》和其他期刊撰写的文章中包含了他的一些代表作品。他不拘一格的眼光使他在政治上永远格格不入,也使得他成为一名杰出的原创作家。"如此评价自然也就把论者的目光锁定在"政治"上。最后,奥威尔简单、流畅、明晰的语言让很多研究者觉得难以进行深层次的挖掘和揣摩,因而也就对其失去了文本研究的兴趣。随着战后东西方冷战的升级,奥威尔的政治小说风靡全球,他作为"冷战斗士"和"政治作家"的身份越发显著,与文学的距离渐渐拉远,也没有出现能与利维斯夫人和特里林相提并论的、能为奥威尔的文学身份定性的大批评家。因此,虽然偶有起伏,奥威尔的文学性研究终究伏多起少,对其文学观的研究亦不占主流。

二、国内奥威尔研究综述

(一)作品译介

奥威尔的代表作《动物庄园》和《一九八四》从 20 世纪 80 年代开始经历了不断的重译,版本种类繁多。《缅甸岁月》(*Burmese Days*,1934)等四部早期小说和《巴黎伦敦落魄记》等三部纪实作品在 21 世纪都得到了译介,甚至有了多个译本。奥威尔的信件和日记,到 2016 年为止,也都有了中译本。由于《动物庄园》和《一九八四》得到了广泛而持久的关注,奥威尔作为随笔家和评论家的身份显得黯然失色,因此,随笔的译介工作也就尤为值得重视。实际上,这项工作早在 20 世纪末就已经开始。1997 年,中国广播电视出版社出版了董乐山编译的《奥威尔文集》,当中收录了《我为什么要写作》《艺术和宣传的界限》《文学和极权主义》《托尔斯泰和莎士比亚》《李尔王、托尔斯泰和弄臣》《路德耶德·吉卜林》等名篇。2006 年,江苏教育出版社的译本《政治与英语》收录了董乐山译本所缺失的重要随笔《鲸鱼腹中》《男孩儿们的周报》《神职人员的特典——萨尔瓦多·达利生活散记》《英国,您的英国》《政治与文学:品味〈格利佛游记〉》等。2011 年,人民文学出版社推出《奥威尔散文》,增录了《作家与利维坦》《查尔斯·狄更斯》等篇目。同年,译林出版社出版了奥威尔文集《政治与文学》。2018 年,上海译文出版社出版了《奥威尔杂文全集》(上、下册),基本包括了奥威尔书评以外的所有随笔,包括 72 篇《随意集》专栏文章。《奥威尔战时文集》《奥威尔书评全集》(全三册)也相继出版。这些译介大大增进了国内研究者对奥威尔作为批评家和公共知识分子的了解。此外,泰勒和迈耶斯的

《奥威尔传记》分别在 2007 年和 2003 年有了中译本，奥威尔的生平细节也为更多的中国读者所了解。

(二) 论文和专著

目前，关于奥威尔研究综述的文章共有六篇，其中陈勇发文占了四篇，分别是《新世纪以来西方奥威尔研究综述》（2012）、《新世纪以来国内乔治·奥威尔研究综述》（2012）、《关于国内对乔治·奥威尔研究的述评——以 20 世纪 50～90 年代的研究为据》（2012）以及《乔治·奥威尔在中国大陆的传播与接受》（2017）。这四篇文章详细梳理了西方奥威尔研究特别是 21 世纪以来的研究以及从新中国成立以前到近年来国内奥威尔研究的历史，是非常翔实的参考。李锋的《当代西方的奥威尔研究与批评》（2008）与陈勇对 21 世纪以来西方奥威尔研究的综述互为参照，也为奥威尔批评史梳理提供了丰富的参考资料。王晓华的《奥威尔研究中的不足》（2009）一文的前半部分是对国内外奥威尔研究的概括，后半部分指出了"奥威尔与其同时代相关作家的比较研究相对薄弱"，并将奥威尔与爱德华·摩根·福斯特（Edward Morgan Forster）和多丽丝·莱辛（Doris Lessing）进行了对比，将研究的视野拓展开去。

根据以上综述文章并结合中国知网的文献数量比对可以看出，从 20 世纪 90 年代开始，中国学者对奥威尔的研究逐渐显示出学术价值。早在 20 世纪 80 年代，随着国内政治气氛渐趋宽松，侯维瑞就首先将奥威尔研究提上了日程，他在《现代英国小说史》中对奥威尔的生平和作品给予了详细介绍，指出了奥威尔强烈的政治倾向，肯定了他对下层社会的同情和对社会主义思想的接触，但奥威尔的"小资产阶级立场"使得他"不可能接受真正的、科学的社会主义"，这种评价几乎给奥威尔牢牢贴上了"反马克思主义"作家的标签。直到 20 世纪 90 年代，这种标签的影响还在继续。王佐良与周珏良主编的《英国 20 世纪文学史》（1994）作为研究 20 世纪英国文学的权威文献，仅在个别的几处地方提及奥威尔（称之为"G. 威尔"），并未辟出专门章节进行介绍，可见奥威尔当时的尴尬地位。此阶段最具有代表性也最具开拓性的奥威尔研究当推刘象愚的《奥威尔和反面乌托邦小说》（1995）一文，他指出："与其说他是一个写政治的作家，莫若说他是一个写人的作家。"在 20 世纪末奥威尔的"反苏反共"身份尚未完全淡去的中国，能够做出如此中肯的评价，十分难得。张中载认为奥威尔在绝望的心态中写出《一九八四》这样的反乌托邦小说。这种把《一九八四》看作是奥威尔生命最后时刻的悲观绝望之作的观点也是二战后英国左翼知识分子的主流态度。

21世纪以来,奥威尔研究成果较多、质量较高的学者有陈勇、聂素民、李零、王晓华、李锋、支运波等。陈勇主要研究奥威尔与英美知识分子以及中国作家的关系。聂素民主要从文学伦理学视角研究奥威尔作品中的伦理批判和叙事伦理等。李零对《动物庄园》的解析文章把政治寓言透彻地还原为历史事件,信息量极大。李锋关注奥威尔文本中的种族政治、心理操控和语言策略问题。支运波关注奥威尔作品中的生命政治。目前"知网"公开的以奥威尔为主题的博士论文共五篇。北京外国语大学王小梅的《女性主义重读乔治·奥威尔》(2004)从女性主义视角重新解读了奥威尔的五部小说,认为奥威尔具有强烈的厌女倾向。山东大学王晓华的《乔治·奥威尔创作主题研究》(2009)论证了奥威尔所揭示的贫困、殖民话语、极权、传媒、生态等重大现象的意义。浙江大学许淑芳的《肉身与符号——乔治·奥威尔小说的身体阐释》(2011)运用身体理论对除《动物庄园》之外的五部奥威尔的小说作了全方位解读。吉林大学丁卓的《乔治·奥威尔三十年代小说研究(1934—1939)》(2015)从奥威尔青年时期的生活经历和"他者"理论入手,通过分析四部小说的主人公对不幸命运的逃逸过程,解读他们所发现的"他者"的特定内涵和象征意义。北京外国语大学孙怡冰的《乔治·奥威尔后期作品中的无政府主义思想》(2016)从巴枯宁式的无政府主义角度考察了奥威尔思想中暗藏的无政府主义政治主张。

以奥威尔为主题的国家社科基金项目是2015年立项的陈勇的《奥威尔批评的思想史语境阐释》,另有2018年立项的聂素民的《20世纪三四十年代英国政治小说的政治伦理研究》,当中包含了对奥威尔的相关研究。关于奥威尔的专著共有两部:聂素民的《伦理诉求和政治伦理批判:奥威尔小说研究》(2014)采用文学伦理学的批评方法,从奥威尔的"平民小说"与"政治小说"的叙事形式与伦理表达中,指出小说的伦理诉求和政治伦理批判。陈勇的《跨文化语境下的奥威尔研究》(2018)主要关注奥威尔作品中的亚洲题材以及奥威尔与中国之间的关联,并讨论了奥威尔与纽约知识分子之间的文学文化关系。在该著作附录中,陈勇对2015年以前的西方奥威尔研究专著和2017年以前的国内研究论文进行了梳理,十分周详。

对奥威尔的文学性研究虽然不占主流,但也取得了一定的成果。在作家关系研究方面,黑马的《阶级与文学——闲谈奥威尔、伍尔夫和劳伦斯等》(2001)将奥威尔纳入20世纪30年代的英国作家背景中去。聂素民将《格列佛游记》与《动物庄园》的讽刺手法进行对比。仵从巨对王小波和奥威尔的文学关系进行了解析。陈勇将奥威尔重置于20世纪30年代的作家群像中，尽管其讨论的侧重点在奥登诗人团体的思想变迁上。严靖从文学观念、文学实践和政治意识方面将鲁迅与奥威尔进行了对比，别开生面。韩利敏关注奥威尔怀旧背后的文学怀旧传统和"向后看"的民族心理，是对奥威尔文化观的重要研究。

在奥威尔文学观研究方面，黎新华认为奥威尔致力于"介入"的政治性写作，认为奥威尔的文学观及其政治性写作反映了他对极权主义的揭示和对现代人类社会政治演进前景的忧虑和反思，其研究焦点主要在于奥威尔文学创作中的政治思想。邹潇论述了奥威尔文学观的本质、功能和风格，分析了这些观点产生的原因，并对其意义进行了评价。邹潇指出，奥威尔将文学视为包含政治目的和艺术目的的写作活动，并追溯了狄更斯等英国传统作家对奥威尔产生的影响，与本研究观点一致。虽然邹潇着重关注"奥威尔的作品、文学批评以及政治思想"，但是其研究的主要立足点在于奥威尔的小说文本以及相关文学理论，对《在鲸腹中》等重要批评文本关照较少。姚国松以《动物庄园》为例，分析了奥威尔政治与艺术相结合的创作特色，这篇以"文学观"为主题的论文从根本上来说是对奥威尔创作理念和技巧的论述。

在奥威尔的文学批评方面，早在20世纪90年代就有学者注意到其学术价值。盛宁1998年在《外国文学评论》"动态"栏目中介绍了《奥威尔作品全集》的出版并转述了一篇相关书评，该评论认为奥威尔是一位"独具只眼的文学批评家"。虽然是转述，但盛宁第一次把国内的奥威尔研究指向其文学批评，意义重大。可即便如此，奥威尔的文学批评一直鲜少有人问津。到了2017年，陈勇依然在重申盛宁当年的提醒："（奥威尔）政治的一面被谈论得过多……作为作家和文学批评家却被长期忽视。"在其他几篇奥威尔研究综述中，陈勇也都强调了学界对奥威尔文学批评研究的忽视。尽管如此，针对该论题的专门性研究却寥寥无几。作家柳青为奥威尔文集《英国式谋杀的衰落》写的序言《作为读者的奥威尔》主要讨论了奥威尔的文化批评和文学批评，突出了奥威尔作为文学批评家的成就。徐贲为奥威尔文集《政治与文学》撰写的前言《奥威尔文学、文化评论的政治内涵》将随笔作为考察对象，认为奥威尔的文学批评不是一般意义上的文学批评，而是政治见解与社会理想的寄托，高度肯定了奥威尔批评的思想内涵。李伟长对《政治与文学》的书评《作为评论家的奥威尔》也同样肯定奥威尔文学批评的成就。遗憾的是，这三篇序言和书评都不是严格意义上的学术论文。

综上所述，国内的奥威尔研究与英美奥威尔研究主题分布相似，也以政治思想为主。论者们从各种各样的角度切入奥威尔的文本和思想内涵，心理学、空间叙事、符号学、伦理学等批评视角不断出现，这些研究大大拓宽和丰富了奥威尔研究的范畴和内容。但是，论者们的研究对象主要集中于《一九八四》和《动物庄园》两部小说或《射象》等名篇，研究关键词主要包括"极权主义""权力关系""反乌托邦"等，对奥威尔的非小说作品尤其是随笔和评论的研究不占主流，而这些正是奥威尔直接表达个人观点的文本。只有充分考察和分析这些文本，讨论的视野才能变得更加开阔，对奥威尔其人其作的研究才能更加饱满。就文学观研究而言，国内学术界几乎没有出现引人注目的以奥威尔文学批评为基础的此类研究，大部分相关研究都是对奥威尔创作主题和创作手法的探讨，立足点几乎都在于奥威尔的社会政治思想，对于他的文学批评文章涉及较少。英美学者虽然在文本研究和作家关系研究上取得了不少成果，但是对奥威尔的文学观只投以有限的关注，对于奥威尔的文学批评家身份亦存在争议，本研究的起点正是奥威尔的一篇文学评论随笔。

三、研究起点

1940年前后，奥威尔的批评随笔渐入佳境。该年3月，维克多·格兰兹（Victor Gollancz）出版社出版了奥威尔的随笔集《在鲸腹中》（*Inside the Whale*）。该文集由三篇评论构成：《查尔斯·狄更斯》（*Charles Dickens*）是一篇经典的狄更斯批评，体现了奥威尔对19世纪传统作家的认同与批判；《在鲸腹中》是对亨利·米勒被列为禁书的作品《北回归线》（*Tropic of Cancer*）展开的辩护；《男生周报》（*Boy's Weeklies*）从流行刊物出发，对通俗文学展开了深层的社会心理分析。如果说狄更斯评论是奥威尔作为年轻的现实主义作家对维多利亚时代文学偶像的致敬的话，那么他为同时代的超现实主义作家米勒的辩护则显得颇为怪异，二人也因此成为20世纪三四十年代一对奇特的文学组合。

《在鲸腹中》一文的主旨是为《北回归线》的非政治性和超道德性辩护，并由此延伸开去，以全景视角廓清了1940年之前的四五十年中英国文学的总体脉络，所论甚广。在第一部分中，奥威尔指出《北回归线》属于二十年代而非三十年代，讨论了作品的描写对象和所营造的氛围，并将之与《尤利西斯》进行类比。在第二部分，为了将《北回归线》放入时代背景进行纵深性透视，奥威尔勾勒出20世纪前30年（即第一次世界大战前到经济政治危机全面来临之际）英国文学的总体脉络。他回顾了20世纪初田园诗人、20世纪20年代现代主义作家和20世纪30年代左翼作家的更替,对20世纪20年代和20世纪30年代的文学现象进行了比照性分析,并特别向以W. H. 奥登为代表的20世纪30年代作家的左翼正统观念发起攻击。第三部分中,奥威尔又回到《北回归线》,认同米勒对现代文明即将毁灭的预感,并将米勒对文明崩溃的平静接受和爱德华·厄普沃(Edward Upward)与路易斯·麦克奈斯(Louis MacNeice)等作家激情澎湃的政治鼓吹相对比,阐述了米勒的"隐遁"在当前时代环境下的意义,且就未来的文学走势发表了看法。

米勒可以称得上最受奥威尔关注的作家之一,对米勒的批评持续伴随奥威尔写作生涯的始终。在《北回归线》问世之初,奥威尔是为数不多的几位迅速作出积极评价的评论者之一。1935年,奥威尔在《英语周刊》(*English Weekly*)上赞扬其"对人性的诋毁",认为像《北回归线》这样一部"野蛮地坚持实事求是的关于性爱"的书将文学的"钟摆"推得太远,但"方向是正确"的,因为人类不是野胡却"很像野胡,并且需要常常被提醒这一点"。同时,奥威尔认为米勒"并非悲观主义者",而且"很有力"。不过此时奥威尔对米勒的评论是有所保留的,认为其作品全然无法与《尤利西斯》相比,因为《尤利西斯》是一部"好得多的作品",乔伊斯"是一位艺术家",而米勒只是一个"有洞察力但很固执的人,对生活发表自己的看法",并总结说,尽管《北回归线》并非"本世纪的伟大小说",却是"一本了不起的书"。1936年8月,奥威尔在给米勒的信中总结了《北回归线》的三大出色之处:米勒语言的"独特节奏感"、米勒写下了"人们熟知却从未书写成文的事实"以及米勒创造的、将现实法则进行"稍稍改变"的"幻想世界"。但是奥威尔特别强调了自己对于幻想的疑虑、对现实世界的依赖以及自己一贯的"腹对地"态度。同年9月,奥威尔在评价米勒的另一部小说《黑色的春天》(*Black Spring*)时承认自己"低估"了《北回归线》,因为《北回归线》成功地弥合了"知识分子和普罗大众"之间的巨大鸿沟,因而应该得到重新评价。在四年后的《在鲸腹中》,奥威尔再次改口,认为《北回归线》是一部"非常出色的作品",并进一步赞扬了米勒"认同普通人的勇气",米勒即使不是"英语散文的新希望",也是"过去几年中出现在英语语系中的唯一一位最有价值的富有想象力的散文作家"。可见,奥威尔在坚持"腹对地"态度的同时,也对另类文学形式赞赏不已。到了1942年12月,在《米勒的终结》(*The End of Henry Miller*)一文中,奥威尔惋惜即使优秀如米勒,也难免陷入江郎才尽、一筹莫展的创作瓶颈;只有《北回归线》才是他的"最优秀的作品",这种"值得阅读的好书总归让人肃然起敬";米勒像普通人说话那样写作,"填补了1930年代过于政治化的文学所存在的空缺"。同时,奥威尔认为,作为一本有"胆量"和"耐心"描述"生活本来面目"的书,《北回归线》完全有理由跻身"20世纪值得阅读的为数不多的小说"之列。1946年2月发表的《文字与米勒》(Words and Henry Miller)是奥威尔最后一篇米勒批评,他认为米勒在《黑色的春天》之后所写的作品都陷入了空洞贫乏之中,其新作《宇宙哲学的眼光》中的文章尽管表面上看起来深奥神秘,其实并没有切实的含义。在很多米勒惯用的"华而不实"的表达背后是"思想的平庸""反动""寂灭的虚无主义"。更重要的是,米勒的世界观就是"不对任何人负责"和"不对社会负任何责任",就一个浪子的角度而言,这本无可厚非,《北回归线》就是"最好的态度",它"最大的优点就是没有任何道德可言"(奥威尔始终没有改变对《北回归线》的赞赏),但是一旦要对战争和革命等重大事件发表意见,米勒的这种诚实就"不够"了。言下之意,在战后新的时代背景下,作家逃避责任、躲进"鲸鱼腹中"已经不合时宜。奥威尔还特别强调"米勒真正的天赋在于描写底层社会",这才是"最适合他"的主题。1946年,奥威尔的《批评文集》出版,当中收录了奥威尔对吉卜林、威尔斯、沃德豪斯、叶芝、库斯勒和达利等的批评作品,《在鲸腹中》三篇文章当中的两篇(《查尔斯·狄更斯》《男生周报》)也赫然在列,主打文章《在鲸腹中》却独独被撤下了,让人不由生疑。不过,在1949年给经纪人的信中,奥威尔表示自己非常愉快地签署了意大利出版商将《在鲸腹中》文集翻译出版的合同。奥威尔在遗嘱中也特别提到《在鲸腹中》一文可以再版,可见对该作的认可和重视。

总之,奥威尔对米勒的态度经历了从保守的肯定到热情的赞颂再到不以为然的变化过程,但是不论他后来如何质疑米勒后期的作品,他对于《北回归线》的褒奖始终没有改变,《在鲸腹中》就是他这一立场的集中体现。对于奥威尔的文学观研究而言,无论如何研究奥威尔评论,米勒批评都是最重要的主题之一;无论如何研究奥威尔的米勒批评,《在鲸腹中》都是无法绕开的代表作,而它也确实受到了大西洋两岸论者的关注。

爱德华·米切尔(Edward Mitchell)编著的《亨利·米勒:三十年批评集》(Henry Miller: Three Decades of Criticism,1971)中收录的第一篇米勒评论就是《在鲸腹中》。米切尔指出该文"既深刻又广博",奥威尔"最早"认识到米勒语言的"句法和节奏感",并十分佩服奥威尔将米勒与沃尔特·惠特曼(Walt

Whitman）并置的眼光。奥威尔作为《北回归线》当时为数不多的声援者之一，颇得米切尔好感。卡尔·夏皮罗（Karl Shapiro）在文集《为无知辩护》（*In Defense of Innocence*）的《最伟大的健在作家》（*The Greatest Living Author*）一章中也特别提到了《在鲸腹中》一文，他认为奥威尔是"为数不多的看到米勒价值的英国评论家"。奥威尔写下了"关于米勒的最好评论之一，尽管他采用了社会学的方法，并试图将米勒归类为大萧条之类的作家"。但可惜的是，"奥威尔无法看到惠特曼和米勒所置身的社会经济状况之外的层面"。弗兰克·克莫德（Frank Kermode）指出《在鲸腹中》这篇"著名的评论"的角度是其他批评家"不会触及"的，认为奥威尔赞赏米勒与他反对左翼诗人的态度有关。伊哈布·哈桑（Ihab Hassan）指出，奥威尔抓住了米勒作品不同于菲茨杰拉德的强烈批判性，是"较为准确"的解读，因为他将米勒置于"两个世界之间"来进行解读，"一个是垂死的自由主义世界，另一个是即将来临的极权主义世界"。在以上美国的米勒学者眼中，《在鲸腹中》并非纯文学意义的讨论，而是带有鲜明的社会意识和批判倾向的文学批评。英国知识分子的注意力则几乎都集中于《在鲸腹中》投射出的强烈政治信息。同时代的亚瑟·卡尔德-马歇尔（Arthur Calder-Marshal）的书评充满时代危机的压迫感，他将《在鲸腹中》视为作家"保持中立的理由"，但是他在文末还是质疑作家是否能真的接受"被拖进集中营"面对"橡皮警棍"的可怕局面。很多论者都如卡尔德-马歇尔一样或者比他更明确地将《在鲸腹中》解读为一份毋庸置疑的政治静默主义声明。20世纪50年代的"运动派"作家将这种静默主义奉为拒绝参与政治的理由。韦恩1954年敦促作家们应该"不断地把奥威尔的榜样摆在我们面前"，认为效仿"奥威尔的榜样"就意味着对政治的超然。罗登认为韦恩对奥威尔的接受史是"战后英国文化氛围波动的晴雨表和对英国文学史上一个重要群体的意识形态和渴望的一瞥……他们经常以静默主义的《在鲸腹中》和反极权主义的《一九八四》的作者为例，来证明自己的右转是正确的"。后来，随着"新左派"的不断激进化，《在鲸腹中》遭到英国左翼知识分子的猛烈批判，他们断言静默主义是毫无道理的。E. P. 汤普森（E. P. Thompson）的批判最为猛烈，他认为，《在鲸腹中》把年轻一代激进分子变成了幻灭的主人公吉米·波特（Jimmy Porter），这份"隐遁主义宣言将一代人的抱负埋葬……也把为事业无私奉献的精神埋葬"。雷蒙·威廉斯说奥威尔"写了一篇支持亨利·米勒消极态度的文章"，这是他"在他所处时代的危险中为作家开出的药方，但大体上标志着他彻底的绝望"。萨尔曼·拉什迪（Salman

Rushdie)认为这番隐遁主义的论证到了 1980 年代已经不再适用,现代世界"既没有鲸鱼,也没有安静的角落,无处可逃……"即使是奥威尔最坚定的崇拜者韦恩和艾米斯也从一开始对奥威尔毫无保留的肯定变成了后来更为理智谨慎的解读。从某种意义上来说,《在鲸腹中》的批评史折射出英国知识分子政治态度的变化。

然而,如果只将《在鲸腹中》当成奥威尔政治立场的宣言,就大大折损了这篇文章的意义和它所能引起的思考:作为"一代人的冷峻良心"和道德楷模,奥威尔的作品即使不动声色,其道德重心也常常有着明显指向,他为什么会与"非道德"的禁书作者米勒惺惺相惜?奥威尔以"窗玻璃式"的散文著称,其文字几乎从不破碎跳跃,他为什么会对风格与之大相径庭的超现实主义作家击节赞叹?奥威尔是直面文学使命的"政治作家",他为什么要为奉行虚无主义的"非政治"作家米勒辩护?他以约拿躲进"鲸鱼腹中"为主题意象,是否真如汤普森所言,在暗暗表达一种悲观逃避的思想倾向?本研究拟以《在鲸腹中》为起点,以奥威尔的文本特别是他的文学批评类随笔为重要支撑,探究奥威尔支持米勒这一不同寻常的表象背后的原因,并从中拓展开去,归纳和总结出奥威尔的文学观,以期为进一步还原和丰富奥威尔的真实面貌作出努力。

四、研究的思路、意义与方法

本书以奥威尔为亨利·米勒的小说《北回归线》辩护的文章《在鲸腹中》为起点,论证奥威尔的文学观。正文部分共分三章,每一章皆以奥威尔对米勒的支持为出发点,论述奥威尔特定的文学倾向和态度,三章最终共同构筑奥威尔文学观的总体面貌。第一章以奥威尔对"普通人"的敬意为基本面,以奥威尔对米勒的"误读"为切入点,试图论证奥威尔在对"普通的俗人"的礼赞和对"圣人"理想的质疑中所体现出来的人文价值观。这种世俗情怀也促使奥威尔将注意力转向了流行文学和文化。第二章试图通过梳理奥威尔的现代派作家批评、他本人的创作轨迹以及他与伍尔夫某些观点的异同来深入挖掘奥威尔的文学态度和审美倾向。奥威尔对现代派文学的拥护不仅仅是一种审美认同,也是一种与保守主义密切相关的情感认同。第三章聚焦奥威尔对文学与政治关系论题的看法。奥威尔长于"文学的社会学批评",而"将政治写作变成艺术"是奥威尔兼顾了政治与审美的中庸之选。米勒是在文学与政治的天平严重失衡时维护"中间派"立场的一块极具分量的砝码,但是,经历战争之后,奥威尔不再支持浪子的游荡,"躲进鲸腹"的建议变成了公民作家"分裂的自我"的新平衡。总之,《在鲸腹中》引出了对奥威尔的人文价值观、审美认识论和政治文学观的探讨。人文价值观让奥威尔关注平凡生活的细节,在不经意间成为流行文化批评领域的鼻祖;对审美初心的追寻让奥威尔始终拥护现代主义文学,始终维护现代主义者的美学尊严;"把政治写作变成艺术"的理想决定了奥威尔在面对政治与文学这个永恒命题时,必然采取中庸立场。结论部分归述全篇,并对奥威尔的"悖论"形象进行了概括。

本研究除了揭示奥威尔对米勒的辩护与赞赏背后的丰富内涵,还具有以下意义:首先,本研究侧重于奥威尔的文学批评、奥威尔与其他作家的横向对比勾连和对奥威尔文本的文学性探讨,力图把奥威尔从"政治"标签的绑架中解放出来,淡化他作为"讽刺作家"和"反极权主义"作家的身份,转而专注于他的文学身份和人文气质,将他更为紧密地固定在英国"文学"的体系中。其次,本研究倚重包括《在鲸腹中》在内的一系列文学评论文章,是对奥威尔作为文学批评家身份的拓展,丰富了奥威尔的形象。最后,本研究是对奥威尔政治思想研究的有益补充。奥威尔在米勒遭禁时对他的声援不仅与他的文学观点相关,也与他的社会态度密切交织。文学观在一定程度上也是政治思想的折射,他在20世纪40年代对文学与政治关系问题的探讨也因为特殊的战争时代背景而获得了重要的社会历史价值。

遵循以上研究思路,本书以问题为导向,采用文献研究法和文本分析法,从语言、形式、结构、价值等方面对奥威尔的文本进行细致的综合考察,并与其他相关文本进行融合性考察。本书以戴维森编著的二十卷《全集》为依据,围绕研究主题将奥威尔的创作文本与批评文本视为一个有机整体进行盘活,提炼出观点后再还原到文本中去,并进行广泛联系。同时,本书以原著为依据,避免了版本和翻译的偏差。奥威尔活跃于两次世界大战之间,曾流浪巴黎,曾远赴西班牙,当过广播员、记者和报社主编,也经历了英国文学从现代主义风格向左翼潮流的转变。这些个人经历都在他的文本中留下了痕迹,因此,对其文本细节和相关时代背景的分析有助于全面把握其文学思想。本书还将采用比较研究法,通过对文学语境的还原性解读梳理奥威尔大量文学批评的发生背景,同时通过分析比较奥威尔对传统与现代作家的评论和互文性创作来论证其文学思想。本书通过归纳和分析奥威尔对米勒、狄更斯、艾略特、乔伊斯等作家的评论(和借鉴)来剖析奥威尔的文学观,例如,以奥威尔对米勒这位看似与之毫无交集的作家的辩护为起点，考察奥威尔发起这份辩护的缘由、所表达的文学态度和背后真正的思想意图。此外，本书质疑"运动派"作家和"新左派"知识分子对《在鲸腹中》的政治化解读，力图还原其作为文学批评而非政论文章的真面目，并在此基础上提出论题。同时，关于威廉斯对奥威尔"政治写作"的偏见、桑德斯对奥威尔主人公形象的理解、邦兹对奥威尔与现代派文学关系的见解，本书都提出了不同意见。

第一章
奥威尔的人文价值观

> 普通人比知识分子聪明，正如动物比人聪明一样。
>
> ——奥威尔《大独裁者》影评

　　奥威尔与米勒有着共同的巴黎流浪经历和相似的贫困书写对象，他对米勒认同普通人的勇气十分赞赏，因为不论是在批评活动中还是在创作过程中，"普通人"都是奥威尔的第一关键词。但是米勒却对奥威尔的评价不屑一顾，他鄙视众生，歌唱非凡个体的独特命运，因此奥威尔的解读似乎是一种误读，然而正是这种误读提供了把握奥威尔文学态度的突破口——"普通的俗人"才是奥威尔与米勒真正的交集所在。本章以奥威尔对"普通人"的敬意为基本面，以奥威尔对米勒的"误读"为切入点，试图论证奥威尔在对"普通的俗人"的礼赞和对"圣人"理想的质疑中所体现出来的世俗情怀。这种情怀是奥威尔人文价值观的根基，也是其文学观的根本，让他情不自禁地将探究的目光投向了流行文学和文化。

第一节

普通人信仰

　　在最直接的意义上，奥威尔和米勒都是巴黎的亲历者，都在第一本松散的自传体著作中回忆了自己的经历。《北回归线》的背景是20世纪30年代初繁华落尽的巴黎。曾如日中天的艺术之都在一个盛世的尾声风雨飘摇，往昔人声鼎沸的蒙帕纳斯的餐馆变得凄清落寞、阒无一人，只剩下米勒那样食不果腹、离乡背井的流浪者。奥威尔的经历则有些不同，他目睹的是20世纪20年代末的盛况："在经济繁荣、美元滚滚的年代，法郎的汇率很低，一大批艺术家、作家、学生……对巴黎趋之若鹜……20年代末，巴黎有三万画家。"这是"迷惘的一代"

的波希米亚之城,是海明威的"流动的盛宴",上演着菲茨杰拉德笔下美丽哀伤的巴黎美国人的故事。然而,奥威尔并没有被艺术的大潮所裹挟,也没有像海明威和菲茨杰拉德一样出入时髦风光的艺术圈,而是在一家豪华餐馆的肮脏厨房里打工。如果说《北回归线》折射出艺术浪潮退却后巴黎的凄凉与衰朽,那么《巴黎伦敦落魄记》(*Down and Out in Paris and London*,1933,下称《落魄记》)则以光鲜亮丽的大都市里触目惊心的贫困为巴黎涂上了浓墨重彩的阴影。

米勒笔下萧索落寞的巴黎让奥威尔忆及自己的经历,因而产生了强烈的亲切感和共鸣:"你一直会有这种感觉,觉得这些事情全发生在你身上。"反过来,米勒对《落魄记》也赞赏有加,他在1936年8月给奥威尔的信中表达了自己的喜爱之情:"它可真是了不得;真实得不可思议!我不懂你怎么能坚持那么久……"二人都将焦点对准了挣扎在巴黎街头的人。《北回归线》中的"我"及其超现实主义者朋友都是社会底层的潦倒者,这部分人也是《落魄记》的主角。在第一章中,奥威尔说自己的主题"就是贫困",并表达了一种落到社会底层的踏实感,因为贫困带来一种"莫大的安慰"和一种"释怀的感觉",彻底的潦倒让人"少了许多烦恼"。这种向社会底层的"运动"大大拉近了奥威尔与米勒的距离。《北回归线》对他而言就是"一个关于工人旅馆里虫子缠身的房间、打架、酗酒、廉价妓院、俄罗斯难民"等等的故事,这些细节共同烘托出贫民窟的"氛围"和"感觉",而《落魄记》的背景也是无处不在的虫子、剥落的墙纸、粗俗的语言和阴魂不散的饥饿感。奥威尔看重的正是米勒的普通人书写。

一、致敬"普通人"

早在1933年写给布兰达·萨尔克尔德(Brenda Salkeld)的信中,奥威尔就在解读乔伊斯时第一次把"普通人"视为文学分析的重要内容。他认为利奥波德·布卢姆(Leopold Bloom)比斯蒂芬·迪达勒斯(Stephen Dedalus)"有趣得多,也成功得多。迪达勒斯是一个普通的现代知识分子……他的头脑受到了毒害",而布卢姆则是"普通人"的代表,是一个"相当敏感的普通人的典型"。这一点的意义在于,"在现代英国文学中,知识分子和普罗大众很少有交集……布卢姆……是一个普通的粗鄙之人,由一个既可以站在他内部也可以站在他外部从另一个角度看他的人来描述"。迪达勒斯也许是奥威尔的自我投射,因为当时的他确实是一个孤独迷茫的知识分子,而布卢姆这个人物形象则很快成为奥威尔的创作理想。乔伊斯抛弃了知识分子自命不凡的价值观,利用布卢姆这个人物来弥合文化阶层和大众之间的鸿沟，令奥威尔钦佩。乔伊斯以人类意识普遍的丰富性与复杂性作为创作基础，而不是强调普通人和精英之间的传统划分，启发奥威尔不断反思"普通人"主题①。

1935年，在第一次接触米勒的作品时，奥威尔就把注意力投向了《北回归线》和《尤利西斯》之间可能存在的相似之处。他对《北回归线》最早的评论措辞颇为谨慎。他认为将之与《尤利西斯》相类比是完全不够格的，乔伊斯是"艺术家"，而米勒只是一个对生活发表见解的"有洞察力但很固执的人"。1936年12月，在评论米勒的第二部小说《黑色的春天》（*Black Spring*）时，奥威尔对《北回归线》的价值及其与《尤利西斯》的关系问题有了新的认识，这与他1933年给布兰达的信中对《尤利西斯》的解读不谋而合：

> 《北回归线》的有趣之处在于它在知识分子和普罗大众之间架起了一座跨越可怕鸿沟的桥梁……记录普通人的普通生活的书是极为罕见的，因为它们只能由一个既能站在普通人视角之内，又能站在普通人视角之外的人来写，比如乔伊斯就可以站在布卢姆的视角内外。但想做到这一点就必须承认你自己在十分之九的时间里都是一个普通人，而这正是任何知识分子都不愿意做的事。

米勒与乔伊斯一样记录了普通人的生活，这是对奥威尔极具吸引力的话题。在1940年的《在鲸腹中》中，奥威尔强调了米勒的"普通人"认同，并又一次将米勒与乔伊斯进行类比。他指出，米勒虽然比不上乔伊斯，却不乏某些共同点，因为他们都描写了读者熟知的普通事物，并从中揭示了日常生活愚蠢污秽的真相和人类精神的麻木不仁："他们都愿意涉及日常生活中那些无意义的、卑琐的事实……《尤利西斯》中的葬礼一幕与《北回归线》是完全合拍的。"不论奥威尔与米勒（以及乔伊斯）在艺术风格和社会意识上多么千差万别，至少他们在取材上具备明显的共性——都以大街上的普通人为书写对象。1946年，在批评

---

① 桑德斯在讨论奥威尔与乔伊斯的文学关系的时候完全没有提及奥威尔的乔伊斯批评，她也似乎并不认为奥威尔与乔伊斯之间存在共同之处。在对比《牧师的女儿》与《尤利西斯》中的"夜城"（Nighttown）一幕时，桑德斯说："鉴于奥威尔的小说带有社会主义宣传的色彩，他希望展现的是现实和平凡，而不是超现实和非凡，这完全符合奥威尔的社会政治审美。"桑德斯还认为《牧师的女儿》字里行间流露出一种人道主义关怀，而这种社会政治考量在"夜城"一幕中并未明显地体现出来。也就是说，奥威尔与乔伊斯的关注点是截然相反的，这样的观点未免武断，因为，正是从《尤利西斯》中，奥威尔看到了普通人的世界，这也是乔伊斯最吸引奥威尔的地方。

米勒的新作《宇宙哲学的眼光》(*The Cosmological Eye*, 1939) 的空洞苍白后，奥威尔特别强调"米勒真正的天赋在于描写底层社会"，这才是"最适合他"的主题。这当然也是奥威尔作品的关键内容。

在为美国版《向加泰罗尼亚致敬》(*Homage to Catalonia*, 1938，下称《致敬》) 撰写的前言《乔治·奥威尔与真相的政治》(*George Orwell and the Politics of Truth*) 一文中，莱昂内尔·特里林称赞《致敬》是"真正的道德胜利"，奥威尔是"一位贤人"，他的"长处在于并非天才，而是只凭简单、直接、诚实的智慧面对世界"，并"让我们觉得，他所做到的事情，任何人都可以做到"。特里林的评语强调了奥威尔的普通人气质，影响深远。阿特金斯认为奥威尔的"独特性"在于他有"知识分子的头脑和普通人的情感"。斯彭德把他比作"一个20世纪的英国憨第德。单纯的人之所以普通，是因为他接受了普通人的正派价值观"。罗登说奥威尔成就了"一种独特和简单的形象……论说着有着普通认识的普通人"。邦兹的《奥威尔与马克思主义：乔治·奥威尔的政治与文化思想》的第一章以"普通人"为题，讨论了记录奥威尔早期流浪经历的作品和他后来阐述英国性 (Englishness) 的作品。还有论者从阶级、权力、语言等诸多方面论证奥威尔作为"普通人支持者"的身份。奥威尔作为拥有普通的智慧、坦率和正直的品质的作家形象早已深入人心，是当之无愧的"普通人"的杰出代言人。尽管奥威尔的小说前期与后期风格不同，随笔与评论的对象包罗万象，但是所有的创作都离不开这个共同的主题。贯穿他写作生涯始终的，是对正派的普通人真心诚意、高瞻远瞩和鼓舞人心的赞扬。

对于自己挂在嘴边的"普通人"，奥威尔从未下过任何明确的定义，下定义也从来不是奥威尔的作风。他充其量只是承认"这个词我用得比较松散，我理所当然地认为'普通人'是存在的，尽管现在有些人否认这一点"。实际上，他本人写作对象的涵盖范围也是松散宽泛的。《落魄记》描写的是流浪汉、流浪艺术家等赤贫者；《致敬》歌颂的是淳朴善良的西班牙和意大利民兵；《威根苦旅》关注的是北方的工业无产阶级特别是矿工。经营牛肚铺的布鲁克斯一家 (The Brookers) 虽然也处于社会下层，却并不在奥威尔的"普通人"的范围之内。《上来透口气》中，保灵缅怀的普普通通的父辈不是工业无产阶级，而是小镇上的小资产阶级。《一九八四》中，主人公温斯顿最终寄予厚望的是占人口百分之八十五的无产者。克里克认为，奥威尔清晰、朴素、有力的风格为的是让"他更倾向于称为'普通人'而非工人阶级的人们"听到他的声音。也就是说，"普通人"这一称呼比"工人阶级"更能够涵盖奥威尔自始至终的惦念和关切。那么，他们到底指的是谁呢？

英格尔认为奥威尔的普通人的首要特征是他们"与权力之间的否定关系——没有权力"，这种"经济和政治无权状态就是他们与工人阶级家庭的共同特征"。奥威尔自己也曾提及这种"无权状态"。在对一位工人阶级作家的评价中，奥威尔写道："人们几乎会得出一个愤世嫉俗的结论，即人只有在没有权力时才是正派的。"可以说，英格尔的说法十分贴合奥威尔的本意——"普通人"就是一个包含工人阶级以及其他一切"无权"群体在内的笼统概念。罗登对此则提出了如下见解："他（奥威尔）给出了一个弹性的、本质上是排除式的'普通人'定义，即'普通人'只是一个非知识分子的人。"可以说，罗登之见是对英格尔之见的有益补充。在《狮子与独角兽》一书中，奥威尔甚至将"知识分子"和"普通人"对立起来：前者是支持民主、通情达理的"英国人"，他们不是知识分子，恐惧"抽象思维"，也不需要任何"哲学"；后者则表现出"权力崇拜的倾向"。"非知识分子"就是社会文化阶级中的无权者。因此，奥威尔钟爱的就是政治和文化上的无权阶级和被压迫者。

总之，奥威尔的"普通人"与学科术语无关，奥威尔对普通人的信仰不是意识形态或是理论教条，而是一种根本的、非意识形态的价值观，也是他永恒的创作基石。奥威尔向下层社会的靠拢，他反复强调的"起码的正派"，他平易近人的散文风格，他对英格兰的热爱、对往昔的留恋、对流行文化的兴趣和关于日常主题的专栏文章，所有这些构成了他的"普通人"信仰。在奥威尔作品中鲜活的时代色彩褪尽之后，那道信仰的光环依然闪烁如故，照亮人们生活和前进的道路。虽然《北回归线》的主旨绝非描写贫困，却是"来自人群的声音，来自下层社会的声音"[①]。不论是米勒等流浪艺术家还是工人和失业者，普通人的世界就像一片磁场，牢牢地吸引着奥威尔向它靠近，向《北回归线》靠近。

二、无产阶级的"水晶之魂"

奥威尔的第一部纪实作品《落魄记》以贫困为主题，而第一部小说《缅甸岁月》则记录了他作为大英帝国警察在殖民地所经历的情感和思想上的孤立与挣

[①] 有论者指出《北回归线》是"污秽版"的《落魄记》，米勒也和奥威尔一样在巴黎大萧条期间为了吃与住到处奔波，但不同的是，奥威尔为了维持生计不惜干最脏的活，而米勒则成了一个"寄生虫"，绝不愿工作，而要"把经历写成书"。

扎。殖民体系对人的腐化加深了他与生俱来的内疚感，在后来的《威根苦旅》中，奥威尔坦承自己1927年永辞缅甸的原因："过去的五年里，我是专制体制的爪牙，我问心有愧……我心中充满了深深的内疚感，我必须为自己赎罪。""罪恶感"在他所有早期作品中以这样或者那样的形式出现，它是《落魄记》里的"我"向社会底层靠拢的根源，是《缅甸岁月》的主人公约翰·弗洛里（John Flory）挥之不去的孤独愤懑的缘由之一，也是奥威尔选择流浪的根本动机。他深深地渴望"彻底走出这个体面的世界……淹没自己，直接到被压迫者中间去，站在他们一边反对暴君"，而一旦达到了"触底"的状态，"一部分罪恶感"就会"消失"。从缅甸回国后，奥威尔下决心摆脱阶级身份，实现这一决心的唯一途径就是和社会底层人民共同忍受最恶劣的生活条件，于是他就开始了坚定而漫长的下层突围之旅。

《牧师的女儿》取材于他20世纪30年代初的流浪经历。在书中，他对跨阶级关系进行了进一步探讨。当主人公多萝西·哈尔（Dorothy Hare）放弃与世隔绝的生活，与流浪汉一起流落街头时，她发现自己并没有因为与普通人共处而得到救赎，反而面临着生命虚无主义的困惑。尽管她恢复了记忆回到家中，但她失去了信仰，并认识到"一切事物核心的致命空虚"。当奥威尔以一个寒酸的中产阶级普通成员的视角审视下层社会时，事物却都失去了意义。多萝西·哈尔是困惑的。到了《让叶兰继续飘扬》中，青年艺术家戈登依然在探索作家的出路和生命的意义。为了找到问题的答案，他辗转反侧、上下求索，并一度为了艺术的理想把自己放逐至社会最底层，决心堕入"没有希望、恐惧、雄心、荣誉、责任"的底层世界："向下、向下——一直到流落街头、济贫院和监狱，只有到那种地步他才能心安。"但是戈登最终回归中产阶级生活的轨道，这也意味着奥威尔在艺术反叛和现实生活之间的徘徊不定。不过，到了1937年的《威根苦旅》中，奥威尔的态度已经变得鲜明。该作是解读奥威尔早期思想的重要窗口，前半部分是奥威尔对北部受大萧条影响最严重的矿区走访调查的记录，后半部分是奥威尔对自己的经历和思想的梳理总结。他摆脱了早期小说中的犹豫，告别往事，踏上新的征程，直抒胸臆地表达他对政治、文学和社会问题的看法，并开始把"普通人"作为他永恒的主题。虽然奥威尔从来没有真正彻底摆脱阶级烙印，但他现在已经有了一种"民粹主义"倾向。从现在起，他的基本写作主题是平民的正派和精英的不可靠。奥威尔指出，普通人平凡的伟大在于他们"永远不会与他们的道德准则背道而驰"。在《大独裁者》影评中，奥威尔称赞"普通人比知识分子聪明，正如动物比人聪明一样"，这与致力于揭露人类不平等根源的卢梭在《忏悔录》中将农民看得比贵族高贵的立场十分相似。

在体验和体恤底层人民的艰难困苦并努力向他们靠拢的过程中，奥威尔也被他们丰富的同情心、创造力以及卓越的自由主义精神深深吸引，他们也因此成为奥威尔作品中的典范人物。这些半虚构半真实的形象栩栩如生、血肉丰满，承载着奥威尔某些思想的雏形。最引人注目的是《落魄记》中伦敦部分的主角，一位名叫波佐的跛脚人行道画家。他是民间文化最鲜活的诠释者，也是 20 世纪 30 年代流浪大军中的一员。他不像大多数流浪汉在接受施舍时怀着"卑微的"感激，而是保持着宠辱不惊的"不卑不亢的淡定"。从天文到乞讨技巧，从绘画到人生哲学，波佐无所不通，他坚定执着的艺术追求和丰富渊博的知识常常令奥威尔感到肃然起敬。在桥洞里聆听波佐对漫天繁星天马行空的想象时，奥威尔被他身上的艺术气质深深折服，并情不自禁地叹道："他说话的样子看起来就像是个画廊里的艺术评论家。"似乎头顶的星空和心中的道德律令已在波佐心中达到了最自然的结合。当许多人被穷困潦倒的生活夺去了思想的灵感时，波佐并没有随波逐流、自暴自弃，而是努力创造一个内心空间来暂时摆脱日常生活的残酷。他对奥威尔的一段劝慰感人至深："你仍然可以继续写你的书，表达你的想法。你只要对自己说，'我在这里是个自由人'——他轻轻地拍拍额头——'你就没事了'。"通过在自己和周遭环境之间竖起一道审美屏障，波佐顽强抵抗外部世界的侵袭，这种对独立精神空间的追求多年以后仿佛融入了《一九八四》两位主人公的血液中，成为他们反抗精神控制的原动力。

和普通人的自由精神一样充满吸引力的，是他们之间的兄弟情谊。1937 年的西班牙之行使奥威尔颂扬和渴望的"四海之内皆兄弟"的理想得到了实现。在西班牙战场上抗击法西斯、拯救共和国的几个月让奥威尔体验了生命中唯一一次短暂却纯粹的共产主义经历，让他相信了人人平等的可能性，也让他真正皈依民主社会主义理想。直到 1945 年之前，奥威尔都把《致敬》视为自己最好的作品。其开篇即描述了一种前所未有过的共产主义氛围：同志情谊、自由平等的信念、公有制、对天主教的蔑视、对阶级差别的取缔、随处可见的革命标语等。离开西班牙后，奥威尔如此深情地回忆战友间的亲密无间："我又回到了蒙特波塞罗的战壕，在当作床用的石灰岩的岩壁上，年轻的雷蒙正打盹，鼻子抵在我的肩胛骨之间。"这种互信、宽容、无私的氛围将"起码的正派"变成了现实，也让他对人类有了更多的信心："我在那里看到了很多美好的事情，最后我真的相信社会主义,这是我以前从未相信过的。"在他遇见加泰罗尼亚的无政府主义者和马统工党民兵组织之前,"社会主义"只是他脑海中的一个概念,和反资本主义大致重合而已。而加泰罗尼亚的所见所闻让他成了一个坚定的社会主义者,对实现平等社会的信念至死未渝。

《致敬》以握手开头,也以握手结束,这种首尾呼应别具深意。开头的握手发生在初次会面的陌生人之间——一位意大利民兵从房间那头走过来,用力握住奥威尔的手。民兵伸出的双手跨越了语言和阶级的障碍,这份陌生的亲密感让奥威尔久久难以忘怀。《致敬》结尾的握手意义则更为丰富和微妙:

> 前民兵和前人民军军官之间没有什么可说的了:我们俩都微微鞠躬。然后发生了一件奇怪而感人的事情。小个子军官犹豫了一会儿,然后走过来和我握手。我不知道我是否能让你知道那个举动是如何深深地触动了我的。这听起来是件小事,但事实并非如此。

意大利民兵和那个小个子军官都是"走过来"与奥威尔握手的——但是二者的含义和分量并不一样。第一次握手是出于高涨的革命热情和共同的奋斗目标,第二次握手则是发生在革命热情退却之后。第二次握手之所以"感人",是因为握手双方在了解了革命的真相并已各自走上相反的道路之后,依然出于普通人之间固有的情感,做出了这种意在表达情谊的举动,因而更显珍贵。1942 年,奥威尔在《西班牙战争回顾》(*Looking Back on the Spanish War*)文末写了一首诗,纪念他在巴塞罗那兵营遇到的所有西班牙共和军战士,这首诗是这样结尾的:

> 但我在你脸上所看到的表情
> 没有权力可以剥夺:
> 没有一颗炮弹能
> 粉碎那**水晶之魂**。

水晶坚硬、珍贵、质朴,与玻璃镇纸一样干净透明。奥威尔用"水晶之魂"一词来指代兄弟情谊、大无畏气概和高尚的社会主义理想,歌颂了士兵们无瑕的精神世界。这是《致敬》的核心价值所在,也是奥威尔本人精神魅力的写照。在该文结尾,奥威尔用简单通俗的语言表达了自己为普通人的胜利而奋斗的决心。他坚信在不久的将来,普通人会赢得最后的胜利,而这个将来是"百年内,而不是万年内"。尽管遭遇幻灭与枪伤的双重打击,西班牙的经历让奥威尔坚信社会主义理想可以实现，普通人的价值观能够获得最终的胜利。

实际上，互信、友爱、兄弟情谊和正派是《致敬》之后的所有作品中反复出现的主题。奥威尔把人与人之间的亲密无间视为快乐的本原。在《社会主义者会快乐吗？》(Can Socialists be Happy?，1943) 一文中，他认为"社会主义的真正目标不是幸福。幸福只是一种副产品……社会主义的真正目标是人类的兄弟情谊"。《一九八四》中，温斯顿在无产者身上发现了这种高贵的品质，他们不是忠于党、国家或思想，而是"彼此忠诚"，无产者"内心还没有变硬，他们保存了原始的情感"。彼此沟通、互助互信的"正派"品质可以让现实权力机构里所有的拿破仑和老大哥都失去立足之地。一旦互信和互爱消失，如温斯顿和茱莉亚最终相互背叛，那么唯一可以与国家权力相抗衡的武器就失去了力量。1948 年，奥威尔依然认为，革命活动虽然屡屡受挫，却并未停滞不前："虽然一个自由平等的人类世界，那种四海之内皆兄弟的情怀……从未实现，但对它的信仰似乎从未消失。"

总之，奥威尔在创作生涯中一步步向下层民众靠拢，对他们的情感除了同情之外，更多的是欣赏与敬佩。不论是民间艺术家波佐、意大利民兵还是西班牙的小个子军官，他们自由丰富的精神世界和对兄弟情谊的真诚信仰都深深打动着奥威尔，也凝聚成奥威尔心中长存的"水晶之魂"。

三、"误读"米勒

然而，正是奥威尔对普通人的热切关注使得他对米勒的解读变成了一种误读。对于阶级体系中的英国人来说，认同普通人是一种勇气之举，因为这意味着从自己的社会身份中抽身出来，去肯定那些被剥夺了权利、金钱和尊严的人。奥威尔极力赞扬米勒认同普通人的勇气，却似乎忘记了作为美国作家的米勒并没有生活在英国阶级制度之中。米勒的目标是独树一帜，他所关注的只是自我存在的真相："我要让读我作品的人越来越少，我对群众的生活不感兴趣，对世界上现存政府的意图也不感兴趣。"当米勒在《北回归线》中渲染个性与不羁，以寂寥的高亢和绝望的叛逆来歌唱自己的独特命运时，奥威尔却只听见了"来自人群的声音，来自下层社会的声音，来自三等车厢的声音，来自普通的、非政治的、非道德的被动的人的声音"——米勒因此被纳入了普通人的队伍，从不问世事的超现实主义世界中被追回到现实世界的日常生活中来。这种政治上的"拔高"意味着艺术上的"降级"，是米勒所无法容忍的。因此，米勒对奥威尔的评论感到相当失望,最初因为《落魄记》积攒下的好感也几乎消失殆尽①。不仅如此,米勒在对乔伊斯的评价中似乎也藏着几分对奥威尔的揶揄。奥威尔将布卢姆视为"普通人"的精湛演绎,米勒的评价却截然相反。在《宇宙哲学的眼光》中,米勒写道:"出生于牧师家庭的乔依斯将布卢姆,也就是他的'普通人'形象或替身,塑造成极端的笑柄……乔依斯身上流着牧师的血液,继承了中世纪学者的遗风,他对参与普通的人类日常生活束手无策。"米勒非但不欣赏布卢姆身上的普通气质,反而透过他看到了普通人的"愚钝、下流、满脑子问题但缺乏想象力"的丑陋面目,视他们为头脑僵化的"笨人"。在蔑视布卢姆这个"普通人"时,或许米勒脑子里闪过了奥威尔的身影。

当然,奥威尔并非不明白米勒与"普通人"之间的距离,他也对米勒的主题与日常生活之间的脱节感到惋惜:

> 顺便说一句,非常可惜的是,米勒写的那条街是一条布满妓院的街道。那是离开故土的惩罚。它意味着把你的根移入较浅的土壤。流放对小说家的伤害可能比对画家甚至诗人的伤害更大,因为流放的后果是使他脱离工作生活,把他的活动范围缩小到街头、咖啡馆、教堂、妓院和工作室。总的来说,在米勒的书中,你读到的是那些喝酒、聊天、冥想和通奸的移居国外的人的生活,而不是那些工作、结婚和抚养孩子的人。很遗憾,因为他会把这一系列的活动描述得和其他的一样好。

奥威尔在米勒的巴黎图景中看到的是一个浮光掠影的、生长在"较浅的土壤"里的世界。在给米勒的信中,奥威尔表示自己对其创作形象和文字风格缺乏现实主义特色感到不安,对"人和物不必遵守时空规则"感到不安,并承认自己的心态妨碍了对米勒的流浪的欣赏:"我总抱有一种'腹对地'的态度,所以当我离开有着青草和硬石的平凡世界时,总是感到惴惴不安。""腹对地"态度决定了奥威尔无法认同米勒对自由生活的那份戏谑的享受,也不明白工作和婚姻对米

---

① 米勒在1949年3月给劳伦斯·达雷尔(Lawrence Durrell)的信中说:"奥威尔——我的天!那人几乎什么也不懂……你应该看看法国批评家是怎么评价我的……比你们的奥威尔强百倍。"达雷尔也对米勒赞赏有加,但是他与奥威尔赞赏的方式和尺度截然不同。他认为《北回归线》不应被还原为它所产生的时代环境,因为它始终以挑衅的眼光睥睨一切:"今日之美国文学以他(米勒)所做之事的意义而开始,也以此面告终结。"卡尔·夏皮罗(Karl Shapiro)重申了这种夸张的赞美,把米勒称为"现在活着的世界上最伟大的作家"。达雷尔、夏皮罗以及更多同时代作家(艾略特、里德、庞德等)对米勒的褒扬,请参见亨利·米勒《宇宙哲学的眼光》的译序,第1—2页。

勒这个美国作家来说并不重要。归根到底，奥威尔把创作深深地扎根于现实世界中，把日常生活和工作视为道德思考的基础，他书写的是"平凡"的赤贫者，而米勒则以怪诞浓烈的想象书写着"非凡"的赤贫者。《北回归线》与《落魄记》虽然都以大街上的流浪者为对象，但奥威尔的目光从来不像米勒那样在肉欲横流的卑琐中探索诗与远方，而是紧锁于脚下的大地。"工作、结婚和抚养孩子的人们"正是奥威尔不变的主题。奥威尔看到了自己与米勒之间这看似巨大的差异，但又转圜了话锋：

> 我不是说米勒写的是大多数人，更不是说他写的是无产阶级……《北回归线》里的人也不普通，他们无所事事，声名狼藉，还多少有点"艺术性"……米勒笔下的"普通人"既不是体力劳动者，也不是郊区居民，而是无根无钱的被遗弃者、落魄者、冒险家和美国知识分子。尽管如此，即使是这种类型的经历也与更正常的人有相当广泛的交集。米勒能够最大限度地利用他有限的材料，因为他有勇气认同它。普通人，也就是"**普通的俗人**"，已经被赋予了说话的能力，就像巴兰的驴子一样。

虽然米勒的主人公不是"大多数人"或无产阶级，但奥威尔依然把《北回归线》纳入普通人书写的范畴，肯定了米勒"认同"普通人的勇气，原因在于米勒书中主人公的经历"与更正常的人有相当广泛的交集"，而这个交集就是"普通的俗人"，即那些沉浸于尘世生活、为身体的快感所驱使的人。

综上，米勒与奥威尔一样曾流浪巴黎，并以身陷卑微、贫困和污秽中的人们为书写对象，契合了奥威尔的"普通人"信仰。这种信仰是奥威尔在创作道路中不断积累和反思的结果，也伴随了他一生。奥威尔一厢情愿地肯定米勒"认同"普通人的勇气，但米勒本人却对普通人不屑一顾。奥威尔的解读看起来是一种误读，却揭示了奥威尔的另一重面目——他是道德楷模，也是"普通的俗人"的支持者。如果说巴黎的流浪构成了奥威尔对米勒之认同的底色，那么"普通的俗人"就是底色上最为耀眼的光晕，而"俗人"看似与奥威尔深沉内敛、不苟言笑的道德面孔格格不入，实则是对这一形象的重要补充。

第二节
礼赞普通的俗人

奥威尔是公认的君子。他的作品即使不动声色,其道德重心也常常有着明显指向。这样一个将"正派"奉为原则的道德楷模与肆无忌惮的污秽"禁书"的作者米勒惺惺相惜,着实出人意料。不过,几乎同一时期创作的小说《上来透口气》为这份认同提供了最好的注脚。不论时间上还是内容上,《上来透口气》都是与《在鲸腹中》关联度最高的作品。《上来透口气》动笔于1938年9月,出版于1939年6月12日。《在鲸腹中》文集中的三篇文章动笔于1939年7月左右,文集整体完成于1939年12月,出版于1940年3月,也就是说,《在鲸腹中》一文写作于《上来透口气》出版后不久。约翰·韦恩将《上来透口气》视为奥威尔的"核心著作",而主人公乔治·保灵(George Bowling)是"他最重要的人物":"如果他所有的书都消失得无影无踪,我们应该能从这本书里看出他是一个什么样的作家,他的主题是什么,以及他是如何处理它们的。"利文森将保灵视为"奥威尔的约拿"(奥威尔在《在鲸腹中》中将米勒比作躲进鲸鱼肚子里的约拿),并将《上来透口气》视为"对'米勒一派'的贡献"。或者说,奥威尔和米勒相交于保灵这个"普通的俗人"。

一、从保灵到吐温

保灵是唯一一个喜剧色彩浓厚的奥威尔主人公,他身上充满了粗俗的活力,与奥威尔笔下其他自省内敛、疲惫不堪的主人公截然不同。他没有弗洛里那样封印般的胎记,不像多萝西那样恐惧性爱,摆脱了戈登怀才不遇的牢骚,也不似温斯顿那般孤独愤懑。他随遇而安、追逐声色之娱,将吃、喝、性视为人生最大的乐趣。面对单调无趣的生活和一筹莫展的婚姻,他得过且过、自洽自得。这种享乐主义态度与米勒不谋而合。保灵玩世不恭,并拥有一颗永不满足的好奇心,又令人联想到利奥波德·布卢姆。基斯·威廉斯认为保灵是最一望而知的乔伊斯式人物,一个像布卢姆一样的下层中产阶级:"乔治(即保灵)的独白也让我们感到了一种修辞上的粗鲁,就像塞缪尔·柯勒律治的水手或赫尔曼·梅尔维尔的以实玛利一样引人入胜,但是其荒诞的粗俗明显带有拉伯雷—乔伊斯印记……"卡朋特认为保灵"这个'普通的俗人'的创作灵感来自利奥波德·布卢姆"。迈耶斯也将保灵视为对布卢姆的模仿。除了具有布卢姆的某些特征，保灵还与 H. G. 威尔斯（H. G. Wells）笔下的"小人物"颇为相像。保灵最大的特征就是肥胖，人们大多亲切地叫他"胖子保灵"，而肥胖"能让你不那么较真儿"，"你可以融入几乎所有圈子"。这大腹便便的身形酷似威尔斯的波利先生，一个同样来自下层中产阶级的寒酸人物。保灵称《波利先生传》（The History of Mr Polly，1910）是他最早读过的正经书之一，并颇为欣赏波利先生。奥威尔本人则非常欣赏"作为作家的威尔斯"，并把《上来透口气》视为"掺了水的威尔斯"。还有论者联想到 J. 阿尔弗雷德·普鲁弗洛克（J. Alfred Prufrock），认为这位"秃头的中年高雅人士"不完美的自我与低俗的中年胖子产生了共鸣——"保灵'敢于'在田地里采摘报春花，就像普鲁弗洛克敢于吃桃子一样"。在塑造保灵时，奥威尔脑海中一定还浮现着其他喜剧人物的身影，也许是《男生周报》中那个肥胖、倒霉、贪吃的主人公比利·邦特（Billy Bunter），又或者是胖胖的、随机应变的桑丘·潘沙（Sancho Panza），他在这些人物身上也都寄托了深厚的情感。不论是布卢姆、波利先生或是普鲁弗洛克，他们共同的"普通的俗人"气质在保灵身上得到了延续，在米勒身上找到了共鸣。

在大战之初撰写的小册子《狮子与独角兽》中，奥威尔以赞赏的口吻描述了英国人粗俗的快乐和对隐私的尊重。英国人总是本能地回避"官方"活动，他们的个人生活总是围绕着"酒吧、足球赛、后花园、炉边和一杯好茶"展开。因为热爱私人空间，他们着迷于生活的低俗趣味，经常喝得酩酊大醉，说着下流的笑话，不避粗言秽语。在关于斯摩莱特的评论中，奥威尔表达了对放荡行为的欣赏甚至热爱。这位"苏格兰最优秀的小说家"认为"决斗，赌博和私通……几乎在道德上是无所谓对错的"。通过"全然排除'善良'的动机和无视人的尊严"，斯摩莱特常常捕捉到一本正经的小说家容易忽略的事实，或者说，他所表现的都是"现实生活中确实发生的、但几乎总是被排除在小说之外的事情"。米勒的书写对象也不常见于高雅文学之中，他所大肆描绘的人类无可救药的"恶"让奥威尔觉得十分亲切和敬佩："为什么这些骇人听闻的琐事如此引人入胜呢？因为整个氛围都很熟悉，因为你一直有这种感觉，这些事情正发生在你的身上。你之所以会有这种感觉，是因为有人抛弃了普通小说中的外交辞令，而把内心世界的现实政治揭示出来。"① 其他小说家使用"外交辞令",强调人类对自身最美好的幻想,而米勒则揭示了绝大多数人内心的猥亵、粗俗和放纵。其实,早在1935年的米勒评论中,奥威尔就指出《北回归线》"可以称得上是对人性的诋毁",因为"几乎所有的人物都是妓院的常客,其言行的粗鄙程度在小说中可谓无有出其右者"。然而,这种"诋毁"却是人类的必需品,他们需要正视自己的"野胡"特质。因此,米勒代表了一种转向,他拒绝对崇高主题的追求,转而专注于各种下流粗鄙的素材,把一场肮脏的盛宴横陈在读者面前。在奥威尔看来,这种直面人类行为真相的勇敢,即使是粗鄙的、看似残忍的,也比无关痛痒的嬉皮笑脸更有意义。不过,《北回归线》虽然看起来是"对人性的诋毁",却并不真的侮辱和贬低描写对象,而是恰恰相反:"他的某些段落充满了惠特曼式的热情。他似乎在说……人们终究会发现,生活不是失去了意义,而是更为值得。"因此,尽管米勒描述的是丑陋的事物,却并非悲观主义者。

米勒与斯摩莱特(以及乔伊斯)一样,执著于写作对象的污秽与猥亵,由此展现"普通的俗人"最真实的所思所想。奥威尔也是描写污秽肮脏的行家里手,即使在《致敬》这样歌颂"水晶之魂"的作品中亦是如此。《致敬》开篇除了记录了握手的暖人瞬间,还记录了奥威尔对加泰罗尼亚社会主义运动的疑虑:到处都是肮脏、混乱和浪费。这种褒贬夹杂的看法表明,奥威尔并未一叶障目、夸夸其谈地认可西班牙的一切,就像《威根苦旅》开头对肮脏的牛肚铺的描写并不完全理想化矿工的世界一样。奥威尔打乱了读者的期待和顺理成章的叙事框架,以一种更直观、更现实的方式描写工人阶级的生活,毕竟,人性中的愚蠢和堕落是普遍存在的,即使是在淳朴的工人阶级身上,这些缺点都不会彻底消失。这不是对工人阶级的诋毁,而是人性中的消极能量的自然释放。

值得注意的是,在最早的米勒评论中,奥威尔认为美语虽然没有英语那么灵活优雅,但是"更有生命力"。也就是说,美语虽然相对笨重和粗俗,却也更加自由奔放。正因为如此,奥威尔欣赏以马克·吐温(Mark Twain)和沃尔特·惠特曼为代表的特立独行的美国作家,认为他们的作品反映了19世纪中后期美国西部扩张进程中彰显出来的自由精神。奥威尔在《马克·吐温——御用小丑》(*Mark Twain—The Licensed Jester*,1943)一文中指出,吐温时代的边疆文化是人类历史上束缚最少的文化之一。吐温主要对"个性"感兴趣:"由于摆脱了

---

① 此处参考乔治·奥威尔《政治与文学》李存捧版的译文。

外部压力，人们可以发展出奇怪的、有时是邪恶的个性。国家几乎不存在，教会很弱小……如果你不喜欢你的工作，你只需一拳打向老板的眼睛，然后再往西走……"随着成千上万人的西迁，传统权威的存在感减弱了，人们尽情呼吸着自由的空气，而这种自由"以前从未有过，而且将来的几个世纪都不会再有"。吐温在各种各样的罪犯、劳工和冒险家身上捕捉到的"奇怪的、有时是邪恶的个性"与既定的道德观关系不大，却洋溢着美国西部人天不怕地不怕的精神，树立了一种政治独立的榜样，也是经济和思想自由对文学的积极推动作用的产物。从18世纪晚期到第二次世界大战之间的百余年间，许多英国激进分子都把美国视为自由主义精神的根据地。奥威尔对吐温和惠特曼的赞赏体现了他对当时美国自由主义信仰的热望，而米勒就是"一个尸堆中的惠特曼"，他的观点"与惠特曼极为相似"，只是他放荡不羁地拨弄自由的琴弦，将惠特曼交响乐般的美国史诗改编成全人类历史的疯狂变奏。

总之，"粗俗"的保灵与布卢姆、波利先生以及普鲁弗洛克心意相通，礼赞"俗人"的奥威尔也与揭示人心的猥亵和放纵的米勒和斯摩莱特所见略同，他对用不甚优雅的美语书写自由精神的马克·吐温和惠特曼们亦赞不绝口。不过，奥威尔的态度既体现在对作家的评论中，也广泛存在于其文本中，他对"俗人"的描写和议论也往往具有鲜明的目的性和指向性。

二、"粗俗"与抗争

在奥威尔眼中，普通人的粗俗中包含了反道德权威、反权力至上的重大意义。对于底层的被压迫者而言，如果他们不为社会所接纳，或者没有获得应得的尊重，就必定会产生一种越来越强烈的自我放逐感。因此，当社会的主流价值观被公然蔑视时，他们往往会报以热情的欢呼。与流浪汉们共处的经历使得奥威尔对这样的心态了如指掌，并深受感染。用奥威尔自己的话说，"'局外人'总是比'局内人'更激进"。实际上，奥威尔本身就抱有一种典型的局外人思维，他在20世纪三四十年代与主流左翼思潮的论争是知识界的一道奇异风景。他是"普通"的人，却非"大众"的人，正如斯图尔特·萨缪尔（Stuart Samuels）所言，"他处在这一代，但从来没有属于这一代"。这种与同时代人的疏离感滋养了奥威尔天生的反律法主义，也让他获得了一块私密空间。在这个空间里，他可以总结自己的思想，反思自己的经历，明确自己的立场，而不必屈从于知识权威和政治潮流的压力。因此他自然而然地尊重那些公然蔑视他们这个时代主流价值观的人，把他们视为个人自由的坚定捍卫者。奥威尔几乎毫不掩饰对被压迫者无视道德律法行为的欣赏，对于触犯社会规范的举动常常鼓掌叫好。他笔下最典型的底层非道德人物当属一位名叫金杰（Ginger）的少年犯。

奥威尔1931年在摘啤酒花日记中记录了金杰的故事，他是一个"体格健壮的年轻人，几乎不识字，而且相当傻帽，但是胆子很大"。他们二人在一起去肯特郡寻找摘啤酒花工作时成了朋友。金杰是一个偷盗成性难以自拔的无赖，屡次试图说服奥威尔和他一起去抢教堂。如果不是因为奥威尔及时劝阻，他几乎就要独自一人以身试险。更重要的是，金杰总是在弄到钱后的几个小时内就把钱花光，令奥威尔大开眼界。在某种意义上，奥威尔是想借这种行为来讽刺主流文化通过宣传节俭来剥削平民的别有用心。在1940年4月撰写的一篇报刊文章中，奥威尔回顾了19世纪的社会结构，并坚称宗教信仰本质上是"一个谎言，一个让富人更富、穷人更穷的半意识的工具……我一年一万英镑，你一周两英镑，但我们都是上帝的孩子"，不仅如此，资本主义社会结构中"也存在着一个类似的谎言，绝对需要抛弃"。在1944年的一篇报刊文章中，奥威尔戳穿了电影和新闻界巨头们所宣扬的财富邪恶论的真相，"善良的穷人战胜邪恶的富人"这一定式只是"'天上掉馅饼'的一个更含蓄的版本"，有权有势者利用这个冠冕堂皇的谎言蒙蔽人心、大肆敛财，而金杰以实际行动与之唱反调，因此他的偷盗和挥霍行为中的进步色彩也就不言而喻了。

后来，金杰化身为《牧师的女儿》中的一个重要人物诺比（Nobby）。诺比"不拘小节，活泼有趣……他在一个兵团服役了六个月，后来因眼睛受伤退役……他在德普特福德阴沟度过童年，妻子十八岁时死于难产"。尽管竭尽所能为过上体面的生活而奋斗，诺比却总是惨淡收场。他维持生计的唯一手段就是偷窃。奥威尔既不赞美他有大智慧，也不批评他耍小聪明，只是让他讲述自己的故事。诺比熟谙行话，说着多萝西听不懂的俚语，练就了一套生存的本领，俨然成为英国无产阶级民间文化的代言人，这也是奥威尔十分感兴趣的话题。诺比和金杰一样通过各种盗窃和欺骗行为自食其力，他们的处世之道在某种程度上就是奥威尔本人思想深处的道德无政府倾向的流露。如果说这种性情背后传达出某种政治含义的话，那就是"强权不公"和努力生存的信念。奥威尔有时看似是拿穷人开玩笑，然而实际上，嘲笑穷人的能力是建立在仰慕其韧性的基础之上的。《落魄记》中的流浪汉帕迪（Paddy）虽然刻薄、自私、心胸狭窄，但是这些特征达到了很好的喜剧效果。如果帕迪屈服了，或者金杰或诺比害怕了，玩笑就无从谈起。他们身上都有保灵的气质——"死了,但绝不会躺下!"这是 20 世纪 30 年代的杂耍剧《流行歌曲》的一段台词。奥威尔选择这段台词作为《上来透口气》的题记,用意明显——以保灵为代表的普通的俗人的生命可以停止,但他们不服输的叛逆精神却永远不灭。奥威尔欣赏的不是逆来顺受、忍辱负重的顺民,而是脑后有反骨的自由派斗士。不论金杰还是诺比,他们的违法谋生手段都被赋予了积极的意义。奥威尔充分肯定这种毫不妥协、拒绝盲从和驯化的精神。更重要的是,他们的抗争往往不是严肃沉重的,而是充满了诙谐逗趣、令人捧腹的色彩。

在《唐纳德·麦吉尔的艺术》(*The Art of Donald McGill*,1941)中,奥威尔强调了"粗俗"漫画明信片的价值,为"普通的俗人"辩护:"一个下流的笑话,当然不是对道德的严重攻击,而是一种精神上的反叛……就像音乐厅一样,它们是一种农神节的狂欢,是对美德无伤大雅的反叛。"此文表面上是关于"粗俗"的海滩明信片,实质上是关于普通人坚不可摧的生命力和对权威的蔑视。令奥威尔遗憾的是,通俗喜剧的价值遭到了低估和鄙弃:

> 过去,喜剧明信片当中的氛围可以进入文学主流,莎士比亚悲剧里的谋杀案之间也会随意出现与麦吉尔漫画几乎相同的笑话。如今这已经不可能了。直到 1800 年左右我们文学中尚不可或缺的那种幽默,如今已经沦落成这些粗制滥造的明信片,在廉价文具店的橱窗里苟延残喘。

通俗的幽默作为一种抗争手段在主流文学中已经几乎没有了立足之地,只能"流落街头"。在《查尔斯·狄更斯》(*Charles Dickens*,1940)中,奥威尔认为狄更斯的幽默是一种对权威的反叛,而绝非仅仅为了博人一笑:"……一个值得嘲笑的笑话背后总是有一个想法,而且通常是一个颠覆性的想法。狄更斯之所以能够继续保持笑点不断,是因为他反抗权威,而权威总是可以被嘲笑的。"在《滑稽,但不庸俗》(*Funny, but not Vulgar*,1944)中,奥威尔考察了英国漫画创作的历史,并一针见血地指出,幽默的目的是通过攻击人类最重要的价值观,使人类摆脱自以为是的错觉:"一个笑话……目的不是贬低人,而是提醒他,他已经堕落了。"在《论打油诗》(*Nonsense Poetry*,1945)中,奥威尔分析了民间顺口溜和爱德华·李尔(Edward Lear)的打油诗。强大的暴君被扳倒,刻板的领袖被赶下神坛,这些打油诗里的经典场面都让老百姓拍手叫好,也构成了它们简单又深刻的意义。因此,戏仿大独裁者希特勒的卓别林令奥威尔由衷地钦佩。

奥威尔的"腹对地"原则与卓别林所见略同,两人在个人气质、艺术风格和叙事方式上有许多相似之处,尤其是在喜剧观方面①。奥威尔不仅在卓别林身上找到了艺术上的共鸣,更找到了与自己合拍的政治精神。在《大独裁者》的影评中,奥威尔指出卓别林代表了"普通人的精华"和"普通人心中存有的对正派的根深蒂固的信念",而卓别林的魅力在于他在强调"'民声即天声',巨头全是害人虫"时的理直气壮和掷地有声。奥威尔在小册子《论英国人》中写道,卓别林和英国民间传说中的巨人捕手杰克和大力水手一样,都是小人物反抗大人物的英雄人物的代表。纳粹上台后,卓别林的电影在德国被禁,奥威尔认为这再正常不过。一个知识分子可以为粉碎德国工会或迫害犹太人找出冠冕堂皇的理由,而普通人从本能上就知道"这是不对的"。奥威尔甚至认为德国人缺乏幽默感是希特勒崛起的帮凶。无独有偶,"笑声"也是大洋国政权的主要敌人,在那里,"没有笑声,只有对被战胜的敌人的嘲笑"。希特勒政府对卓别林那样拿他们开玩笑的人实行压制,正如"老大哥"的目标之一是消灭人道主义价值观一样。

总之,"普通的俗人"反道德权威、反权力至上的勇气与奥威尔天生的反律法主义一拍即合,"粗俗"于奥威尔而言远不止是举止和谈吐层面的问题,而是有着更深刻的价值和社会意义,它是金杰这样的以违法手段谋生的底层人民拒绝盲从的精神依托,也是以卓别林为代表的普通人实现幽默的抗争的有效途径。

三、人性二元论

在卓别林的电影艺术和麦吉尔的漫画艺术中,奥威尔捕捉到了共同的价值体系。"普通的俗人"似乎天生属于卓别林的电影世界,保灵和他的妻子分明就是影片中的饮食男女、烟火夫妻。《一九八四》中废品店楼下代表着普通人生命力的晾衣服的女人,也像是从卓别林电影里走出来的人物。但是,"普通的俗人"也有自己的精神生活。正如桑德斯所言,卓别林所演绎的人物有一个显著特点,即他们都有一种像奥威尔主人公一样的唐·吉诃德与桑丘·潘沙、身体与灵魂的双重性。在作出这样的评论时,桑德斯很可能指的是保灵,尽管她用的"主人公"一词是复数。"胖子"保灵披着福斯塔夫式的皮囊,随意享受庸常粗俗的快乐。然而,肥胖

---

① 桑德斯在《乔治·奥威尔被埋没的艺术:从〈缅甸岁月〉到〈一九八四〉》中对这一点进行了论述。肯尼斯·斯科特·李格达(Kenneth Scott Ligda)发现《落魄记》中对流浪汉的描写与卓别林在《摩登时代》对流浪汉的刻画颇具异曲同工之妙:"《落魄记》中有这样一个患有精神分裂症的醉汉:'那个小偷,他骗了我四千法郎。他清醒时是世上最棒的小偷,但奇怪的是,他喝醉时却很诚实。'卓别林《城市之光》中也有这样一个百万富翁,他喝醉时慷慨友好,清醒时则目中无人、骄横跋扈。《城市之光》在英国播出时,奥威尔正在写《落魄记》,他有没有受到影响我们不得而知,不过这种双面醉汉作为一种经典的喜剧形象令人记忆犹新。"

只是为他提供了一种伪装，因为"我并不总是胖的。我已经胖了八九年了，我想我的大部分特征已经定型。但是……我的内心还有别的东西，主要是过去的宿醉……我很胖，但我内心很瘦"。在这肥胖的身体里潜藏着一个与战前世界相连的"瘦子"，挣扎着要出去。正是这内心的瘦子让胖子保灵怀疑眼前的现状，让他开始了异想天开的怀旧之旅。基斯·威廉斯指出，保灵的肥胖身躯在庸俗的物质现实世界中自得其乐，与另一个消瘦而充满批判性的自我共存。那个"消瘦而不满"的自我"更像斯蒂芬而不是布卢姆"，奥威尔由此实现了一种"公民和艺术家之间复杂而渐进的融合"。或者说，胖子保灵是公民布卢姆，瘦子保灵是艺术家斯蒂芬。

实际上，身体与灵魂的二元论是《唐纳德·麦吉尔的艺术》一文的核心。这篇不到四千字的文章分析了奥威尔从十几岁起就开始沉迷其中的流行艺术家麦吉尔的"海边明信片"。奥威尔凝视着这些明信片里的"世界"，一幅幅令人捧腹的场景慢慢在他审视的目光中变得意义非凡。这是被压迫者的世界，在这里，每周收入远远高于或低于五英镑的人都是被取笑的对象。这也是一个平等而充满活力的世界，淫秽堕落、直白露骨，却又引人入胜、风靡一时。奥威尔通过大量引用旁白和描述插画，分析了其中的幽默。表面看来，明信片中充斥着低俗的笑话，然而，这些笑话只有在相当严格的道德规范下才有意义，这种道德规范就是人们对婚姻和家庭生活的坚定信念和对既定社会习俗的服从。奥威尔认为讽刺新婚夫妇的明信片"是淫秽的"，但"并非不道德"，因为这些讽刺默认的前提是"结婚是一件非常令人激动的人生大事，是普通人生活里的大事件"，而这些看似不登大雅之堂的内容正是《绅士》或《纽约客》等上等刊物"不惜一切代价回避的主题"。同样，明信片上的性感女性形象并非英国人性理想的寄托，它们和有关"唠叨的妻子和暴虐的婆婆"的笑话一样，影射或默认了一个"婚姻牢不可破、家庭忠诚被视为理所当然的社会"。麦吉尔所有的粗俗淫秽和插科打诨与其说是对道德伦常的挑战，不如说是以强大的公共文化和稳定的道德世界为前提对它们进行的一种稳固。而这些漫画明信片之所以能够促进人们对基本社会规范的接受，是因为它们揭示了普通人的内心世界，表达了正派人想要偶尔调皮一回的渴望，即"生活的桑丘·潘沙的一面"。

奥威尔追溯了唐·吉诃德与桑丘·潘沙的组合在西方文学中各种各样的呈现：布瓦尔与白居歇（Bouvard and Pecuchet）、吉维斯和伍斯特（Jeeves and Wooster）[①]、

[①] 吉维斯是 P. G. 沃德豪斯(P. G. Wodehouse)塑造的典型的仆人形象。这个角色和他的雇主伍斯特一起，在沃德豪斯的作品中反复出现。

布卢姆和迪达勒斯（Bloom and Dedalus）、福尔摩斯和华生（Holmes and Watson）。他认为，身体与灵魂的古老二元论不只存在于文学作品中，而且几乎存在于每个人身上。麦吉尔作品中的粗俗反映了一种属于劳动人民的深刻的道德智慧，即每个人心中都同时住着唐·吉诃德和桑丘·潘沙。一个是道德秩序的严格捍卫者，一个是自我放纵、无视道德的"胖子"，他们所代表的"高尚的愚蠢和卑鄙的智慧"的二元对立构成了人的本性。

如果有一个桑丘·潘沙，那么一定有一个单纯而英勇的唐·吉诃德，这就引出了一个辩证性的问题，奥威尔借机如此叩问读者：

> 如果你仔细审视自己，那么你到底是谁，唐·吉诃德还是桑丘·潘沙？几乎可以肯定你两个都是。你一方面希望成为一个英雄或圣人，但另一方面却是一个小胖子，清楚地看到了安然无恙地活着的好处。他是你非正式的自我，**肚皮抗议灵魂**的声音……是他捅破了你一本正经的外表……你是否允许自己受他的影响是另一个问题。但是，说他不是你的一部分只是一个谎言，就像说唐·吉诃德不是你的一部分也是个谎言一样，尽管语言和文字常常由前一个谎言组成。

人性的二元普遍存在，但是人们往往只对"英雄或圣人"大唱赞歌，也只允许自己以"一本正经的外表"示人，极力掩饰和否定内心的"小胖子"，于是谎言大行其道。因此，麦吉尔明信片的意义不仅仅在于"对美德无伤大雅的反叛"，更在于让读者看到他本来不曾看到却在朦胧之中认同的东西，给予人们足够的力量呵护自己的"桑丘之心"，享受"不完美"的自由，因为"人的另一面……不能永远完全被压制，需要偶尔得到发泄"。或者说，只有顺应了唐·吉诃德与桑丘·潘沙，的人性二元论，德行与粗俗各得其所，社会才能正常运转。但是，在以大洋国为代表的极端社会中，二者是完全割裂的。无产者被剥夺了所有的知识和精神生活，沦为完全的桑丘·潘沙；党员则必须避免一切肉体上的快乐，避免除仇恨以外的一切情绪，他们是陷入绝境的唐·吉诃德。绝对的权力意味着自由的绝对丧失，获得也是一种剥夺，它切断了一个人的快乐之源，使他陷于道德真空的状态。因此，将唐·吉诃德和桑丘·潘沙不露痕迹地互相结合的麦吉尔明信片和几百年前的《巨人传》和《十日谈》一样，在粗俗的大笑中实现了人文关怀。也许正因如此，伊夫林·沃把麦吉尔的支持者奥威尔比作埃德蒙·威尔逊，认为他是"普通人的新人文主义"的"最杰出的"英国代表。

克里克指出，唐·吉诃德是作为"作家"的奥威尔，桑丘·潘沙是作为"人"的奥威尔。尽管奥威尔本人似乎并没有刻意这样分割自己的形象，但他确实认为生活或多或少是一场"灵魂"与"肚皮"的争斗。唐·吉诃德双眼紧盯着过去与未来，忘掉了自己的血肉之躯。桑丘·潘沙则随机应变，对普通人的弱点心领神会。如果拒绝唐·吉诃德，就是否认了梦想，但是如果拒绝桑丘·潘沙，就否认了真实的自我。1937年，逃离了西班牙政治旋涡的奥威尔在《致敬》中感叹："在所有欧洲国家中，唯有西班牙最能抓住我的想象力……我对西班牙有最坏的印象，但我对西班牙人却很少有不好的印象……毫无疑问，他们有一种慷慨的精神，一种高贵的气质，这些并不真正属于20世纪。"西班牙正是唐·吉诃德和桑丘·潘沙的故乡。

总之，麦吉尔明信片中所包含的温和的反律法思想之所以能够促进而非妨害社会道德规范的稳定，是因为"粗俗"是唐·吉诃德与桑丘·潘沙、灵魂与身体的二元论中不可或缺的一元。在奥威尔看来，对"肚皮"的承认就是对"灵魂"的压力的释放，对人性固有局限的尊重就是对人性本身的尊重。麦吉尔漫画明信片的魅力在于它给予了"桑丘人生观"最大的肯定，而这种人生观也以一种直接的方式策动了"普通的俗人"的享乐主义。

四、"俗人"的享乐主义

奥威尔对奥斯卡·王尔德（Oscar Wilde）颇感兴趣，并认同他撼动了维多利亚时代道德的空洞基础，但他也注意到王尔德的矛盾之处。在对《温德米尔夫人的扇子》（Lady Windermere's Fan，1893）的评论中奥威尔指出，尽管王尔德声称"所有的艺术品都毫无用处"，但是他的作品几乎"总是与道德相关"，而他对维多利亚时代传统道德观的态度是"模棱两可"的；尽管他的作品中时不时出现的俏皮话将之批驳得"体无完肤"，但是它们的"核心"还是"旧式的道德观"，而《道林·格雷的画像》（The Picture of Dorian Gray，1945）就是一部"道德氛围浓厚"的小说。王尔德借亨利勋爵之口大放厥词，在玩世不恭的反道德主义氤氲中漫不经心地盘弄着"恶"之花。但是，随着亨利勋爵以肆无忌惮的言论将道林·格雷一步步引上出卖灵魂的不归路，王尔德便慢慢收起了笑意。一旦道林·格雷越过道德警戒线，正义的刺刀便已然出鞘。奥威尔同样是有分寸的，他的反律法主义思想再活跃，在鼓吹赤裸裸的杀戮欲和权力欲的畅销侦探小说面前也收敛了锋芒，转而站在了严肃道德批判的立场，因为奥威尔毫不怀疑那些人物的动机是残酷和邪恶的。奥威尔在《神职人员的豁免权：论萨尔瓦多·达利》（*Benefit of Clergy：Some Notes on Salvador Dali*，1944）一文中对达利的鞭挞也充分说明了他的底线。同样是无视道德禁忌的超现实主义者，奥威尔对米勒和达利的态度一正一反、迥然相异。在他看来，米勒作为艺术家从事的是一项伟大的超越善恶的工作，而达利却在创作中散发着其本性固有的恶。像米勒这样接受这个世界里存在的淫秽和邪恶是一回事，如达利那般在自己内心培育它则是另一回事，这也是奥威尔对米勒的道德无政府主义认同的真相。毕竟，他最喜欢的打油诗句是那些用"滑稽或扭曲的逻辑"来代替彻头彻尾的无政府状态的诗句。或者说，幽默与严肃、快感与道德在一个合理区间之内的走调的融合，才能创造出真正的艺术。

相对于达利（或者欲壑难填的道林·格雷）彻头彻尾的道德堕落，奥威尔更支持以米勒为代表的"普通的俗人"超越善恶的享乐主义。关于享乐主义的论争最早在《牧师的女儿》中的多萝西和沃伯顿（Mr Warburton）之间就上演过。当多萝西放弃与世隔绝的生活，经历与流浪汉一起流落街头的日子之后，她的想法发生了极大的转变，她曾经所信仰的一切"突然间变得毫无意义，几乎是愚蠢的"。她的内心充满困惑："当事物的所有意义都被剥夺了的时候，我还怎么能享受它呢？"沃伯顿的反驳充满了随机应变的享乐主义色彩："你要意义做什么？我吃晚餐并不是为了上帝更大的荣耀，而是因为我喜欢。这世上充满了有趣的东西——书、照片、酒、旅行、朋友——一切。我从中没有看到任何意义，我也不想看到任何意义。"胖子保灵如果可以穿越作品，一定会与沃伯顿（也是个胖子）相视而笑，而那个躲在鲸鱼肚子里的"快乐的人"亨利·米勒，仅仅通过无与伦比的快乐，就可以继承"人类的遗产"。

《一九八四》中茱莉亚的享乐主义态度较沃伯顿和保灵则更加鲜明。茱莉亚果断务实、纵情声色，对党的宣传不屑一顾，并以智斗权威为乐。茱莉亚认为社会变革绝无可能，因此学会了通过规避规则而不是挑战规则来享受生活："任何一种有组织的反抗党的行为，都注定是失败的，都是愚蠢的。聪明的做法是打破规则，然后若无其事地生活。"她见机行事，接受了党的信条，因为"真假的区别似乎并不重要"。她加入兄弟会是出于对温斯顿的兴趣，与政治反抗无关。她随心所欲地与温斯顿亲热、喝咖啡和化妆，藐视党的权威。对于温斯顿用心收集报纸上党歪曲事实的证据，茱莉亚嗤之以鼻："我只会为了一些有价值的事情而冒险，旧报纸算得了什么？"当温斯顿说"我们已死"，并预测他们的最终的可怕命运时，茱莉亚却提醒说"我们还没死"，并力劝他不要辜负春宵一刻。尽管茱莉亚"不聪明"，对政治不感兴趣，在温斯顿大声给她念戈斯坦因的著作时打起了瞌睡，但却具备犀利敏锐的判断力。她能一眼识破温斯顿的反对派立场——温斯顿暗藏的异心可以瞒天过海，却逃不过茱莉亚的眼睛，而温斯顿对茱莉亚的第一印象却完全是个误会。

在温斯顿看来，茱莉亚开放的举止和粗俗的语言是"自然和健康的，就像马打喷嚏时散发出的坏掉的干草的味道"。她的存在是一种治愈和解放，满足了温斯顿对性爱的向往，唤醒了他压抑已久的记忆，开启了他的心智，让他变得更加清醒睿智。茱莉亚明白，独裁统治有赖于性压抑。国家要对其臣民实行完全控制，就必须储备巨大的"狂暴情绪"，而最好的方法是"压制一些强大的本能（例如性本能）并将其作为驱动力。"仇恨会议将受压制的性欲升华成了对"老大哥"死心塌地的忠诚和对敌人不共戴天的仇视，人类的"过剩能量"在"仇恨和英雄崇拜"中找到了出路。但是，一旦这些能量可以通过性爱得到疏导，那么实现政治奴役的"狂暴情绪"就开始消失。茱莉亚以一种极其轻蔑的口吻点破了这个道理："做爱让你耗尽了力气。然后，你会感到快乐，什么都不在乎。他们无法容忍你的这种感觉。他们希望你一直精力充沛。所有这些上上下下的游行、欢呼和挥舞的旗帜，简直是堕落的性。如果你内心是快乐的，为什么还要为老大哥和三年计划、两分钟仇恨和其他该死的烂东西而兴奋呢？"茱莉亚通过遵循享乐主义的原则，以一种更直接简单的方式获得了与温斯顿同等甚至更胜一筹的政治洞察力，并不断启发他认识性与政治之间的联系。

在二人的第一次亲密接触中，温斯顿迟疑腼腆，茱莉亚则大胆主动。她"和上百人有过亲密关系"，并且"仇恨贞洁，仇恨美德"，希望"每个人都腐败到骨子里"，这让温斯顿"心跳加速"，他希望"上百上千次才好。党的任何堕落迹象都让他充满希望"。党要坚决"消除性行为中的一切快乐"，并用一种极端的恐怖取代它。因此，"带来欢愉的性行为就是反抗，欲望是思想罪"，性爱也就被赋予了高度的政治意义，"他们的拥抱是一场战斗，高潮是一场胜利。这是对党的打击。这是一种政治行为"。它让党试图扼杀的人类本能重新获得了生机，甚至可以颠覆当下的社会制度，成为冲击国家权力核心的强大力量，"不仅仅是对一个人的爱，还有动物性的本能，一种简单的无差别的欲望，那种力量会把党撕成碎片。"在茱莉亚的启发下，温斯顿终于获得了对性与政治压迫之间关系的洞见。温斯顿认识到，在政治情感的束缚和政治术语的腐蚀下，动物本性遭到了政治文化的压抑，性欲也不像"过去"那样纯粹：过去，男人对女人的身体"除了渴望以外并无其他想法"，而现在却不可能怀有"纯粹的爱或欲望"，因为"一切都掺杂着恐惧和仇恨"。随着二人的接触变得频密，温斯顿与茱莉亚共同营造了舒适的私密世界并重新发现了快乐，双方的情爱变得越发简单，"黄金乡"（Golden Country）也成为二人共同向往的自由世界。

总之，从沃伯顿到茱莉亚，从保灵到米勒，他们的享乐主义人生观都得到了奥威尔的赞许。正是在这种人生观的指导下，茱莉亚获得了一种直截了当的敏锐和深刻。她没有被暴政掏空，而是自始至终地保持了自我。作为非理性的代表，她追求的是"普通的俗人"的自由意志。读者有理由相信，正如奥布莱恩所言，茱莉亚在友爱部很快就投降了，因为"她所遵守的都是个人的标准，她的感情是她自己的，是无法从外部改变的"。如果她为了崇高信仰超越了享乐原则，就从"俗人"变成了"圣人"，而圣人一直是备受奥威尔质疑的存在。

第三节

圣性理想批判

奥威尔是西里尔·康诺利的"凡间圣人"，是欧文·豪的"知识分子英雄"，是约翰·阿特金斯的"社会圣人"。斯蒂芬·斯彭德称他为"活生生的真理"的典范，约翰·韦恩称他为"道德英雄"，克里斯托弗·希钦斯称他为"伟大的人道主义者"，J. R. 哈蒙德称他为"道德作家"，约翰·罗登尊他为"圣乔治"。这一切评价都表明，许多知识分子无论政治信仰怎样、生活时代几何，都将奥威尔稳稳地供奉于英雄典范和道德楷模的神圣宝座上。然而，奥威尔九泉之下翻看这样的评论，可能会按捺不住反驳的冲动，因为他从来对圣人以及那些渴望成为圣人的人持怀疑态度。

一、机械理性思维批判

在《政治与文学：〈格列佛游记〉评述》（*Politics vs. Literature: An Examination of Gulliver's Travels*，下称《政治与文学》，1946）中，奥威尔认为斯威夫特"最大的政治思想（取这个词的狭义）贡献就是他对现在所谓的极权主义的抨击，尤其是在第三部分"。各种各样的逮捕、审讯、战争动员以及政治清洗的情节，都"非凡而清晰"地预见了现代极权主义的暴行,像是《一九八四》的预演。但是,奥威尔对第四部分却疑虑重重。

为了表达对堕落的现实和对人类理性的绝望,斯威夫特在该部分构建了一个天堂般的慧骃国,对高尚理性的慧骃充满了赞许和崇拜。慧骃国内虽然没有成文的法律和惩罚机制,但是"贵族马"族类实际上已经达到了"极权组织的最高阶段",公众舆论成为社会控制的主要手段。但是在奥威尔看来,一个需要法律的社会可能比不需要法律的社会更自由,因为它允许个人在法律的范围内按照他想要的方式行事,相比之下,一个没有政府的社会则必须依靠"劝诫"将人们联系在一起。当个人被"你不应该"统治时,仍可以"实践某种程度的不服从",但是当个人被"爱"或"理性"支配时,思想空间就会不断地遭受来自外界的压力,个人最终不得不缴械投降,"以与其他人完全相同的方式行事和思考"。慧骃们几乎对所有事物的看法都是一致的,因为每个人都相信"理性"包含了不言而喻的真理,每个社会成员都有义务遵守这些真理,这就构成了一种温柔的专制。严格的生育控制,以优生学为基础的包办婚姻,一个人死后其亲属若无其事照常生活,这些情形都在另两部颇受斯威夫特影响的反乌托邦小说《我们》(*We*, 1924)和《美丽新世界》(*Brave New World*, 1932)中得到了重现。奥威尔对《我们》的"众一国"(Single State)的解读实际上也是他对慧骃国纯理性幻想的概括:"国家的主导原则是,幸福和自由是不相容的。在伊甸园里,人类本来是幸福的,但他愚蠢地要求自由,便被驱逐到荒野中去。如今众一国夺去了他的自由,恢复了他的幸福。"不论是慧骃国还是"众一国"里的居民,他们虽然无忧无虑,不知烦恼为何物,却都是"被幸福"的对象,完全丧失了思想,而《我们》和《美丽新世界》展现的正是"原始人类精神对一个理性化的、机械化的、没有痛苦的世界的反叛"。

虽然慧骃国这个神圣天堂"存在于地球表面",但是谎言、愚蠢、改变、热情、快乐、爱和污垢等等所有斯威夫特反对的东西都从这个表面消除了,只有沦为丑恶龌龊的"野胡"的人类遭到他的无情嘲讽。或者说,斯威夫特所向往的世界否定了生活的意义,他渴望"一种静止的、没有好奇心的文明",并认为"生命——坚实大地上的普通生命,而不是经过改造和除臭的生命——毫不值得"。这一直是奥威尔难以苟同并耿耿于怀的话题。早在1942年,在英国广播公司的一档与斯威夫特展开隔空对话的节目中,奥威尔就曾感叹,虽然斯威夫特对社会的看法非常"透彻",但是他连最显而易见的道理也看不出,那就是"生命是有价值的",人类即使"肮脏可笑",也大多是"正派"的。到了《政治与文学》中,奥威尔依然认为斯威夫特除了肮脏、愚蠢和邪恶,拒绝看到人类生活中的任何优点。而这种悲观人性论不只属于斯威夫特,托尔斯泰和斯威夫特(以及威廉·布莱克)一样,都"讨厌研究自然过程的想法"。他们都不相信普通人幸福的可能性,他们的作品也都包含了一种专制的思维方式和"对现实生命过程的恐惧"。

在《李尔王、托尔斯泰和弄臣》(Lear, Tolstoy and the Fool, 1947)一文中,奥威尔曾有意无意地将托尔斯泰与"圣人"甘地并置:"托尔斯泰和甘地一样,让人难以完全信服。"但是,相较于对甘地评价的客气委婉,奥威尔对托尔斯泰的批判可谓不依不饶、层层深入。托尔斯泰在其鲜为人知的小册子《莎士比亚与戏剧》(Shakespeare and the Drama, 1903)中对莎士比亚大加诋毁,引起了奥威尔的注意。奥威尔首先指出了二人创作风格上的显著分歧:托尔斯泰认为艺术作品"必须排除快乐和好奇心",他对莎士比亚这样一个"混乱、琐碎、散漫的作家"没有耐心;他就像一个"被吵闹的孩子"纠缠的"易怒的老人",完全不能理解孩子为什么总是"这样跳来跳去",为什么不能像他一样安安静静地"坐着不动"。这个比方诙谐机智地表现了莎士比亚活色生香的狂想与托尔斯泰沉肃浑厚的静思之间的巨大差异,但二人的分歧远不止于此。

奥威尔称,托尔斯泰晚年的主要目标是"缩小人类意识的范围",认为一个人"对物质世界的依恋和日常奋斗的关心"应该越少越好,而不是越多越好。托尔斯泰接受了极端的禁欲主义思想,因此他深信,只有抛弃一切物质享受并无私地帮助他人,才能实现上帝的旨意。于是,他放弃了自己的可观财富,返璞归真,做了一个普通的农民。奥威尔发现,这与李尔王的经历"异常相似"。两人都做出了巨大而无偿的放弃,都怀着错误的动机,都看错了人,因此没有得到自己所期待的结果,最后只有一个孝顺女儿陪在身边,死在一个陌生的村子。但是,奥威尔认为奥莎士比亚通过《李尔王》暗示了一个道理:"如果你愿意,大可以把土地送给别人,但不要指望这样做能获得幸福。你十之八九不会得到幸福。如果你为他人而活,就必须以此为目的,而不是拐弯抹角地为自己谋好处。"也就是说,放弃的决心必须坚决而彻底,如果放弃的背后是对回报的期待,那么一切终究都只是自欺欺人。李尔王对此置若罔闻,最终惨淡收场,而这一切也都在现实中的托尔斯泰身上得到了应验。托尔斯泰在批判李尔王时,当然不能预见自己的结局,但是,奥威尔认为,他至少在潜意识中意识到了自己与李尔王的某些相似之处，因此莎士比亚正好戳中了他的痛处，揭露了他信仰的局限，让他恼羞成怒，以至于难以做出客观的判断。在奥威尔看来，托尔斯泰表面上放弃财富和权力，但内心从未有一刻坦然接受这样的放弃，对权力的渴望与日俱增，也让他备受煎熬。他坚信自己是正确的，因此理直气壮地向他人灌输自己的想法。对此，奥威尔讽刺道："既然你信奉的原则不存在政治污点，你自己也不会从中得到任何物质上的好处，那么这就肯定证明你是对的吗？你越是对的，自然就越难以容忍他人的不同意见。"这是慧骃国的温柔的专制思维。

如果说与李尔王命运的"雷同"让托尔斯泰恼羞成怒，那么他们之间的区别则又归结到"圣人"话题上来。二人都遭遇了从权力巅峰急转直下而不得不直面这一落差的窘境。李尔王在历尽磨难、痛失爱女之后，依然像所有莎士比亚悲剧人物一样认识到"人生虽然充满了悲伤，却是值得的，人是高尚的动物"，但这却是"托尔斯泰直到晚年都无法赞同的想法"。托尔斯泰试图过一种圣洁的生活，主张阻断尘世的干扰，而非改善尘世的现状。他认为，只要人们"停止繁衍、战斗、奋斗和享受"，只要人们"摆脱罪恶"，摆脱包括爱在内的"一切束缚我们于地球表面的东西"，那么痛苦就会结束，"天国就会降临"。但是，奥威尔指出："一个正常人并不想要天国，他想要地球上的生命继续下去。"

奥威尔强调，莎士比亚不是哲学家或科学家，但他"确实有好奇心，他热爱大地的表面和生命的过程"，或者说，"大地的表面"和"生命的过程"是人在这个世界上的立足点。托尔斯泰的"圣人"理想则与之针锋相对："托尔斯泰不是圣人，但是他竭尽全力把自己变成圣人……圣人，或者说托尔斯泰心目中的圣人，并不想谋求凡尘俗世的改善，他要的是结束这一切并代之以它物。"① 这种想要把生活的细节一扫而空的激进思想并不令人陌生。《一九八四》中，奥布莱恩这样描述党的绝对权威——"没有好奇心，也不可能享受生命的过程"。

虽然斯威夫特不像托尔斯泰那样期盼来世，但他们二人都拒绝世俗的抗争。不屑与现实生活抗争的态度是托尔斯泰与斯威夫特的共识，也是他们与李尔王（或者莎士比亚）最大的差异。然而，谎言、爱情和污垢都是人性世界的一部分，"恐惧和痛苦都是这个星球上的生命延续所必需的"。因此，在奥威尔看来，不完

---

① 伍德考克认为，奥威尔在批评托尔斯泰的同时也暴露了自己与托尔斯泰一样的想法："奥威尔与托尔斯泰的经历'奇怪地相似'，就像托尔斯泰与李尔的经历一样，这些看似激烈的批判实际上让这些相似之处欲盖弥彰……当我们对他的态度追根溯源时，我们再次意识到他其实是在批评自己内心的一种倾向。"伍德考克作为奥威尔的好友，做出这番评价也许并非毫无根据，但奥威尔对"圣人"理想的反对毋庸置疑。

美是一种自由，是每个人与生俱来、不容侵犯的权利。如果人人皆时时充满"高尚情操"，那将是一个和慧骃国和"众一国"一样沉闷而可怕的世界。更重要的是，人只有相信自己的不完美，才不会走向极端，才不会徒劳地想要通过极端手段来清除人性中固有的杂质，劳动人民也就永远不会被非黑即白的严苛道德准则诱惑——这是对各种道德至上论的有力回击，也是撼动权威最有力的武器。正因如此，虽然奥威尔常常对斯威夫特和托尔斯泰的作品赞不绝口，但是对他们的极端理性思想却始终保持了警惕。

二、非理性专制构想批判

托尔斯泰与斯威夫特的"圣人"理想无限趋向理性和幸福的极端，否定了日常生活的意义，而奥布莱恩对党的完美统治的疯狂鼓吹则旨在以非理性原则碾压个人自由，以另一种"圣人"思维把个人改造成极权主义恐怖机器中的一个齿轮。

1936年评论《黑色的春天》时，奥威尔直言："如果写下的文字偏离二加二得四的普通人的世界太远，或者偏离这个世界太久，那么它就失去了力量。""二加二得四"对于奥威尔而言意味着一个不言而喻的知识和价值基础，充分体现了理性原则。"普通人的世界"自有一套公平公正的法则，就像"二加二"必然得"四"一样自然，这就是奥威尔十分重视的"常识"，即普通人价值观的内容。在经历西班牙内战之后，此语成为自由思想的象征和寄托。在《西班牙战争回顾》中，奥威尔设想，在可怕的未来世界中，"领导人或某个统治集团不仅控制着未来，而且控制着过去……如果他说二加二得五，那么，二加二就得五"。《一九八四》中，温斯顿深知"自由就是说二加二得四的自由，此话成立，余者皆然"，并为了捍卫这一真理遭受了严酷的精神与肉体折磨。同样，《玻璃球游戏》（*Das Glasperlenspiel*，1943）中的"我"回想起古时候一位学者的这样一句名言："二加二得几？唯有将军阁下而并非数学家，才可能给出确定答案。"《鼠疫》（*La Peste*，1947）中也有这样的句子："历史上总会出现这样的时刻，敢于说出二加二得四的人被判处死刑。"不论是奥威尔还是上述这些作家，他们都将"二加二得四"视为客观世界固有的理性原则，与疯狂偏执的统治思维相对。

对"二二得五"赞不绝口的是理性的敌手陀思妥耶夫斯基。《地下室手记》（*Notes from Underground*，1864，下称《手记》）讽刺了车尔尼雪夫斯基式的僵化的理性信仰，强调"自己本人的、随心所欲的、自由自在的意愿，自己本人的、即便是最为野蛮的任性"就是"那被忽略掉的、最伟大的善"。理性对于陀思妥耶夫斯基而言，仅仅只是一种能力，"理性是好东西……然而理性却终究只是理性，只能满足人的理性能力"，而个人的意愿却是"整个生命的表现"。与《一九八四》相比，《手记》中理性与疯狂的关系被彻底颠倒，理性占据独裁地位，疯狂是一种反抗策略。地下室人宣称，在一个人类沦为"钢琴键"的世界里，"人就会故意变成疯子，以便抛开理性，而固执己见"。他几乎声泪俱下地控诉："当只有二二得四红极一时的时候，还有什么自己的意志可言呢？即便没有我的意志，二二也是得四。这也能算自己的意志吗！"地下室人与温斯顿截然不同，他不将"二二得四"视为自由的理性保障，而是将其视为一种违背自由意志的刻板教条、一种精神的囹圄，并对其大加鞭挞："二二得四已经并非生活，而是死亡的开始了。"对于他来说，正是在拒绝理性的过程中，人类才有效捍卫了自己的自主权；只有通过追求个人自由自在的意志，人才能真正实现自我。但是在大洋国，一场始于"时钟敲响十三下"的错乱却在国家权力代表奥布莱恩的身上达到高潮。当他在友爱部折磨温斯顿时，脸上"满是兴奋和极度的疯狂"，接着"他的声音变得恍惚起来，他脸上依然露出亢奋的神色和疯狂的热情"。当温斯顿被折磨得极度疲倦之时，他发现"奥布莱恩的脸上又重新燃起微微的、疯狂的光芒"。地下室人以非理性为手段反抗理性权威，奥布莱恩却以非理性的偏执压迫理性常识。温斯顿坚称"实体世界存在，它的法则不会更改，石头是硬的，水是湿的，物体没有支撑就会落向地面"，"宇宙存在于我们之外"。而奥布莱恩则认为"现实存在于头脑中""我们制定自然法则"，"人之外什么都没有"，"我们创造了人性"，并竭力推翻"二二得四"的客观定律。

奥布莱恩与温斯顿的对峙构成了反乌托邦小说中独裁者与反抗者的经典场面，是《卡拉马佐夫兄弟》（*The Brothers Karamazov*，1880）的名篇《宗教大法官》（*The Grand Inquisitor*）在20世纪的演绎。这是自由和权威的正面交锋，是理智与疯狂的短兵相接，也为"圣人"提供了一展宏图的舞台。监狱里的耶稣听大法官对着他滔滔不绝，101密室中的温斯顿任由奥布莱恩施以老鼠、电击和长篇大论的折磨。奥布莱恩就是拷问温斯顿的大法官。奥威尔的出版商弗雷德里克·沃伯格（Fredric Warburg）拿到《一九八四》文稿后立刻意识到二者之间的相似之处，他在备忘录中写道："奥威尔的深度让我想起陀思妥耶夫斯基。奥布莱恩是他的大法官，他没有给温斯顿和读者留下任何希望。"不论是地下室人与地上世界、大法官与耶稣还是奥布莱恩与温斯顿，灵魂的拷问穿越时空，变换对象和主题，却始终归结为非理性与理性的对话。最终，非理性胜出。当奥布莱恩给出四个手指时，不堪电击酷刑的温斯顿居然看到了五个手指，"二加二"得"五"。

但是，奥布莱恩的非理性又与大法官以及地下室人存在根本的不同。大法官声称他的专制为的是臣民的幸福，人没有能力也不值得自由选择，为了给人带来完美的幸福，他帮人卸下了自由的重担。奥布莱恩则放弃了冠冕堂皇的慈善目的和普遍幸福的乌托邦理想，把权力本身视为目标。他设想的"新"世界"与旧改革者想象的愚蠢的享乐主义乌托邦完全相反"，"权力不是手段，是目的……迫害的对象是迫害。酷刑的对象是酷刑。权力的对象是权力"。奥布莱恩也不似地下室人那样拼死反抗"钢琴键"的宿命，伸张个人自由，而是主张抹除自我，与整体融合在一起："……每个人都注定要死……如果他能够完全、彻底地屈服，如果他能够摆脱自己的身份，如果他能够融入党中，从而成为党，那么他就是全能的、不朽的。"摆脱死亡的宿命，达到"全能和不朽"，这是只有圣人才能享有的境界，也是奥布莱恩的梦想。

在《牧师的女儿》中，奥威尔就曾借沃伯顿之口指出"那些讨厌的基督教圣徒是最大的享乐主义者，他们追求的是永恒的幸福"，以玩世不恭的戏谑一语道破了"圣人"的实质。在《唐纳德·麦吉尔的艺术》中，奥威尔引用了《传道书》（*Ecclesiastes*）第七章来说明人的局限性："不要行义过分。也不要过于自逞智慧。何必自取败亡呢？不要作恶，不要愚蠢。何必不到期而死呢？"这就把低俗淫秽的明信片与西方文化的神圣之书联系了起来，"圣人"幻象也在无形中被消解。在《T. S. 艾略特》（*T. S. Eliot*，1942）一文中，奥威尔批判了艾略特晚期诗作中的圣性感悟。他把艾略特早期作品《不朽的低语》（*Whispers of Immortality*，1920）和《干燥的萨尔维吉斯》（*The Dry Salvages*，1941）进行对比，指出前者主题更"清晰"也更"通俗"，而后者却"缺了些什么"，与早期诗歌不甚协调，并将之归因于艾略特"主题的恶化"。这两首诗歌同样表现死亡，但是前者洋溢着真实而鲜明的绝望，后者虽有信仰，却沥干了希望和热情。整个诗作浸润在凝重肃穆的哲思中，彰显着不容"普通的俗人"窥视和玷污的庄严。奥威尔引用了《干燥的萨尔维吉斯》末尾的一句诗来凸显艾略特的敬畏之心：

> 正确的行动是
> 不受过去也不受未来的约束。
> **对我们多数人**来说，这是

>　　在此处永难实现的目标
>　　……①

该乐章的另一句诗也将这种敬畏之意表达得十分露骨：

>　　好奇心使人探索过去和未来
>　　而且坚持了解那方面的意义。
>　　然而，了解时间有限与无限的交叉点
>　　是**圣人**的天职。

对艾略特来说，摆脱"过去"与"未来"的"约束"是身为凡胎俗骨的"多数人"难以企及的目标，"好奇心"也只是"多数人"的一种意识水平，是朝圣路上应该越过的障碍。艾略特认为，只有"圣人"才能参悟和把握有限时间与无限时间的"交叉点"，进入永恒的状态，履行崇高的使命。在《小吉丁》（*Little Gidding*，1942）中，艾略特渴望超脱，超脱"不是爱得不够／而是爱的扩展，超过了欲望，从未来和过去中超脱也是一样"。这种摆脱了欲望（包括好奇心）与时间羁绊的状态即为圣人才能获得的境界。艾略特蔑视好奇心背后所折射的人类困惑，否定探索客观世界的动机："倘若你到这里来，／……你得摆脱理性和观念。／你来这里……不是为了传奇闻，／也不是为了送信息。／你来这里是为了跪在／祈祷已经见效的地方。""你"这个普通人在通往朝圣的路上必须"摆脱理性"，摆脱对由"奇闻"和"信息"组成的外在时空的依恋，跪下来"祈祷"。疯狂的奥布莱恩逼迫温斯顿放弃的就是"二加二得四"这样的"理性"的"信息"，他的"布道"仿佛在艾略特的诗句中回响。

如果说《不朽的低语》的作者是个陶醉于混乱的荒原之中的多元主义诗人，那么《四首四重奏》的作者则是无法忍受"多数人"的僭越、极度渴望皈依的虔诚教徒。这种对圣性的追求在一定程度上削弱了诗作中的人文力量，遭到了奥威尔的讥讽："唯一有可能理解宇宙的人是圣人，而我们其余的人则只能依靠'暗示和猜测'……生与死都是有'意义'的，只可惜我们不懂。"保灵对世界充满了好奇，他就是艾略特所蔑视的"多数人"之一。温斯顿也曾经和保灵一样好奇，渴望了解过去，并通过日记留下一份真实的记录，但是他的好奇心在被捕后就立刻消失了，他觉得自己的想法"没意思"。在囚室里，温斯顿也不觉得语法

---

① 此处和本书中相关译文皆来自 T.S. 艾略特的《荒原：艾略特文集·诗歌》，汤永宽、裘小龙等译，2012 年上海译文出版社出版。

学家关于英国诗歌史的探讨是个"很重要或有趣的问题",这正符合了奥布莱恩对大洋国抹除了好奇心和生命过程的未来构想。

综上,地下室人以"二二得五"的疯狂信条作为抗拒理性压迫的策略和依据,而奥布莱恩则以"疯狂的热情"实施国家权力,碾压"二二得四"的铁律。奥布莱恩就是拷问温斯顿的宗教大法官,权力是他唯一的目的。在奥威尔看来,奥布莱恩对党的终极归属感与艾略特对不朽圣性的希冀殊途同归,而不论是崇尚理性的斯威夫特、主张禁欲的托尔斯泰,还是疯狂偏执的奥布莱恩,或是吟诵永恒救赎的英国天主教徒艾略特,他们的圣性理想实际上都是对"一种静止的、没有好奇心的文明"的渴望,而奥威尔却一直是个"好奇的乔治",对日常生活的各个方面都抱有浓厚的兴趣。

三、"好奇的乔治"

从孩提时代起,奥威尔就桀骜不驯地排斥至善至美的事物:

> 直到十四岁左右,我一直相信上帝,相信他的一切都是真实的。但我很清楚我并不爱他。相反,我恨他,就像我恨耶稣和希伯来族长一样。如果说我认同《旧约》中的什么人物的话,那他们就是该隐(Cain)、耶洗别(Jezebel)、哈曼(Haman)、亚甲(Agag)、西西拉(Sisera)之类的人。在《新约》中,如果说我能找到朋友的话,那他们就是亚拿尼亚(Ananias)、该亚法(Caiaphas)、犹大(Judas)和本丢·彼拉多(Pontius Pilate)。

可见,"圣乔治"奥威尔的同道中人全都是圣人的敌手。《甘地反思》(*Reflections on Gandhi*,1949)一文的开篇是一句著名的判语:"圣人在被证明无辜之前,应该一直被判有罪。"此语高度概括了奥威尔对圣人地位的怀疑。奥威尔赞扬青年甘地"深挚的真诚,一种道德而非宗教的态度",也肯定了他的人格魅力,"与我们这个时代的其他主要政治人物相比,他留下了多么干净的气味",但是该文更表达了奥威尔对圣人理想的否定:

> 人的本质不是强求完美,人有时为了忠诚而愿意犯罪,人不会把禁欲主义推到不可能进行友好交往的地步,人也最终准备好被生活打败和摧垮,这是把爱紧紧系在其他人类个体身上的必然代价……在这个瑜伽盛行的时代,人们往往觉得"不合作"不仅比完全接受世俗生活要好,

而且会认为普通人排斥它只是因为它难以企及。换句话说，普通人是失败的圣人。这一点值得怀疑……如果从心理学的根源上去深究，"不合作"的主要动机就是逃避活着的痛苦，尤其是逃避爱。而爱，无论是否与性有关，都是艰难的事情……没有必要去争论是断绝尘缘还是人文主义的理想"更高"，关键是，它们互不相容。

一方面，圣人推崇禁欲主义，弃绝与世俗世界的一切"合作"，圣性与社群主义相互排斥，也与"粗俗"针锋相对，是超人性甚至反人性的。另一方面，普通人因为爱而与周围的世界保持联系，他们不仅不是"失败的圣人"，而比圣人更具备长存于世的理由。奥威尔这样一个被后世尊为"圣人"的人，却将"圣人"视为一个贬义词，既出人意料，却又在情理之中。

奥威尔是个经验论者，对他来说，五官的感觉不可或缺，对自然世界独立而又具体的观察就是个人存在的依据。作为平凡生活细节的采集者和记录者，奥威尔拥护人文主义，拥护莎士比亚对"大地的表面和生命的过程"的热爱，因为莎士比亚"不是圣人，也不是准圣人，而是人"。奥威尔的"腹对地"态度也使得他一旦离开平凡的世界总是感到惴惴不安。在《我为什么写作》（*Why I Write*，1946）中，他如此描述个人写作动机："只要我好好地活着，我就会继续积极探索散文的风格，热爱大地，享受实实在在的事物以及无用信息的碎片。""大地"上的"实实在在的事物"是奥威尔的安身立命之本。虽然他的政治思想经历过发展变化，但是他自始至终都坚信现实和自然的力量。他的小说大都以一天中的某个时刻开始，也就是说，主人公将自己定格在了切实的时间框架之中。他拥有一种捕捉细节的强大天赋。从烹饪到园艺，从钓鱼到观鸟，从流行杂志到酒吧谈话，从一杯好茶到蟾蜍和玫瑰丛，奥威尔将极大的热情投注到日常情趣的微小细节中去。对平凡生活的把握构成了他普通人信仰的理论基础，他常常需要从严肃的论争中跳脱出来，从生活的"桑丘·潘沙"一面中寻找慰藉，而他对于报春花和蟾蜍的好奇丝毫不亚于他对斯威夫特、托尔斯泰和李尔王的兴趣。

奥威尔对大自然以及人与自然的和谐共存怀着痴迷的信仰。自然环境的美几乎是他所有作品中不可或缺的元素。《缅甸岁月》中的丛林、《牧师的女儿》中肯特郡的啤酒花田和果园、《致敬》中的西班牙山脉，都是优秀的风景画作品。在他眼中，大自然的美不仅纯粹，更是政治世界的对立面。《蟾蜍随想》（*Some Thoughts on the Common Toad*，1946）就是这一思想的集中表达。在直抒胸臆地赞叹大自然的同时，奥威尔也是震惊和愤怒的，因为每当他在某篇文章中夸赞"自然"时，就会招致批评。似乎在一个政治化的现代世界里,对自然的热爱已经变得不合时宜。奥威尔从春天回归的话题入手,提出了抗议:"享受春天和其他季节性变化是邪恶的吗?更准确地说,这在政治上应该受到谴责吗?"唯政治论者认为,人们应该保持不满的状态,而不是享受自然和自由。奥威尔质疑的是,如果社会主义只有在人们不快乐的情况下才能繁荣,那这就不是真正的社会主义。"如果我们在生活的实际过程中扼杀了所有的快乐,那么等着我们的会是什么样的未来?如果一个人不能享受春天的回归,他怎么可能在一个降低劳动强度的乌托邦中快乐呢?"《上来透口气》中保灵停下车去田野里闻花香的场景与《蟾蜍随想》遥相呼应。保灵和奥威尔都被春天的景象感动。他们知道,禁欲的革命者和政治狂热派们绝不会赞成一个中年男子到乡下去闻报春花或看蟾蜍交配,机器时代的大背景也与对大自然的热爱格格不入,然而人类的情感并不能用严苛的标准来衡量。在文中,奥威尔宣告了一个令人欣喜的发现:老枝在一块被炸毁的地方发芽,大自然在荒凉的伦敦市中心"非正式地存在"。他写下此文就是为了使春天"在政治上可以被接受",他要提醒普通读者,即使"没有革命意义的资产阶级情趣"也值得享受。观看蟾蜍在春天里交配或野兔在玉米地里进行"拳击比赛",这不是"感情用事"或逃避现实政治,而是展望新生命,年复一年,四季更替,永不停歇。这股鲜活的生命力与所有形式的权威都格格不入。春天就在这里。无论是"独裁者"还是"官僚",谁都无法阻止春天的到来,也无法阻止人们"享受春天",尽管他们对这一进程"极为不满"。不论是浪漫的莎士比亚,还是现实的奥威尔,都试图把人从自命不凡中拯救出来。世界不以某些人的意志为转移。无论"圣人"作何打算,地球仍将围绕太阳旋转,春天总会按时来到人们身边。客观世界的固有规律是任何主观意识都无法否认和改变的存在,对大自然的敬畏之心和热爱之情是对"圣人"理想最有力的反击。

综上,"圣性"超乎人性,与"粗俗"迥然相异。虽然头顶"圣人"光环,奥威尔却对此称谓疑虑重重。毕竟,奥威尔一直是个"好奇的乔治",他赞美凡尘世界,珍爱生活细节,捍卫人文主义价值观。在奥威尔心中,日常生活在工人阶级的流行文化中得到了具体的呈现,男生周报、漫画明信片、侦探小说、畅销书、家庭杂志等读物承载着普通人所有善良、宽容和勇敢的品质,它们和《北回归线》一样,都是来自人群的声音,是普通人真实思想的凝聚。

第四节
流行文化探究

奥威尔 1950 年去世时，阿瑟·库斯勒（Arthur Koestler）撰写了刊于《时代》（Time）杂志的讣告："奥威尔的批评能力胜过想象力，写下了大量精彩绝伦的随笔……他首先是一个批评家。"此言得到了许多学者的应和。埃德蒙·威尔逊赞颂奥威尔是"当代唯一一个流行文化分析大师"。玛丽·特莱斯·麦卡锡（Mary Therese McCarthy）认为奥威尔实际上发明了流行文化批评这种流派。戴维森褒奖奥威尔"在拓宽和重新定义文化概念方面发挥了重要作用"。克里克认为奥威尔"关于《男生周报》的文章研究了流行文化的政治，极具开拓性"。罗登称赞奥威尔关于男生周报、侦探小说以及低俗明信片的"人类学研究"让他成为这个领域"当之无愧的鼻祖"。"新左派"批评家理查德·霍加特（Richard Hoggart）和雷蒙·威廉斯等也都肯定了奥威尔作为英国文化研究先驱者的地位。21 世纪以来，西蒙·杜林重视奥威尔对流行文化的开创性研究，称奥威尔"在某种程度上创作了与当代文化研究类似的作品……但往往很少得到认可"。邦兹也认为奥威尔作为文化批评家并未得到应有的重视，并将奥威尔文化批评的相关文章分成保守倾向、极权倾向和民粹倾向三类进行了解读。美国水手图书（Mariner Books）于 2009 年推出的奥威尔批评文集《所有的艺术都是宣传》的序言作者吉斯·盖森对奥威尔在文化批评上的贡献作出了恰如其分的概括："战后的知识分子庆祝（或嗟叹）'流行文化的兴起'。但奥威尔从来没有把它看作是一种新现象。他是第一个认真对待流行文化的批评家之一，认为它一直存在并值得关注。"这个评价强调了奥威尔作为英国流行文化研究拓荒者的地位。

一、保守的传统捍卫者

诚如杜林所言，奥威尔站在一个激进的 20 世纪文化传统的立场上证明了工人阶级文化对孕育不同于主流文化的信仰体系的重大意义。这个观点突出了奥威尔作为"反叛者"的一贯定位。然而，与 F. R. 利维斯（F. R. Leavis）一样，奥威尔首先承担了一位保守的文化评论家和传统捍卫者的责任。至少，在批判大众文化的态度上，奥威尔与利维斯的立场是一致的。利维斯的著作《大众文明与少数人文化》(*Mass Civilization and Minority Culture*, 1930) 承袭马修·阿诺德 (Matthew Arnold) 之遗风，开篇就引用了《文化与无政府状态》(*Culture and Anarchy*) 中的一段文字，强调整个现代文明作为"机器文明"和"外部文明"与希腊和罗马文明之间的巨大落差，并赞美未被工业文明和资本主义文明和生产方式所破坏的"有机共同体"。在《小说与阅读大众》(*Fiction and the Reading Public*, 1932) 中，利维斯夫人考察了大众传媒和畅销书对大众文学品位的负面影响。一年后，利维斯在和丹尼斯·汤普森 (Denys Thompson) 合著的《文化与环境：批评意识的养成》(*Culture and Environment: The Training of Critical Awareness*, 1933) 中主张维护英国传统社会的生活方式和价值取向，以此保持"英国文学文化传统的连续性"，并批判了种种大众文化现象，包括"广告、电影、大众传媒、通俗小说、广播、报纸等等"。

奥威尔同样也对 20 世纪文化的堕落忧愤交加。在奥威尔看来，一种新形式的全球大众文化生产取代了古老的"真实"文化表达，收音机、罐头食品和好莱坞电影都是这种新式文化的象征。《上来透口气》中，保灵尖锐地批判了千篇一律的丑陋郊区住宅、流水线生产的罐装食品、阿司匹林镇静剂以及宣传性浓厚的俗艳的好莱坞电影等[①]，并把旨在促进消费的铺天盖地的广告与即将到来的战争威胁联系起来。法兰克福鱼肠等人造食品令保灵厌恶至极："所有东西都是从纸箱或罐头中取出来，或从冰箱里拽出来，从水龙头里喷出来，从管子里挤出来的。"在《在鲸腹中》中，奥威尔将广播等大众文化形式与法西斯国家联系在一起，将希特勒、炸弹、飞机等等与罐头食品、阿司匹林、好莱坞电影和政治谋杀并置。这些事物作为批判对象在奥威尔的作品中反复出现，它们是现代批量生产的结果，是对传统的背叛，也与思想控制高度相关。它们强化了对专制权力的认同，而这种认同关系在《一九八四》的叙事中起着核心作用。

堕落的文化源源不断的干扰使个体失去判断力，变得麻木和呆滞，这正是新式大众媒体的目标。奥威尔指出，在许多英国家庭中，从不关闭的收音机让谈话难以变得严肃和连贯，而喋喋不休的声音让人们无法专心，这样一来，"思想"就变得难以发生。《一九八四》中的电幕也无法关闭，它无休无止的存在有效地消除了批判性思维发生的可能性，而这就是"新话"要达到的目的——"不仅是

[①] 奥威尔在 1940 年至 1941 年撰写的影评充满了对好莱坞电影的蔑视，他常常抨击大多数好莱坞电影荒诞的情节、空洞的城市风格以及暧昧的法西斯背景，尽管他也对当中不少电影都是欣赏的。奥威尔的大多数影评都收录在《全集》第 12 卷。

为了提供一种表达世界观和心理习惯的媒介,以适合'英社'的皈依者,而且要使所有其他的思维方式都不可能"。无处不在的电幕还深入到日常生活的各个方面,破坏一切形式的自由,"私人生活就此结束"。正如克里克所言,大众传媒是《一九八四》的讽刺主题之一。

对千篇一律、批量制造的文学垃圾,奥威尔深恶痛绝,他在《文学的阻碍》(The Prevention of Literature,1946)中揭露了广播特写节目的制作过程,它们通常由雇佣写手按照事先固定好的主题和展开方式撰写,然后再由制作者和审查者打碎重组,而好莱坞电影产业也折射出美国大众文化的普遍现象,电影、广播、宣传以及新闻业已经呈现一种"机械化的势头"。在《政治与英语》(Politics and the English Language,1946)中,奥威尔详细剖析了粗制滥造的语言现象,并认为语言的堕落与文明的腐败密切相关。《一个书评家的自白》(Confession of a Book Reviewer,1946)一文生动地描述了一个在没有尽头的形容词的梯子上不停地攀爬的书评家的形象。《让叶兰继续飘扬》中,公共借书处充斥着"性""犯罪""狂野西部"等令戈登深恶痛绝的标签,而在大洋国,"书籍只是一种必须生产的商品,就像果酱或鞋带一样"。大众对由党推行、由机器制作的小说相当满意。著名革命漫画家马克·卢瑟福(Mark Rutherford)在革命期间创作的作品有力地煽动了公众舆论,在他被"清洗"之后,报纸上仍然刊印着对其漫画的"毫无生气的生硬模仿"。卢瑟福的真正革命艺术消失了,而廉价的模仿品仍在大量发行。就像戈登创作的广告词是他将文学才华稀释并加入媚俗元素得到的结果一样,卢瑟福的仿制品也是严肃作品的大众化版本——《让叶兰继续飘扬》中被资本主义平面化和大众化的文学艺术,在《一九八四》成为极权主义的产物。

尽管十分欣赏惠特曼和吐温等美国自由主义精神的代言人,但是对美国文化之于英国文化的负面影响,奥威尔时刻保持戒备。在他看来,P. G. 沃德豪斯(P. G. Wodehouse)的校园故事、阿瑟·柯南·道尔(Arthur Conan Doyle)的侦探小说、《宝石》(Gem)和《磁铁》(Magnet)等男生杂志都是英国传统通俗文化的形式。作为审美对象,它们与光鲜的美国女性时尚杂志、轻浮的畅销书以及好莱坞电影都有着天壤之别。男生杂志中包含的正派的道德规范与狄更斯和吉卜林一脉相承,但是早已不合时宜。新一代杂志对读者具有更大的吸引力,它们不仅吸收了威尔斯的科幻元素,更充斥着欺凌崇拜和暴力崇拜。奥威尔把它们与"现代的""美国式"联系在一起,将之视为美国文化帝国主义的一种形式:英国杂志中也许存在"用拳头解决问题"的英雄，但它们确实相对温和，而美国杂志鼓吹"十足的杀戮欲"。《莱佛士与布兰迪什小姐》(*Raffles and Miss Blandish*, 1944) 一文探讨了几十年中犯罪小说的美国化倾向①。温文尔雅的小偷莱佛士 (Raffles) 身上的爱德华时代的平和气质与詹姆斯·哈德利·蔡斯 (James Hadley Chase) 笔下暴力化的现代美国反差强烈。奥威尔特别指出，极权主义是通过美国流行文化的媒介在西方迅速传播开来的。蔡斯本人并不是美国人，但他"在精神上完全切换到了美国的黑社会"。《英国式谋杀的衰落》(*Decline of the English Murder*, 1946) 一文提出了相似的论点，即犯罪文学的焦点已经从极受尊敬的家庭投毒案或盗窃案转移到了残忍的、为寻求刺激而杀人的情形。英国式谋杀的衰落，与其说来自犯罪本身，不如说部分地来自美国化进程。以前的犯罪行为是一个稳定的虚伪社会的产物，罪行背后有"强烈的情感"。而在当今世界，表面化取代了深度，模仿取代了真情实感。不仅如此，奥威尔担心美语对英语语言产生"败坏效应"，例如英语中各式各样的虫类名称到了美语中就变得单调和"完全不达意"。这种语言上的精简是"现代性"倒行逆施的一个例子，也预示着"新话"对英语语言的简化。总之，奥威尔视美国大众文化为一股破坏英国文化的当代力量，美国正是通过其文化产业"吞并"了英国。这也一直是利维斯忧心的问题，他在《大众文明与少数人文化》中感叹"司空见惯的是我们正在被美国化"。直到21世纪，这依然是学者们关注的话题②。

由此可见，奥威尔在研究流行文化时坚守以利维斯为代表的英国保守主义传统。"大众"文化愚弄大众，因而文化阶层需要克服这种从众心理。无论奥威尔多么青睐粗俗的明信片，或者从今天的视角看来他作为一个文化批评家的思想有多么激进开放，他始终是一位老式的文学知识分子。如罗登所言，很难想象他会欣赏20世纪60年代的"新感性"，把安迪·沃霍尔 (Andy Warhol) 的作品等视为真正的艺术。从最广泛的意义上来说，奥威尔隶属于由阿诺德开创的文化批评传统，这个传统的代表人物包括利维斯、艾略特和特里林等。对奥威尔而言，诗歌和小说是语言艺术的典型形式，因此，对于堕落的大众文化，批判是他必然持有的态度。

---

① 著名报刊《党派评论》(*Partisan Review*) 一直以其政治评论的文学特色独树一帜，但是，奥威尔的好友、时任编辑之一的德怀特·麦克唐纳 (Dwight MacDonald) 认为该刊的文学色彩太过浓重，于是他独自创办了一份更具政治色彩的新杂志《政治》(*Politics*)，并将文化研究作为其讨论主题之一，开设了名为"流行文化"的专栏。奥威尔后来就将《莱佛士和布兰迪什小姐》投给了这一专栏。

② 《被美国化的英国：娱乐帝国时代现代主义的兴起》(*Americanizing Britain: The Rise of Modernism in the Age of the Entertainment Empire*, 2012) 就是其中的典型，只是其视角更为辩证。

二、激进的文化反叛者

虽然和利维斯们一样抵制大众文化和现代工业对传统的侵蚀，但是奥威尔观点中鲜明的道德与政治意识使他显得颇为与众不同，而他的另一种身份则使得这种差异更为昭彰——在身为保守的文化评论家和传统捍卫者的同时，他也是激进的流行文化研究的倡导者。邦兹这样描述奥威尔对文化传播方式的态度：

> 作为一个对工人阶级文化有着深厚浪漫情怀的人，他自然对电影、书籍、报纸和漫画如何塑造工人阶级思想这个话题感兴趣。然而，他对流行文化传播方式的态度却是矛盾的。一方面，他清楚地认为某些文本反映了工人阶级文化的魅力：温暖、道德规范、本能的激进主义。不仅如此，新的媒体技术可以推进文化改革的进程，例如重塑英语语言和推广严肃文学。另一方面，他深受马克思主义文化观的影响，始终把媒体描述为统治阶级传播意识形态的主要手段之一。虽然他大部分关于当代流行文化的著作都是深情的，但他担心未来的媒体将主要用其来加强极权政府的权力，如《一九八四》的大洋国。

在邦兹看来，奥威尔将现代化的文化传播方式视为一把双刃剑，它既可以普及工人阶级文化和推进文化改革，也可以将之侵蚀甚至扼杀，代之以统治阶级推行的麻痹性的大众文化文本。无独有偶，早在邦兹之前，古德也以类似的方式概括奥威尔的两可态度：

> 第一，大众文化（mass culture）是极其不现实的，而且分散了人们对周围发生的事情的注意力。他（奥威尔）论及"被麻醉的数百万人"。对他们来说，与战争、革命、地震、饥荒和瘟疫相比，黑帮和拳击场的世界更"真实"、更具"挑战性"。第二，它的大部分都是十分陈旧的。奥威尔这样描写1930年代末出版的男生读物："时钟停在1910年……"第三，奥威尔强调了通俗小说中暴力和愤世嫉俗现象的增加，他把这归因于美国化。

古德和邦兹的共同点在于，他们都把奥威尔眼中的流行文化等同于大众文化。邦兹将以"电影、书籍、报纸和漫画"为代表的工人阶级流行文化（电影在此处被邦兹归为工人阶级文化）和以"媒体"为代表的作为统治手段的大众文化混为一谈，得出了奥威尔陷入"矛盾"的结论①。古德同样没有认识到："麻醉"人们意识的"黑帮和拳击场"属于"大众文化"而不是流行文化；"男生读物"正是因其"十分过时"、保留了战前的气息而虏获奥威尔之心；美国化的不是旧式侦探小说《莱佛士》（*Raffles*）的故事，而是《布兰迪什小姐没有兰花》（*No Orchids for Miss Blandish*, 1939）这种大众文化的代表。相比与邦兹和古德，罗登的看法要中肯得多。他指出，奥威尔对"流行"艺术与"大众"艺术有着截然不同的价值判断。"自然"与"人工"，而非"高、中、低"，是他默认的区分标准。"流行"艺术是由民间的手工艺品组成的，通常是"传统的和社群主义"的，"大众"艺术则体现了"商业化和现代性"。也就是说，奥威尔在"自然"的流行文化与"人工"的大众文化之间做了鲜明的区分。这正是他与将流行文化和大众文化一并列入批判对象的利维斯和艾略特等老一辈文化批评家最显著的不同。

20世纪二三十年代，高雅文化的倡导者们为堕落腐败的文化痛心疾首，为岌岌可危的艺术殚精竭虑，他们投入艺术和传统的保卫战中，牢牢地把守精英的阵地，抬高文化的门槛，以阻挡污泥浊水的入侵。在这一过程中，他们居高临下地批判"低俗"的流行文化对公众的腐蚀效应，将其和堕落的大众文化"一视同仁"。利维斯主义的核心内容是属于"少数人"的"精英文化"和"高雅文化"：一直以来，只有少数人才具有"对艺术和文学欣赏的洞察力"，只有少数人"才能够拯救英国这种正在被腐蚀的社会"。在《小说与阅读大众》中，利维斯夫人认为沃德豪斯和埃德加·华莱士（奥威尔支持的两位"蹩脚的佳作"作家）完全不值一提。和奥威尔一样，利维斯夫人也采用"人类学"的方式研究英国畅销书的历史，然而不同的是，她对自己的研究对象没有认同感。她详尽地展示了公众盲从文化的事实，却并不屑于对这种文化予以"细察"②。利维斯在《文化与环

---

① 邦兹非但没有提及奥威尔对流行文化与大众文化进行的区分，而且在《让叶兰继续飘扬》中发现了高雅文化与流行文化的合流趋势："纯艺术和大众娱乐之间不再是对立关系，因为创作冲动早已从严肃文化领域迁移到了娱乐领域。一方面，戈登所青睐的高雅诗歌描写的是枯燥的社会现实和惨淡的城市景观。另一方面，他所厌恶的流行文化又充满了喧闹的想象力，把人们从日常生活的压力中轻松解脱出来。广告牌上的海报有一种'强有力的恶'，它能够以最直接的方式帮助人们解决问题，例如'每晚只需服用热咖啡——提神醒脑！'而即使是最劣质的小说，也能给最愁苦满怀的读者带来几个小时的解脱。"邦兹甚至把奥威尔在这本书中的观点比作"让·鲍德里亚消费主义理论的通俗版先驱"，展示了艺术的堕落和流行与消费的兴起。

② 值得注意的是，利维斯夫人并不否定民间文化的魅力："显然，过去文化人钦慕的小说和老百姓喜闻乐见的作品之间不存在明显的二分法。"她赞赏"笛福和班扬"时代未受教育的村民虽然"除了《圣经》以外没有读任何书"，但是他们有一种遵循自然节奏的生活方式，并因此获得了真正的或可以称为'创造性'的兴趣——乡村艺术、传统手工艺、游戏和歌唱"，这些与"听收音机和留声机、浏览报纸和杂志"等现代城市居民唯一的"消磨时间的替代方式"截然不同。但是，这种肯定是有前提的，即它们都存在于几百年的"过去"，而非当下。与其说这是利维斯夫人对民间文化的褒奖，不如说是对古老传统生活的留恋。

境；批判意识的养成》中提出了抵御低俗文化的建议，流露出鲜明的反民粹主义倾向。1949年2月，奥威尔为《观察家报》(*Observer*)撰写了最后一篇专栏文章，评论了利维斯的代表作《伟大的传统》(*The Great Tradition*，1948)。从这篇文章的标题"专属俱乐部"就能看出奥威尔对利维斯精英主义的立场不以为然：

> 利维斯博士最想做的就是让读者产生一种对'伟大'人物应有的敬畏和对其他人应有的轻蔑。他似乎暗示，一个人在阅读的时候应该一只眼睛紧盯着价格的刻度，就像一个喝酒的人每喝一口就提醒自己这瓶酒的价格。

奥威尔强调了利维斯在"伟大人物"与"其他人"之间划出的界限，并通过一个形象的比方勾勒出利维斯高高在上的文化观。不仅如此，奥威尔对利维斯所谓"伟大的传统"的构成也无法苟同。他认为，现实主义的传统可追溯到笛福、菲尔丁、斯摩莱特和狄更斯，并延续到巴特勒、吉辛、威尔斯、贝内特和高尔斯华绥，并总结道："一本关于英国小说的书，至少应该提到斯摩莱特、萨尔提斯、塞缪尔·巴特勒、马克·卢瑟福和乔治·吉辛吧？"也即说，这些构成了自18世纪至20世纪的英国小说原生态画卷的作家，却被排除在"伟大的传统"之外，是失之偏颇的。奥威尔的不满显而易见，而他本人也从当代流行文化野生的青芜中，发动了对主流艺术傲慢审美态度的反叛。

奥威尔之前的大多数英国知识分子深受利维斯对"少数派文化"的辩护以及艾略特精英主义文学的影响，常常将对流行艺术的喜爱视为低级趣味。奥威尔则反其道而行之。他向下看齐，浊浪淘金，转向了流行文学——沃德豪斯、漫画明信片、男生周报——这个被蔑视的领域。很少有中上层人士会关注那些小杂货店里出售的廉价、粗俗甚至淫秽的读物，奥威尔是一个例外。奥威尔也许并非20世纪二三十年代唯一对通俗艺术感兴趣的英国知识分子，却是为数不多的真正欣然接受它的人之一。他在前人不屑于停留驻足的地方细细观察，将之作为解读公众思想的媒介加以研究和挖掘，并以一种前所未有的开放视野看待本土文化。他既能一本正经地欣赏传统"高雅"文化的审美优越性，也可以头头是道地分析《男生周报》的深刻社会学内涵。他不以"精英"品味为傲，更不以"粗俗"品位为耻。无论评论畅销小说还是过气杂志，奥威尔都流露出浓厚的兴趣，对哪怕看起来不登大雅之堂的报摊文学也都怀着真诚的敬意。不过，尽管奥威尔的兴趣跨越了从《尤利西斯》到《男生周报》之间的广大区间，但他并不主张将这些作品在美学价值上相提并论。作为一个叛逆又保守的文化多元主义者，奥威尔认为文学和社会一样也有下层阶级，要保持明信片、漫画、惊悚小说和小册子等通俗文化作品的活力，就必须保持不同文化层次之间的距离，并予以区别对待。他在《为小说辩护》（In Defense of the Novel，1936）中建议评论家放弃他们高雅的"《标准》—《细察》标准"，而采用"弹性标准"，也就是说，评价小说应参考一个相对而非绝对的标准，因为书本身就有着不同的层次。这种观点极大地推动了对"低级"文化价值和意义的探讨。

奥威尔的文章并不等同于通俗社会学，他从未尝试对阶级结构进行全面调查，没有统计数据、民意调查和销售数据方面的支撑，也缺乏完整的逻辑框架。如罗登所言，他的研究是认知层面的，而不是方法论层面的。但是奥威尔行文中流露出的对讨论对象的真挚情谊具有强大的感染力，与缜密的推理和系统的论证截然不同。他解放了英美知识分子，让他们看到了文化的"普通人"的一面，也让他们以更积极、更包容的心态看待20世纪四五十年代的文化现象。在题材和风格上，奥威尔对20世纪50年代英国左翼"文化研究"的奠基之作影响颇巨。不论是霍加特的《识字的用途》（The Uses of Literacy，1957）那样以社会学研究结果为支撑的研究，还是像威廉斯的《文化与社会：1980—1950年》和利奥·洛文塔尔（Leo Lowenthal）的《文学、大众文化和社会》（Literature, Popular Culture, and Society，1961）那样对英国文化的有序梳理，都或多或少受到了奥威尔的启发。《识字的用途》回顾了20世纪英国工人阶级文化的变迁，概括提炼了大众文化的各种表现形式，当中的性和暴力小说、男生故事和流行歌曲都曾是奥威尔乐此不疲的话题，对女性杂志、廉价报纸和广播连续剧等对象的探讨也颇具奥威尔风格。霍加特自己承认，性和暴力小说部分欠《莱佛士和布兰迪什小姐》一个"大人情"。它是这样开头的："人们能在'杂志店'里，也能在一些铁路边的书报亭那里买到'血腥和暴力'的性爱小说。它们经常被放在角落里……"这与《唐纳德·麦吉尔的艺术》的第一段十分相似："谁不知道那些廉价文具店橱窗里的'漫画'，那些一分钱或两分钱的彩色明信片，上面有……"这也许就是奥威尔平易风格的魅力所在。不过，霍加特力图面面俱到，每个面几乎笔墨均分，几乎完全隐匿了个人喜好。相比之下，奥威尔的讨论范围要狭窄得多，却深入挖掘了每一个话题。

威廉斯在《文化与社会：1980—1950年》中追溯了从埃德蒙·伯克（Edmund

Burke)到奥威尔的英国传统,并称赞奥威尔在流行文化研究方面是"一个善于捕捉细节的人",而细节"是《唐纳德·麦吉尔的艺术》等文的突出优点"。威廉斯对这些文章"十分欣赏"。虽然后来威廉斯对奥威尔的态度愈发冷淡甚至严厉,但是1979年在他公开拒绝奥威尔的《政治与文学:〈新左派评论〉访谈》中,他还是用一句话生动概括了奥威尔在英国文化研究史上举足轻重的地位:"在五十年代的英国,在你所走的每一条道路上,奥威尔的身影似乎都在等待着。如果你试图开展一种新的流行文化分析,前方有奥威尔;如果你想报道工作或日常生活,前方有奥威尔;如果你参与任何一种社会主义的争论,前方就有一座奥威尔的巨型充气塑像,警告你退回去。"后世文化批评家心头笼罩的"影响的焦虑"表露无遗。

总之,奥威尔在坚守英国传统文化堡垒的同时别开生面,自然而然地划分出流行文化与大众文化的界限,流行文化因而得以摆脱堕落的大众文化的纠缠,散发出自己本来的魅力。奥威尔从这片与主流高雅艺术全然不同的民间文化的沃土中汲取营养、采撷果实,推动了对流行文化价值和意义的探讨,他也因此成为英国左翼文化研究的拓荒者。

三、流行文化的"政治"

1946年,奥威尔以"流行文化研究"作为第一本在美国出版的随笔集《狄更斯、达利及其他》(Dickens, Dali & Others)的副标题,该文集同年在英国以《批评文集》(Critical Essays)为名出版。其中收录了《男生周报》《唐纳德·麦吉尔的艺术》和《莱佛士和布兰迪什小姐》等文,为大西洋两岸的知识分子所关注。同时代的一位评论家认为奥威尔别出心裁,在"表面上无关紧要的出版物"上投入了大量精力,表现出了"智慧的好奇心和敏锐的社会兴趣"。奥威尔对这些读物所包含的"人性和社会意义"的深入挖掘被比作"一次穿越了文学世界中最黑暗的非洲的惊心动魄的旅行",而奥威尔是"唯一一株生石花"[①]。奥威尔仿佛在一个人迹罕至的民间艺术和流行读物的世界里畅游,他四下探索,流连忘返,并常常灵光乍现。《男生周报》讨论了英国流行文化的一个侧面,《英格兰,

---

[①] 奥威尔的好友康诺利值得一提。其主编的《地平线》(Horizon)杂志于1940年3月刊出了《男生周报》的删节版,于1941年9月刊出了《唐纳德·麦吉尔的艺术》。谢尔顿评价说,许多编辑"可能会立即驳回《男生周报》这种对常见东西进行认真分析的文章……但是康诺利愿意冒险,鼓励奥威尔写更多类似的文章。"

你的英格兰》和《论英国人》等文则试图通过描述和分析来概括英国文化这一笼统主题。《侦探小说》(*The Detective Story*，1943)和《莱佛士与布兰迪什小姐》两篇文章研究了通俗犯罪侦探小说在大约七十年时间里的演变历程。《英国式谋杀的衰落》从实际的谋杀案入手，呼应了《莱佛士与布兰迪什小姐》中的怀旧情绪。不过，正如伍德考克所论，道德批评是这些文章最主要的批评类型，例如，《唐纳德·麦吉尔的艺术》的真正主题"不是流行艺术的形式特征，而是工人阶级的道德态度和它所立足的半意识的神话"。也就是说，奥威尔在流行读物中看到了它们所表达的大众的态度和感受，而不是所谓的美学价值，而即使流行艺术确实有审美价值，他也更专注于它们的社会价值。

在《查尔斯·狄更斯》中，奥威尔既把狄更斯当作道德家和社会历史学家来看待，也把他视为流行文化的重要内容，因为狄更斯能够"以一种幽默的、简单化的、因而令人难忘的形式来表达普通人固有的正派"。这对于作为批评家的奥威尔来说意义重大。一方面，固有的正派是普通人安身立命的根本，与阶级背景、宗教信仰或教育经历无关。另一方面，流行艺术的意义正是在于以通俗易懂、轻松幽默的方式表达固有的正派这一严肃主题，体现了"一个人总是站在弱者一边对抗强者的感觉"。麦吉尔漫画的低俗与狄更斯主题的高尚一样，也是英国生活的重要方面。尽管它们与"体面"无关，却是"英国人不知不觉自我记录的日记"，揭示了英国人的守旧、势利、粗鄙、伪善、温和与根深蒂固的道德意识。奥威尔把它们视为考察英格兰精神风貌的一个切入点，因此也就自然而然地将低俗的流行文化与宏大的"英格兰精神"联系起来。奥威尔从心理学角度把男生周报的流行归因于人们普遍想为自己的个性找到一个虚构对等物的愿望。在这些故事中，几乎每个人都可以找到和自己类型对应的男孩，例如运动型、贵族气质型、沉默寡言型等等。接着，奥威尔从心理学转向了社会学。这些读物里没有领导人物，每个人物几乎同等重要，读者的注意力也就不断地从一个男孩转移到另一个男孩的身上。而新一代读物则截然相反，它们通过强迫读者认同"用拳头解决问题"来宣扬"欺凌崇拜和暴力崇拜"的观点。通过进行新旧男生读物的对比，奥威尔归结出反权力崇拜的重要主题，而这个主题在《莱佛士与布兰迪什小姐》中得到了充分的探讨。

奥威尔从社会学角度对比了《夜盗莱佛士》和《布兰迪什小姐没有兰花》两本书的道德氛围。二者分别属于 1914 年以前和当下的社会。莱佛士把读者带进了犯罪的世界，而不是邪恶的世界。这是一个讲道德规范、讲绅士风度的文明社会。人们虽然常常打破规则，挑战权威，但是就像通过各种盗窃和欺骗行为自食其力的诺比传达了"强权不公"的信念，或者是像麦吉尔明信片里的笑话"只有在相当严格的道德规范下才有意义"，这个社会里的合法性和非法性之间存在着毋庸置疑的界限。莱佛士的故事就算是鼓吹"势利"，也有积极的一面。因为"势利就像伪善一样，是对行为的一种制约"。相较之下，布兰迪什小姐的世界则是一个充斥着性变态的恐怖炼狱。在这里，亲情、友情、善良甚至礼貌都不见了踪影，道德观念被"权力崇拜的新学说"取代，被"无端的暴力和弱肉强食的观念"取代，被"强权即正义"的信条所取代。在丧失道德标准的暴力社会里，强权就是真理。蔡斯顺理成章、不露痕迹的暴力描写让读者沉浸于强暴和谋杀的狂欢中，令《夜盗莱佛士》变得黯然失色。奥威尔的反律法主义思想再活跃，此刻也收敛了锋芒，因为奥威尔毫不怀疑蔡斯笔下人物的动机是"出自对残酷和邪恶本身的热爱"，奥威尔后来在《一九八四》中将这种对无限权力的嗜好认定为极权政治的心理根源。尽管蔡斯的故事从未提及政治，但却以人们能够理解的形式如实还原了法西斯主义的精神氛围。这类故事的流行象征着小说从一个由传统价值观统治的世界转向了一个无原则的、由残暴倾向主导的世界，这些信条常常以各种看似冠冕堂皇的理由成功地掩饰自己，让大众文化得以流行。奥威尔虽然从未正式提出过"大众"与"流行"的概念差别，但是他的文本清晰地呈现出二者截然相反的本质。

民间故事、卓别林电影、米老鼠、大力水手等奥威尔青睐的工人阶级文化来自民间，自下而上地运动，具有反抗暴政的积极意义，而一旦它变成了由统治阶级操控或推动的大众文化，自上而下地运动，就变成了统治的工具。在大洋国，无产阶级洗衣妇将机器制作的曲调中的"可怕垃圾"转换成"几乎悦耳的曲调"，让温斯顿心生敬佩，而童谣《橘子和柠檬，圣克莱门特的钟声说》（*Oranges and Lemons, Say the Bells of St. Clement's*）更给温斯顿带来了莫大的慰藉。但是，这种民间文化在被当局抛弃或取缔之后，往往难逃被人遗忘的结果。除了思想警察查林顿以外，没有一个无产者记得《橘子和柠檬，圣克莱门特的钟声说》，而《仇恨歌》获得了和曾经的民谣一样的传唱度，在这种情况下，大众的思想不仅转向了蔡斯之流，而且转向了全盘接受国家机器投喂的文化。这就是民间文化的倒戈，党成功地自上而下地用大众文化取代了流行文化。

古德认为，《一九八四》延续了奥威尔在分析男生读物、低俗明信片和通俗犯罪小说的一系列文章中所表达的对流行文化的"悲观"态度，相当于一场文化上的

"落魄记"式的流浪出走。但是，与其说奥威尔悲观地看待流行文化，不如说他对大众文化的流行保持了高度清醒。奥威尔在英国广播公司印度分部两年多的工作经历让他对宣传的真相心知肚明，也使他深刻认识到大众媒体对思想的麻痹和破坏，因此他要将最糟糕的可能性展示出来，以警世人。令奥威尔欣慰的是，英国老百姓已经"落后于他们的世纪"，他们没能赶上"强权政治""现实主义""结果证明手段"的理论。此外，一种更为真实和自然的民间文化依然存在，仍有相当多的民间诗歌和童谣没有被世人忘却，"它们构成了每个人思想背景的一部分。还有一些古老的歌曲和民谣流传至今"。男生杂志、狄更斯小说和早期侦探小说就经历了这种自然而然的发展和传播过程。

在狄更斯评论中，奥威尔指出："小说写作没有规则，对于任何艺术作品来说，只有一个衡量标准值得我们去关注——流传。"在《李尔、托尔斯泰与弄臣》中，奥威尔重复了这个观点："除了流传之外，没有其他检验文学价值的方法。它本身就是多数人意见的一个指数。"奥威尔用文学寿命来衡量文学质量，把评判权交给了广大读者。这种通俗化的文学品位，是一种真诚的"文学民粹主义"①。奥威尔以"蹩脚的佳作"来称呼那些文学价值不高但是脍炙人口、流传久远的作品，表达了一种想要拉近知识分子与大众之距离的决心，因为小说从根本上是"一种流行的艺术形式"。

但是，奥威尔发现，从街头撤退到阁楼的现象20世纪文学中时有发生："在我们的文明中，诗歌是迄今为止最不受信任的艺术，是唯一一种普通人拒绝认可其价值的艺术……普通人越来越反对诗歌，诗人越来越傲慢和难以理解，直到诗歌和流行文化的分离被接受为一种自然法则。"因此，他十分欣赏吉卜林的"蹩脚的好诗"，因为它们是"知识分子和普通人情感重叠"的标志，以一种通俗的优雅记录了"几乎每个人都能分享的某种情感"。在一个大众对文学望而生畏或者漠不关心的时代，吉卜林把文学重新拉回大众的视野，把高高在上的诗歌与普通人的日常生活和情感联系在一起，让诗歌获得一种"腹对地"的生命力，他和米勒一样扮演了桥梁的角色，连接了"知识分子与普通人"。奥威尔本人对流行文化的欣然接受也是以一种最直接的方式弥合了知识分子和普通人之间的鸿沟。对他而言，流行文化不是媚俗，而是一方乐土，是联结人与人思想的纽带，是反

---

① 除了伍德考克，利文森也通过民粹主义将奥威尔、乔伊斯和米勒联系起来："《上来透口气》的目标是一种文学民粹主义，它在《尤利西斯》中得到展现，并在《北回归线》中绽放出通俗的鲜花。"邦兹也谈到奥威尔创作的"民粹主义传统"和其大众文化批评的"民粹倾向"。

权力崇拜精神的代表,是"起码的正派"的载体,也是英格兰风貌的精髓。奥威尔之所以在对大众文化批判的潮流中脱颖而出,是因为他清楚地看到,流行文化与大众文化之间不仅如"自然"与"人工"、清明与腐败、理想与现实、传统与现代那样判若鸿沟,前者更是后者的解毒剂。

综上,奥威尔对普通人的敬意、对以米勒为代表的"普通的俗人"的礼赞、对"圣人"理想的揭露和抨击都与他对"人"本身的浓厚兴趣有关。在对日常生活的歌颂中,奥威尔兴致勃勃地展开了对流行文化的探究,并常常陶醉其中,流连忘返。归根结底,对平凡生活的好奇是奥威尔拼命捍卫的自我意识的基础,是探索客观世界的最纯粹的动机,是一种高尚的美德,也是奥威尔人文价值观的典型呈现,这种情怀构成了奥威尔文学观的基础内容,也是他支持米勒的出发点。

第二章
奥威尔的审美认识论

艺术不会影响行为，它会消除行动的欲望。艺术极其无用。

　　　　　　　　　　　　　　　　　　　　——奥斯卡·王尔德

　　奥威尔虽然本能地认为文字应该紧贴普通人，起到交流思想和指导行动的作用，但是他欣赏米勒早期作品中"超凡的语言力量"和"从现实滑向幻想，从尿壶滑向天使，而没有丝毫的吃力或不协调"的游刃有余，并将米勒视为"过去几年中出现在英语语系中的唯一一位最有价值的富有想象力的散文作家"。米勒漫无目的地迷失在巴黎街头，在意识的海洋中翻滚雀跃，在感知的极限处天马行空。这场指向自身内外、指向艺术尽头的超现实主义冒险让执着于现实主义传统与认知的奥威尔心驰神往。这看似与奥威尔所处的时代潮流和以"窗玻璃"式明晰晓畅风格著称的"政治作家"的形象格格不入，实际上却揭示了其文学观中最易遭受忽视的重要内容，即他的审美认识论。本章试图通过梳理奥威尔的现代派作家批评、他本人的创作轨迹以及他与伍尔夫某些观点的异同，来深入挖掘奥威尔的文学态度和追求。他对现代派文学的致敬不仅仅是一种审美认同，也是一种与保守主义密切相关的情感认同。

第一节

现代主义作家批评

　　1940年，奥威尔在为一本当代作家词典撰写的自我介绍里说："我最喜欢并且百读不厌的作家主要包括莎士比亚、斯威夫特、菲尔丁、狄更斯、查尔斯·里德、塞缪尔·巴特勒、左拉、福楼拜，当代作家中有詹姆斯·乔伊斯、T.S. 艾略特和D. H. 劳伦斯，……"作为批判现实主义传统的继承者，奥威尔的偶像名单中出现传统经典作家毫不奇怪，但是三个现代主义作家的名字赫然在列，着实非同寻常，因为在诸多论者眼中，奥威尔与"纯文学"几乎毫不相干。《剑桥指南》开篇就指出奥威尔"首先是一位政治作家"。奥威尔的好友康诺利甚至说他是个"政治动物……连擤鼻涕都要评论一番手帕生产的行业道德"。克里克认为奥威尔与现代主义保持了距离："尽管他非常熟悉现代主义甚至未来主义文学……但在他所有的战前小说中，除了一部例外，他都刻意避免使用现代主义手法。在他看来，这些手法已经开始使普通人无法读懂现代小说。"哈蒙德则认为奥威尔与现代主义完美错过："……他的小说属于狄更斯、吉辛和威尔斯的英国传统，并且几乎不受劳伦斯、普鲁斯特和弗吉尼亚·伍尔夫更具实验性的作品的影响。"罗登将奥威尔没有进入"高等正典"的原因部分地归结为"脱离了詹姆斯—艾略特—利维斯传统"，并认为奥威尔从未对20世纪20年代的现代主义作家和20世纪30年代的左翼作家感到"完全的自在"，而狄更斯、塞缪尔·巴特勒和威尔斯等"维多利亚时代和他童年爱德华时代的先锋派"一直是他最喜欢的小说家。

尽管连英格尔这位研究奥威尔政治思想的专家也力排他议，肯定了奥威尔作为"想象性作家"的身份①，但是很少有论者注意到奥威尔与现代主义文学之间的渊源。其实，乔伊斯、劳伦斯和艾略特在奥威尔心目中的地位毫不逊色于狄更斯和斯威夫特，只是"政治作家"的标签遮住了这份关联。有书评作者就"惊讶"地发现"乔伊斯居然是奥威尔的偶像之一"。

一、奥威尔的乔伊斯

正如克里克所说，奥威尔确实"非常熟悉现代主义"，他心中的艺术典范就是乔伊斯。奥威尔对乔伊斯的评论主要集中在他1933年和1934年写给好友布兰达·萨尔克尔德的信件中、1940年《在鲸腹中》的相关论述中、1942年英国广播公司播出的《重新发现欧洲》（*The Rediscovery of Europe*）的节目文稿中以及1944年3月对一部乔伊斯传记的评论中。总的来说，奥威尔对乔伊斯的态度从狂热的崇拜和焦虑的敬畏逐渐走向理智的褒奖和客观的评述。

1932年末，奥威尔设法借到了当时被列为禁书的《尤利西斯》，并瞬间为之倾倒。在次年6月和12月给布兰达的几封信中，奥威尔多次赞美乔伊斯，崇拜

---

① 英格尔以纽辛格为例进行了反驳："纽辛格并不认为奥威尔是一个想象性作家。也就是说，他忽略了奥威尔的主要动机是写作这一关键事实。当文学的完整性与政治承诺发生冲突时，奥威尔的主要忠诚是前者……奥威尔就是想象性作家……"

之情泛滥于字里行间。他认为《尤利西斯》出类拔萃地概括了"现代社会几乎司空见惯了的可怕的绝望",乔伊斯是务实者而不是空想派,展现的是生活本来的面貌:"乔伊斯试图选择和表现生活中发生的事件和思想,而不是小说中发生的事件和思想……他着手展开的方式足以证明他的思想是多么具有独创性。"乔伊斯既能通过现代主义美学从内部描绘人类经验,又能站在外部再现"普通"的现实,以立体的、全方位的视角描述布卢姆。如此,奥威尔的现实主义找到了与乔伊斯现代主义相结合的契机。奥威尔尤其注意到乔伊斯的文体实验:

> 我在一篇评论中第一次接触到了《尤利西斯》的零散章节,并碰巧读到了格蒂·麦克道尔(Gerty McDowell)自言自语的那一段……除了这种方式之外,你不可能在这么短的篇幅里把女孩的内心世界表现得如此透彻。她的"少女珍宝"和"迷失梦中"等可怕的自恋细节完成得如此出色,实在令人难忘。同样,布卢姆、布太太和迪达勒斯都被赋予了自己的风格和各不相同的思想特点。迪达勒斯颇具伊丽莎白时代和中世纪文学的气质……[326]

在信件结尾,奥威尔不好意思地请求布兰达原谅自己的长篇大论,因为"乔伊斯让我如此着迷,以至于我一谈到他就停不下来"。奥威尔虽然不是乔伊斯研究专家,但是他于20世纪30年代初对其实验风格和复杂文本的解读,对其备受质疑的主题的称颂,如今看来是颇具慧眼的,一如他在米勒遭禁时为其发声一样。

1934年8月,奥威尔在给布兰达的另一封信中狠狠地自嘲了一番,"影响的焦虑"表露无遗:"我真希望从来没有读过《尤利西斯》……读了这本书再读我自己的书,就会发现自己像一个学了发音课程的太监,声音能够冒充男低音或男中音,但要是听得仔细,就会发现那种尖细的声音跟原来一模一样,未曾改变。"此时的奥威尔正在创作《牧师的女儿》,并常常陷入困境,《尤利西斯》这座高山越发显得难以企及。

如果说奥威尔私人信件中的对乔伊斯的评论写得粗疏随意的话,那么公开发表的《在鲸腹中》最能代表他的正式态度。他将《尤利西斯》视为一部具有划时代意义的作品,因为它不可逆转地改变了两次世界大战之间的文学景观,使许多其他转变成为可能:

> 它不是通过揭示稀有的东西,而是通过揭示**熟悉**的东西,开辟了一

个新的世界。例如,《尤利西斯》真正引人注目的地方是它素材的**平淡无奇**……。乔伊斯敢于——这既是胆量的问题,也是技巧的问题——揭露内心世界的愚蠢……这是一个你从小就生活其间的世界,你认为这些东西本质上是不可言说的,现在居然有人将它言说了出来。其结果是**打破了人类生活的孤独**,哪怕只是暂时的。当你阅读某些段落时,你会觉得乔伊斯的思想和你的思想是一体的,他知道你的一切,尽管他从未听说过你的名字,在时空之外存在着一个你与他共存的世界。

乔伊斯笔下的"熟悉"而非"稀有"的东西是令奥威尔倍感亲切的凡俗世界,乔伊斯化"平淡"选材为丰富意识的功力让奥威尔啧啧称奇。同时,乔伊斯的胆量、技巧和穿透人心、打破孤独的力量也令奥威尔首肯心折。在批评艾略特和劳伦斯们对现实的无视或回避时,乔伊斯甚至成为一个旨在传达"意义"的正面典型:《尤利西斯》不是一个"只会玩弄文字的人"写的,乔伊斯展示的是"失去信仰的天主教徒的想象"和"没有上帝的生活",他独一无二的"技术创新"主要是为主题服务。在展现因失去信仰而变得毫无意义的现代世界的过程中,乔伊斯高超的文字技巧没有游离于主题之外,而是与之产生了完美共振,这正是以"把政治写作变成艺术"为理想的奥威尔渴慕的高度。

1942年,在英国广播公司节目《重新发现欧洲》中,奥威尔除了强调乔伊斯"对文字技巧的痴迷",更突出《尤利西斯》的主题,即"机器获得胜利和宗教信仰崩溃后现代生活的肮脏和无意义"。此时奥威尔关注的不是乔伊斯对"熟悉的东西"的揭示,而是他身上的远古气息:乔伊斯不是英国19世纪作家的继承人,而是"延续自欧洲和更久远的过去"。他的思想留在了"青铜时代""中世纪""伊丽莎白时代",却独独不属于"讲究卫生和开上汽车"的20世纪。

1944年,奥威尔对一部乔伊斯传记的评论表明他已经摆脱了早期的狂热仰慕,走向理性批评。一方面,奥威尔依旧认为《尤利西斯》的主题不仅是真实地表现生活,更是通过今昔对比来厚古薄今:"乔伊斯似乎在说'瞧我们从青铜时代堕落成什么样子了!'"他也依旧崇拜乔伊斯"诗意散文的精彩片段,绝妙的文字画面,对报刊文章和青铜时代史诗的模仿……和英语中前所未有的呈现思维过程的实验,例如布卢姆的内心独白……"另一方面,偶像滤镜已不似当初那般完美。《尤利西斯》的喜剧色彩削弱了它本该感动人心的魅力,那个曾经的青年艺术家斯蒂芬变得"让人难以忍受",而布卢姆"即使处境很可怜,也不会引起太多的怜悯",因为"故事一次又一次地被纯粹的高明文字淹没或岔开"。奥威尔甚至直言一些段落"相当枯燥",而乔伊斯"总是抵挡不住滑稽嘲讽的诱惑,也挡不住文学实验的诱惑",最终,"词语战胜了主题"。这些掺杂着否定声音的评价意味着奥威尔在奔向创作巅峰的过程中对现代主义大师的去魅与挣脱。

也许与奥威尔崇拜乔伊斯同样令人惊讶的,是他对乔伊斯式意识流手法的模仿。1933年,沦陷于《尤利西斯》惊人魅力之中的奥威尔正为《牧师的女儿》的创作一筹莫展。乔伊斯既让他自卑,也为他带来了灵感,该作第三章就是公认的对《尤利西斯》中"夜城"(Nighttown)一幕的模仿。此章描述了多萝西在特拉法尔加广场纳尔逊纪念碑下度过的一个寒冷冬夜,这是她与肮脏粗鄙的第一次亲密接触,也是她在摘啤酒花工作结束后向下层社会漂流的触底点。在这一幕痛苦与挣扎交织的荒诞喜剧中,奥威尔实现了由一众流浪汉、罪犯、妓女和其他大萧条失业者共同上演的不同话语片段的拼贴叙事,其中的塔尔博斯先生(Mr. Tallboys)就是中年的斯蒂芬·德达勒斯(Stephen Dedalus)。这是奥威尔毕生唯一使用现代主义拼贴手法创作的章节,也是他对乔伊斯情结的交代。奥威尔在1935年给布兰达的信中说,尽管《牧师的女儿》"粗制滥造",但第三章的第一部分仍然值得一读,他对这章"很满意"。但是,意识流手法并非奥威尔所长,甚至直接暴露了其艺术表现力的短板。肖恩·奥凯西因此曾讥笑奥威尔"和乔伊斯之间的差距就像山雀和老鹰的差距一样遥不可及"。不过,也有论者把这一幕与伍尔夫联系起来,认为奥威尔的"伦敦之夜"看起来像是对达洛维夫人"伦敦之日"的含蓄戏仿。

如果说《牧师的女儿》只得了乔伊斯之"形",把他的影响局限在拼贴叙事甚至自由间接引语层面,那么《上来透口气》是最得乔伊斯之"神"的作品。基斯·威廉斯认为奥威尔在《上来透口气》中以自己的文学笔调对利奥波德·布卢姆进行了一种"重写",尽管小说的实验成分"大大减少"[①]。实际上,奥威尔对保灵的梦境、幻想、感知和记忆的描绘都留有乔伊斯的印记,整个作品的讽刺喜剧风格也是对《尤利西斯》的一种承袭。迈耶斯还将《如此快乐童年》(*Such, Such Were the Joys*, 1948)和《一个青年艺术家的画像》相联系。乔伊斯笔下吓人的牧师向无辜的斯蒂芬大吼:"懒惰的小阴谋家,我从你脸上就看得出你的阴谋……懒惰的游手好闲的小二流子!"奥威尔笔下凶恶贪婪的校长老婆的大叫

---

① 基斯·威廉斯甚至认为乔伊斯在奥威尔对语言作为意识基础的独特批判中发挥了重要作用,这一批判在《一九八四》达到顶峰。

与之十分相似:"快点,你这个小懒鬼!快点,你这个游手好闲的没用的小鬼。"《作家与利维坦》(Writers and Leviathan,1948)是奥威尔最后一次提及乔伊斯的主要文章,他在文中哀叹,时代的不公和苦难使得对生活的纯审美态度已不可能,如今已经没有人"像乔伊斯或亨利·詹姆斯那样一心一意钻研文学了"[①]。刚刚结束的战争将奥威尔"祖辈"的宁静世界彻底撕裂,乔伊斯似乎只是一场渐渐远去的"纯审美"的迷梦。

总之,与狄更斯和斯威夫特等从童年时代就陪伴和影响奥威尔的作家不同,乔伊斯是他而立之年突然间发现的宝藏,令他欣喜若狂,也诱发了他一直埋藏在意识浅层的创作冲动。尽管《牧师的女儿》不算成功,但乔伊斯对奥威尔的影响不可磨灭,保灵就是一个通俗化了的布卢姆,在梦幻与现实的交织中游荡。乔伊斯真实可信的"普通人"主题和炉火纯青的文学技巧征服了奥威尔,也部分地解释了奥威尔对与乔伊斯一样揭示人类精神真相的米勒的赞赏,而乔伊斯作为一个高山仰止的存在,也一直是奥威尔津津乐道的话题。

二、奥威尔的 D. H. 劳伦斯

奥威尔对劳伦斯的评论与他对乔伊斯的评论几乎见于同期的信件。1933 年 7 月,在给另一位朋友埃莉诺·雅克(Eleanor Jacques)的信中,奥威尔赞美劳伦斯有一种"无法言喻"的特质,他的作品中遍布"非常新鲜、生动的段落",他看待事物的方式"与众不同",让奥威尔想起了"青铜时代"。与乔伊斯一样,劳伦斯也像是从远古的迷雾走来的人物,犀利而又神秘,丝毫没有沾染时代的流弊,令人称奇。但是到了 1940 年《在鲸腹中》中,这种遁入历史的倾向成为一种危险的逃避:"他(劳伦斯)对现实的不满再一次变成对过去的理想化,一种神话般的过去,即青铜时代……但这却是一种失败主义,因为它不是世界前进的方向。他所向往的生活,那种围绕简单神话(性、土、水、火、血)的生活,只是一种失落的事业。"也就是说,面对正在陷入疯狂的世界,如果继续在梦幻的泡影中沉溺,就沦为了故步自封的时代逆流。1945 年对《普鲁士军官》(*The Prussian Officer*,1903)的书评是奥威尔唯一一篇正式的对劳伦斯的评论。奥威尔认为劳伦斯本质上是一位"抒情诗人",对"大地的表面"野蛮生长的热爱是

[①] 在紧接此文之后发表的一篇书评中,奥威尔说:"过去的几十年中,没有哪个英语散文作家能够超越乔伊斯把控文字的技巧,也没有谁能够超越海明威简化文字的功力。"这是奥威尔最后一次提及乔伊斯。

他最大的特点。奥威尔钦慕劳伦斯对人性的透彻感悟和把握——"他只需要看一眼某个深不可测的陌生人，就能强烈地感受这个人的内心世界"。这是奥威尔莫能望其项背的强大天赋，也让他敬仰始终。奥威尔临终前的阅读书单（1949年1月和2月）中分别包含了《儿子与情人》（*Sons and Lovers*，1913）和《普鲁士军官》，而且都打了星号——不论是初读还是重温，病中的奥威尔依然对劳伦斯情有独钟。

虽然奥威尔对劳伦斯不存在像对乔伊斯那般模仿的执念，但是劳伦斯对他的影响不容小觑。奥威尔曾这样回述自己十六岁时偶然读到的劳伦斯的一首早期诗作："一个女人站在厨房看着丈夫远远走来，看到他顺手捕杀了一只兔子。他进来以后把兔子扔在桌上，然后将她揽入怀中，手上散发着兔毛的味道。她本是恨他的，却又被他的激情吞噬。"奥威尔对这种杀死猎物和点燃欲火之间的联系记忆犹新——在《缅甸岁月》中，在与弗洛里一同猎鸟之后，伊丽莎白对弗洛里的兴趣又重新燃起。劳伦斯擅长描写人性与动物本性相类似的原始冲动，这与他对自然的浓厚兴趣有关，而英国乡村在奥威尔眼中也是一个坚不可摧的能量之源，唤醒并强化了人对自由的热爱。《一九八四》的主人公正是在乡村野地中间、在大树和风铃草的掩护下开始了他们的幽会，这与《查泰莱夫人的情人》（*Lady Chatterley's Lover*，1928）的场景颇具相似之处。

《一九八四》和《查泰莱夫人的情人》都是关于"最后的人"的故事，也是两位叛逆的先知留给这个世界最后的情感和社会思考。劳伦斯没有像奥威尔那样聚焦极权政治的黑洞，他对民主政治也不十分感兴趣，但是他们都对欧洲文明的急剧衰落深感不满，为现实的堕落忧愤不已。《一九八四》的原题"欧洲最后一个人"（The Last Man in Europe）也同样适合《查泰莱夫人的情人》。劳伦斯的主人公麦勒斯（Mellors）出场时"穿着深绿的棉绒裤子，打着绑腿……一副老式的样子"，宛如从现代社会的刀口下幸存的亚当，是古老情感最后的化身。他的"护林人"身份也清楚指向了他的保守和内省姿态，他守护的是亚当和夏娃的原始性爱自由。无独有偶，茱莉亚受伤时，温斯顿感到"自己身体的疼痛"，似乎茱莉亚就是他的一根肋骨。

劳伦斯在第一次世界大战期间曾扼腕悲叹："两千年的文明巨浪正在崩溃。生存变得艰难。过去的所有美丽与哀愁正在消散，新事物却不见到来……前方是漫长的冬季，什么也看不见，什么记忆也没留下。"《查泰莱夫人的情人》是欧洲文明的挽歌，也是黑暗时代的序曲，以一种不同寻常的沉重风格构筑出一片阴郁的社会和历史视野。麦勒斯在最后一封信中感叹:"那些巨大无比的、贪婪的白色爪子在空气中挥舞,它们要扼住那些尝试生活、尝试超越金钱的人的咽喉,把生命挤走。糟糕的时代将要来临。糟糕的时代将要来临,伙计们,糟糕的时代将要来临!""糟糕的时代"果然在十年多后变成了现实,只是劳伦斯早已不在人世,不过奥威尔见证了这一切。保灵质朴动人的童年回忆被现实抹杀殆尽,工业化生产和消费时代的拜金主义将传统的生活方式统统吞噬,脚下和平的大地也正在破裂和瓦解。《一九八四》的未来图景中依稀可见劳伦斯笔下沉郁幽暗的英格兰中部的阴影,在某种程度上也暗含了奥威尔对劳伦斯无声的敬意。

两位作家都对公共和个人空间的关系十分敏感,都对个人空间的丧失感到惊惧与愤怒,也都对亲密关系的分崩离析提出了警告,并尤其批判两性关系的堕落。查泰莱所代表的清教主义思想将压抑的性冲动倾泻于对权力和金钱的追求中,而党对性冲动的压抑也在大洋国的狂暴情绪和政治奴役中找到了出口:党企图"消除性行为中的一切快乐",并用极端的政治恐怖取代它,性爱文化也就堕落成政治文化。奥威尔不擅写两性关系,难以像劳伦斯那样呈现双方真实而微妙的势能消长,但是反乌托邦政治小说即使缺乏细致微妙的心理张力,也可以准确地描述未来的恐怖世界。就人生经历而言,两位作家都在清贫的生活中保持着独立思想和自由精神,也都与工人阶级心心相通。《威根苦旅》中浑身上下连嗓子里都是煤灰的煤矿工人让人联想起《儿子与情人》中的父亲毛瑞尔。迈耶斯在奥威尔传记中列出了二人的诸多相似之处,并总结道,"他们都是勇敢的作家,不畏强大的敌对力量,说出真相"。康诺利则称赞奥威尔"和劳伦斯一样,他所说所写的每一个字都闪耀着他的人格光辉"。

总之,劳伦斯超凡脱俗的诗性气质和古典情趣以及他对人性的深刻洞察力都令奥威尔叹服。两位作家都对欧洲文明的腐化和两性关系的堕落深感不满,他们都厌恶城市和工业文明,也都热爱大自然。乡村的衰败、信仰的缺失、阶级矛盾的尖锐等等都是奥威尔与劳伦斯的共同主题,只是劳伦斯走向退避和内省,期待通过彻底实现两性的自然和谐来抗衡工具理性的摧残,在心中创造一个新世界;奥威尔则走向普通人,在他们身上寄托了建立理想社会的全部期望。

三、奥威尔的艾略特

奥威尔与乔伊斯和劳伦斯从未谋面,他的崇拜隔着时空的距离,对艾略特则不同。他们有书信往来,也有共餐和共事的经历,奥威尔甚至曾邀请艾略特到家中留宿。和同时代的许多青年作家一样，奥威尔能够背诵艾略特的许多早期作品，并从未放弃过争取艾略特的认可。不论是最初的练笔《粗工的日记》（*A Scullion's Diary*，1931）、《落魄记》还是后来的《动物庄园》，艾略特都是奥威尔首先考虑的投稿对象。

在1933年讨论乔伊斯的信件中，奥威尔指出，艾略特与乔伊斯都揭示了"可怕的绝望"，但是艾略特带有"某种傲慢的'我早就告诉过你'的暗示"。在"教会时代的宠儿"艾略特看来，人们之所以绝望是因为"对光闭上了眼睛"。也许正因为仰视艾略特，奥威尔才对"傲慢"尤其敏感。在《在鲸腹中》中，奥威尔考察了第一次世界大战期间的文学创作，并将米勒与艾略特联系起来。他认为那时出版的优秀作品几乎都是"被动和消极"的，它们所记录的都是"毫无意义的、发生于虚空中的噩梦"，而这种书写"无助和天真"的作品比记录战争的作品更真实。《普鲁弗洛克的情歌》（*The Love Song of J. Alfred Prufrock*）就是1917年"一个清醒敏感的作家"的琐屑记录，也是关于战争的精神真相的浓缩。在《重新发现欧洲》中，奥威尔把1917年视为现代文学的开端，因为《普鲁弗洛克的情歌》在这一年发表。

1942年底，奥威尔发表了他的第一篇正式的艾略特评论。奥威尔把《干燥的萨尔维吉斯》和艾略特的早期作品《不朽的低语》做对比，认为前一首诗歌中虽有信仰，却没有希望和热情，后者则洋溢着真实而鲜明的绝望。奥威尔认为"强烈真实的情感比压抑情感的宗教信仰更能产生好的作品"，《普鲁弗洛克的情歌》虽然是"徒劳的表达"，但是它洋溢着"热情和力量"。1944年10月，奥威尔发表了他的第二篇艾略特评论。和第一篇评论一样，奥威尔认为艾略特早期作品的口语入诗和文字之美令人赞叹，诗歌表达的绝望情绪亦鲜活有力，但是以《圣灰星期三》（*Ash-Wednesday*，1930）为"转折点"，后期作品缺少了一种"品质"，即艾略特强逼自己接受信仰，并陷入了宿命论之中，这种刻意和勉强遭到了奥威尔的质疑。实际上，奥威尔如果以《烧毁的诺顿》（*Burnt Norton*，1936）为例可能更具说服性。该诗开篇即定下了宿命论的基调："现在的时间与过去的时间/两者也许存在于未来之中，/而未来的时间却包含在过去里。/如果一切时间永远是现在/一切时间都无法赎回。"第一乐章的结尾与开篇遥相呼应："过去的时间和将来的时间/可能发生过的和已经发生的/指向一个目的，始终是旨在现在。"在这些诗句中，永恒的救赎幻化成时间的哲学。与其说它们是宿命论或神学决定论的抽象表述，不如说是指向了时间经验的根本悖论，即为了在当下获得救赎,过去和将来都必须存在于当下,与当下共处同一个场域,或者说,过去和未来都是现在的必要组成部分。在《小吉丁》中,历史就是"现在":"历史是永恒的模式……/历史便是此时,此地——英格兰。"同时,"我们所称的开端往往就是终点/而到了终点就是到了开端。/终点是我们的出发点。"这与《东科克尔村》(*East Coker*,1940)的开场白如出一辙:"我的开始之日便是我的结束之时"——这是对苏格兰女王玛丽·斯图亚特(Mary Stuart)格言的颠倒,该诗结尾则引用了玛丽·斯图亚特的原话:"我的结束之时便是我的开始之日。"在这些诗句中,行进式的世俗时间被蛛网状的宗教时间所吞噬,神性的不变常数覆盖了日常生活的所有细节,与《一九八四》中党的口号"谁控制了过去,就控制了未来;谁控制现在,就控制了过去"殊途同归。有论者认为,奥威尔将查灵顿的声音比作"破旧音乐盒的叮当声"让人想起奥威尔反对的《四首四重奏》中的"金属叮当声",表达了奥威尔对艾略特后期基督教主题作品的失望。

尽管如此,艾略特的"历史感"与奥威尔"向后看"的意识相通,都是浓重的怀旧情绪的流露。两位作家在一些文化和历史观上的意见颇为一致。他们都欣赏传统民间文化,反对电影和留声机等文化形式[①],但是二人的文学史观可谓完美错开。奥威尔将18、19世纪视为散文的全盛时期,他无限留恋的维多利亚时代和爱德华时代却遭到了艾略特的蔑视。艾略特最向往的文学时代是17世纪之前,特别是但丁的"13世纪天主教世界",而奥威尔却认为那是与现代极权主义最接近的时代,因为教会禁锢人们的思想并推行正统的教义[②],也许这也是宗教韵味浓厚的《四首四重奏》遭奥威尔贬抑的原因。

不过,仅凭《普鲁弗洛克的情歌》,艾略特也足以永葆偶像的青春。因此,尽管奥威尔对其天主教信仰和保守主义思想难以苟同,仍多次为他辩护。1943年,奥威尔在《文学与左翼》(*Literature and the Left*)中将艾略特从意识形态的绑架中解救出来:"如果你问一个'好党员'他反对艾略特什么,你会得到一个这样的答案:艾略特是一个反动派(他宣称自己是保皇党、英国天主教徒等),他也是一个与普通人脱节的'资产阶级知识分子',因此他是一个糟糕的作家……但不喜欢作家的政治立场是一回事,他强迫你思考而不喜欢他却是另一回

[①] 例如,艾略特在《玛丽·劳埃德》(*Marie Lloyd*,1922)一文中批判了文化的堕落:"随着音乐厅的衰败,随着廉价而迅速发展的电影院的侵入,下层阶级倾向于陷入与资产阶级相同的原生质状态。"

[②] 罗登在《文学声誉的政治:"圣乔治"奥威尔的形象》中详述了奥威尔对罗马天主教的敌意以及英国天主教知识分子的奥威尔接受史。

事。"1944年4月,针对哈罗德·拉斯基(Harold Laski)批判艾略特精英主义的晦涩文风,奥威尔反驳说:"碰巧,艾略特是我们这个时代为数不多的认真尝试用英语口语写作的作家之一。"

1944年7月,艾略特以小说的政治内涵为由拒稿《动物庄园》。在拒稿信中,艾略特虽然承认该作是"《格列佛游记》之后最出色的作品",但是"并非批评当下政治局势的正确角度",而猪的角色也缺乏"公共精神"①。如果说在《动物庄园》写成之前,利维斯夫人断言《致敬》如果被写成一部小说将会非常薄弱是一个误判的话,那么艾略特的拒稿与之相比则要严重得多。迈耶斯评价说艾略特的"执拗误读和严重错判"就是尽人皆知的"安德烈·纪德拒绝出版普鲁斯特《追忆似水年华》之误的英国版"。其实,这也不是艾略特第一次拒绝奥威尔。早在1932年,艾略特就曾拒绝过《落魄记》这样一份底层生活经历的记录,这份现实版的"荒原"对于艾略特来说太直白散乱了。当奥威尔在《在鲸腹中》中称赞艾略特的诗歌"没有公共精神"、能够"继承人类遗产"的时候一定没有想到,自己将来的作品会因为缺乏"公共精神"而遭到艾略特的拒绝。曾经,奥威尔为艾略特辩护,反对左翼知识分子将意识形态和文学价值混为一谈,现在,意识形态判断却成了艾略特的首要考虑。1949年7月,奥威尔在给友人的信中将艾略特列为一个政治偏见左右审美判断的典型例子:"艾略特在雪莱身上看不出优点,或者在吉卜林身上看不出缺点,根本原因一定是前者是激进派,后者是保守派。"偶像变成了批评的对象。

艾略特作为一代人的精神教父,其影响力毋庸置疑地渗透到奥威尔的创作之中。奥威尔在早期诗作《被毁的农场》(On a Ruined Farm near His Master's Voice Gramophone Factory,1934)中就曾描绘过荒原式的城市景象。在《让叶兰继续飘扬》中,戈登的诗《伦敦之赏》(London Pleasures)也以"刺骨寒风"(Sharply the menacing wind…)这样的细节"模仿了艾略特的想象"。戈登带着"蔑视"和"恐惧"把自己的诗看成是"堕胎",并告诉好友拉维斯顿,"我的诗死了,因为我死了。你死了。我们都已死去"。这种精神的荒原大抵是奥威尔主人公的宿命。如果说《荒原》(The Waste Land,1922)自上而下地捕捉瞬时画面,并以蒙太奇手法进行拼合,那么《让叶兰继续飘扬》则是平行推进的长镜头记录。它着眼于大城市里底层阶级的生活状况,同样涉及酒吧谈话、粗俗的口语

---

① 艾略特只是代表费伯出版社拒绝了奥威尔,他自己颇有爱莫能助之意。

和消费主义等主题。在《在鲸腹中》中，奥威尔赞赏米勒"在罗马燃烧的时候拉琴，面对着火焰"的超然，这是《荒原》最后一节《雷霆的话》(*What the Thunder Said*) 中呈现的景象。在这一节中，绝望的女人被置于西方文明倒塌的废墟前："一个女人紧紧拉起她乌黑的长发/在那弦线上信手奏出如泣如诉的乐曲。"因此可以说，对米勒的赞赏也是对《荒原》作者的赞赏。奥威尔对《荒原》最直接的致敬是《一九八四》的开场白"这是一个晴朗寒冷的四月"。奥威尔的四月显然是艾略特"最残忍的月份"，而不是乔叟"浸润了万物的根须"的四月。温斯顿拼命抵挡的带着"沙尘"的"邪恶之风"，让人想起了《死者的葬礼》(*The Burial of the Dead*) 一节中先知西比尔的恐吓："我会给你展示在一把尘土中的恐惧。"奥布莱恩在劝诱温斯顿和茱莉亚加入兄弟会时说，"我们唯一真实的生活存在于未来。我们将以一把尘土和碎骨的形式参与其中"，仿佛真成了西比尔的化身。

总之，奥威尔对艾略特早期作品中力透纸背的绝望拍案叫绝，对其晚期作品中浓厚的宗教布道色彩则不以为然，二人的文学史观也截然相反。尽管如此，艾略特的影响覆盖了从《让叶兰继续飘扬》到《一九八四》的广大区间。尽管艾略特拒绝了《动物庄园》，但是奥威尔并没有对此心存芥蒂，并依然力图保持文学评价的客观，他对艾略特的辩护也构成了他为现代派作家辩护的一部分。

四、为现代派作家辩护

在 1934 年苏联作家大会上，尼古拉·伊万诺维奇·布哈林 (Nikolai Ivanovich Bukharin) 首次提出用正统的共产主义方式来表达情感。布哈林反对康德、黑格尔和叔本华等所认同的伟大艺术必然是"客观公正"（没有"欲望和意志"）的观点，而将文学描述为最重要的教育手段之一：社会主义艺术家不应该对周围的世界采取超然或中立的态度，或者说，他应该在任何时候都努力向他的目标读者灌输一种"充满积极战斗力量"的情绪，描写正面人物及其包含的正能量。布哈林的演讲之后，乔伊斯、艾略特和劳伦斯等现代主义作家常常被视为病态的濒死文学的典型。乔伊斯被卡尔·拉德克 (Karl Radek) 立为社会主义现实主义的反面教材，此案成为那个年代最臭名昭著的事件。拉德克说，乔伊斯的现代主义通过不透明的语言实验模糊了社会和经济问题，它教会了作家们一种精英主义的"中国字母"，使他们与"大众"无法沟通。爱德华·厄普沃在《马克思主义文学解读草图》(*Sketch For a Marxist Interpretation of Literature*) 一文中附和拉德克的看法，反对乔伊斯。现代主义者的地位岌岌可危。奥威尔的态度正好相反。在《艺术与宣传的界限》(*The Frontiers of Art and Propaganda*,1941)中,奥威尔斥责了厄普沃的唯政治原则至上的批评主张,并批评厄普沃的政治小说代表作《北部之行》(*Journey to the Border*,1938)就是将艺术从宣传中剔除、以党派路线压倒艺术创作致使政治与艺术彻底剥离的典型例子。

早在1936年12月对菲利普·亨德森(Philip Henderson)《今日小说》(*The Novel Today*)的评论中,奥威尔就抨击亨德森所宣扬的一本书只有倡导正确的原则才是"好"书的观点。亨德森"假装严格地遵循批评的客观原则,实际上他的审美立场全被政治观点左右",他与俄裔评论者 D. S. 米尔斯基(D. S. Mirsky)一样,对现代主义作家多有鄙视和诋毁,令奥威尔义愤填膺。在《在鲸腹中》中,奥威尔将麦克奈斯和福斯特对艾略特的评价做了对比:福斯特说自己 1917年读到《普鲁弗洛克的情歌》时无比激动,因为在那样的关头还能读到这种"与公共精神无关"、反映真实情感的诗歌实属难得;而麦克奈斯却沾沾自喜地认为自己这一代人比当年的艾略特更懂得如何"抗议"。奥威尔因此感叹:"一个了解大战的人和一个对它几乎没有任何概念的人真有天壤之别。"爱憎分明、慷慨激昂的主题往往会使得写作陷入一种固定和僵化的模式,奥威尔自己在创作中从未接受过社会主义现实主义的反现代主义教条。他反其道而行之,最富政治色彩的小说《一九八四》的叙事声音是冷峻清醒、不动声色的,温斯顿作为被动孤独的反英雄式人物,其政治上疲惫麻木的顺从比热血沸腾的反抗更具震撼力。

即使在政治侵入文学的战争年代,奥威尔也经常为现代主义辩护,反对宣传的堕落和庸俗化。1944年6月,他谴责可耻的"正在发生的新的对高雅文化的攻击",并将反对现代主义者留恋传统的声音称为"阉割过去"。在《文学与左翼》中,奥威尔为现代主义者们受到的来自左派的抨击辩护。在《重新发现欧洲》中,奥威尔坚称,无论现代主义者的政治观点多么趋向保守,对现实多么漠不关心,也不能否认他们是"浪漫主义复兴"以来最"充满美学生命力"的作家。虽然怀念维多利亚时代和爱德华时代,但是那个时期作品的缺陷在现代主义文学的反衬下显得尤其显眼。奥威尔指出,与乔伊斯们将"整个人类历史"囊括眼底的广博不同,以高尔斯华绥为代表的1914年以前的英国作家被困在了岛国的狭隘思维之中。现代主义实验打破了长久以来英国文学与文化的孤立状态,与欧洲重新建立了联系,带回了"历史感和悲剧的可能性",现代派作家在第一次世界大战尾声开启的潮流"依旧没有走到尽头"。英国现代主义者们可能消极避世、蔑视政治,可能盲目地紧盯着往世与来生,但对理想世界的渴望使他们成为暴政的天敌，令奥威尔"百读不厌"。

在《奥威尔与马克思主义：乔治·奥威尔的政治与文化思想》中，邦兹将奥威尔与亨德森的观点进行了类比，认为亨德森的书在很大程度上"塑造了奥威尔对现代主义的理解"。但是，奥威尔毫不留情反击的正是亨德森对现代主义的贬低。邦兹把奥威尔对现代主义者回避现实、转向保守的批评等同于一种对现代主义者走向艺术极端的否定，把奥威尔反对"艺术至上"的态度等同于反对现代主义文学，不能不说失之偏颇。

综上，奥威尔对米勒超现实主义风格的赞美可以从他的现代主义偶像名单中找到依据。奥威尔频繁关注、评论和借鉴现代派作家，并在政治入侵文学的时刻旗帜鲜明地为他们辩护。作为"政治作家"，这样的举动出人意料。奥威尔对文学的态度完全不能用"政治作家"这个标签加以概括，或者说，这个标签掩盖了他作为现代主义文学拥护者——青年艺术家——的面孔。实际上，反驳亨德森也好，捍卫现代主义作家也罢，这些都并非出于权宜之计或功利目的，而是与奥威尔的审美立场高度相关，他本人的创作轨迹也清楚地勾勒出他不变的文学情怀。

第二节
青年艺术家之初心

《一九八四》成就了奥威尔，也封印了他极端政治化的形象。米兰·昆德拉（Milan Kundera）在盛赞弗兰茨·卡夫卡（Franz Kafka）的《审判》（*De Prozess*，1925）的同时贬斥奥威尔"将一种现实无可挽回地缩小在纯政治的范围内"，哈罗德·布鲁姆则指摘该作显而易见的"美学上的缺陷"，并称奥威尔"在本质上是一个宣传册作家"。即使是奥威尔的仰慕者罗西也指出，奥威尔最好的文章体现出其社会学研究方面的天赋，并结合了"简洁明了、无形容词的风格"。虽然罗西说的是文章，但《一九八四》简洁凌厉的风格也给人留下了同样的印象。然而，奥威尔并非只写了一部小说。作为曾经追逐文学梦想的青年艺术家，形容词也绝非他的禁忌。

一、终归初始的创作轨迹

在1935年第一次评论《北回归线》时，奥威尔就称颂它"节奏优美""充满生命力"。1936年评价《黑色的春天》时，奥威尔几乎要为其文字"鸣21响礼炮"。在《在鲸腹中》中，奥威尔又对米勒"流畅、丰沛、有节奏感的文字"赞不绝口。到了1946年评论《宇宙哲学的眼光》时，尽管批评米勒思想的"空洞"和"内容的贫乏"，奥威尔依然赞颂其写作"大胆、丰沛、有韵律感的散文"的天赋。可见，奥威尔虽以明晰晓畅、平易近人的文字风格著称，但对于米勒如音符般跳动、似镜面般破碎的文字，他的欣赏从未改变。

  1946年，在《我为什么写作》一文中，奥威尔回忆自己在少年时代即发现了"纯文字的乐趣"，曾经想写"悲情的长篇自然主义小说，充满了详细的描述和传神的比喻，充满了文辞华丽的段落，其中的文字会仅仅因为它们的声音效果而得到使用"，他的第一部小说《缅甸岁月》"就是那种书"。侯维瑞将《缅甸岁月》归入奥威尔政治题材作品当然没错，谴责殖民统治确实是该作的重要主题，毕竟任何作品都不能脱离主题独立存在，但"政治题材"标签也在一定程度上掩盖了其作为"悲情"的"自然主义小说"的真面目。大段的描述性段落中，知觉的脉动丝丝入扣，繁复的笔触铺排出异国情调独有的神秘味道。闷热潮湿的缅甸丛林（第五章）和土著舞者的奇异姿态（第八章）让人仿佛身临其境，殖民双方的正面对抗（第二十二章）挤撞出宏大而激烈的高潮，而在孤独中走向毁灭的主人公弗洛里更以深深的凄怆演绎了一个冗长而无法实现的美梦。正是在《缅甸岁月》中，奥威尔传递了"对外部世界美的感知"，实现了"声音对声音的影响、优秀散文的扎实或好故事的节奏感"所营造的效果，其唯美细腻的风格在奥威尔诸作中独领风骚。伍德考克认为，《缅甸岁月》从"福楼拜的传统"来看是一部真正的小说，但随之而来的是"倒退"。对比《缅甸岁月》与第二部小说《牧师的女儿》的开头就可以清楚地看出，二者的差异十分明显：原先辞藻华丽的段落不见了踪影，静态的、平和的景色描写变成了动态的、紧张的一连串动作，文字的目的性也变得更强了。奥威尔对两部作品的态度也是大相径庭。在1936年给米勒的信中，奥威尔说《缅甸岁月》是"我唯一满意的作品……景色描写很不错"，而《牧师的女儿》则写得"一团糟"。1943年在给《企鹅丛书》编辑部的信中，奥威尔罗列了他认为值得再版的作品，小说只有《缅甸岁月》和《上来透口气》两部。

  实际上，奥威尔在整个文学生涯中始终没有放弃对个人体验的书写。他十几岁时创作的第一篇完整作品就是英国乡村宅院迷案，颇具扑朔迷离之感。1922至1927年，奥威尔在缅甸当警察，错过了英国现代主义的全盛时期，但他并没有与国内的文学潮流隔绝。初入文坛的他常常向布鲁姆斯伯里圈中人约翰·米德尔顿·莫里（John Middleton Murry）主编的左派艺术杂志《阿德尔菲》（*The Adelphi*）和约翰·雷曼（John Lehmann）主编的《新写作》（*New Writing*）积极投稿，并向《阿德尔菲》毛遂自荐充当书评人。给布兰达和埃莉诺的信件也清楚展示了奥威尔的文学喜好。直到1936年，奥威尔还在写诗。《让叶兰继续飘扬》的主人公戈登写"财神"的诗被奥威尔以"圣安德鲁节"（*St Andrew's Day*）为题发表在《阿德尔菲》的1935年11月刊上，其他的重要诗作也都发表于此。在所有的奥威尔主人公中，戈登是唯一的文人。在战争阴云尚未迫近的20世纪30年代中期，年轻的奥威尔乘着现代主义的余波，在戈登身上倾注了自己的文学梦想。戈登骄傲、失意、矛盾，是一个醉心于20世纪20年代艺术潮流的蹩脚寒酸的文艺青年，一个努力成为艾略特的普鲁弗洛克，一个只关注诗歌本身内在肌理的诗人，也是堕入荒原的阁楼艺术家。他恃才傲物，对作品表达的主题思想或政治内涵毫不在意，却对形式、节拍和用词等细枝末节的问题反复推敲。他不怕作品可能会面临无人欣赏的尴尬局面，只一意孤行地创作着他那似乎永远也完不成的诗歌《伦敦之赏》，并极其渴望成功：

> 他的脑海里浮现出《伦敦之赏》那"苗条"的白色硬麻布书壳；精美的纸张，宽大的页边空白，优美的卡松字体，精致的防尘套。以及所有来自顶级报刊的评论。"杰出成就"——《泰晤士报文学增刊》。"对西特韦尔派的一个漂亮的逆转"——《细察》。

奥威尔后来对《让叶兰继续飘扬》的评价很低，因此迈耶斯夫人认为，戈登对自己作品的失望和厌弃说明了奥威尔自己在写作该作时的挫败感，"坐在角落里，苦恼不已"。但是实际上，奥威尔在创作期间给经纪人的信件表明他对此作曾抱有很高的期望："我对它的构思很满意，也很想把它写好。"这部作品可以说是对西班牙经历之前奥威尔文学抱负的最佳诠释。即使后来日益强烈的政治责任感让他暂时偏离了航向，他也从未放弃对小说创作的追求，从未停下回归初心的脚步。

实际上，"写书"一直是奥威尔最重要的事，只是他雄心勃勃的创作计划总被各种繁杂事务和羸弱的身体状况耽搁。在1941年8月去英国广播公司工作之前，他在多封信件中都透露自己正在酝酿一部"家族传奇"之类的长篇小说，分为三部，但后来问世的却是《动物庄园》和《一九八四》。然而，《一九八四》不是他的遗嘱，只碰巧是他临终前写的最后一本书而已。对于《一九八四》，他有太多的不满意，"《一九八四》的人物太扁平"。并想要在新的创作中弥补。实际上，临终前的奥威尔已经在心中酝酿了一些作品，它们包括：关于沃和康拉德的长文各一篇，一部以缅甸为背景的中篇小说以及一部以1945年为背景的长篇小说。但遗憾的是，他只留下了中篇小说《吸烟室的故事》（*A Smoking-room Story*）短短十几页的遗稿。奥威尔曾向出版商透露说《吸烟室的故事》是一部"以缅甸为背景的，关于人物而非关于观念"的中篇小说。在未经修改的短短几页遗稿中，故事以主人公科利（Curly）在从科隆坡驶回英国的船上的见闻及心理活动缓缓展开。被印度船工丢入海中的、像钻石一样在阳光下闪烁的废旧灯泡作为全篇第一个意象，渲染出一种陌生而沉重的氛围。科利对船上光鲜亮丽的白人圈子既羡慕又自卑，这种与环境的疏离感似乎预示着《缅甸岁月》中弗洛里身份困境的重演。很显然，这份遗稿呈现出《缅甸岁月》式"悲情"的"自然主义小说"的轮廓，形容词不仅回归，而且十分彻底，氛围渲染和细节铺垫着墨甚多。显然，此时的奥威尔比创作《一九八四》时更加强调形式的问题，伍德考克将这种变化归于他对吉辛和康拉德的兴趣。实际上，《一九八四》本身就是自然主义风格与乌托邦叙事形式结合的产物。奥威尔在1947年5月给出版商的信中写道，《一九八四》是一部关于未来的"幻想小说"，但采用了"自然主义小说的形式"。该作品中条理分明且不动声色的自然主义风格体现了吉辛对他的影响。

  在1948年的吉辛评论中，奥威尔称英国很少有比吉辛更好的小说家："吉辛不是流浪汉小说、滑稽剧、喜剧或政治小说作家。他对个人感兴趣，他能够悲天悯人地处理各种不同的动机，并从它们之间的冲突中写出可信的故事，这使他在英国作家中独树一帜。"也就是说，任何类型的标签都不足以和吉辛对"个人"的兴趣和他作品的"可信"相媲美，这样的判断突出了奥威尔对个人世界的关注和对形式问题的重视，流露出他想要改变创作方式的决心。评论吉辛之时已是奥威尔病入膏肓之际，此时的他正在为撰写康拉德的长评收集材料。虽然该文最终没能完成，但是康拉德几乎是他挂在嘴边的作家。奥威尔对其绚烂文字的崇拜由来已久，并保持了自始至终的欣赏与热爱。在1936年对《阿尔迈耶的愚蠢》（*Almayer's Folly*, 1895）的评论（也是奥威尔的第一次康拉德评论）中，奥威尔讽刺了有些人因为康拉德使用华丽的辞藻和冗余的形容词而将其视为过时作家的看法："我喜欢华丽的风格。如果你的座右铭是'删掉形容词'，为什么不走得更远一点，回到像动物一样的咕噜声和尖叫声中去？"1949年，在给一项康拉德专题采访的回复中,奥威尔认为康拉德是"本世纪英国最杰出的小说家之一",他作为"波兰移民"实现了与欧洲大陆潮流的自由接触:"康拉德是在本世纪使英国文学文明化并使其重新与欧洲接触的作家之一,这种联系此前已经断绝了一百年。"这与他对艾略特等作家的好评如出一辙。但是,与其说如伍德考克所言,对吉辛和康拉德的兴趣激发了奥威尔在新的创作中取得成功的雄心壮志,不如说他本来就对小说创作保持了不懈的追求和不灭的热情。在奥威尔1949年的阅读书单中,文学作品占了绝大部分,打了星号的作家包括康拉德(四部)、D·H·劳伦斯(两部)、阿诺德·贝内特(两部)、西奥多·德莱塞(两部)、诺曼·梅勒(大星号)以及埃德加·爱尼·坡、托马斯·哈代、吉辛等。这足以说明奥威尔在病痛中对文学创作的钻研和规划。

总之,不论是从唯美风格的《缅甸岁月》到"关于人物而非观念"的《吸烟室的故事》的创作轨迹,还是《让叶兰继续飘扬》对青年艺术家奥威尔的自画像戈登的塑造,抑或是奥威尔对吉辛和康拉德的褒扬和吸纳,都是他本人文学情怀的投射,这份不变的追求在更多的评论和创作细节中得到了呈现。

二、奥威尔的"无用论"

奥威尔并没有全然独立于"为艺术而艺术"运动之外,而是在不知不觉中吸收了许多在沃尔特·佩特(Walter Pater)和王尔德时期开始潜入英国文学文化的观点。"为艺术而艺术"运动的一个主要原则就是,审美经验本身是主观的,每个人都以自己的方式感知艺术作品。佩特在《文艺复兴:艺术与诗的研究》(*The Renaissance: Studies in Art and Poetry*,1872)一书的序言中提出,当面对一件艺术作品时,美学家的首要职责是问"这首歌、这幅画、这些出现于生活中或书本中的讨人喜欢的人物,对于我来说意味着什么呢?它在我身上产生了怎样的影响?它给我快感吗?……"奥威尔在《作家与利维坦》一文中也以简单直白的方式强调了审美的主观性:"当一个人对一本书有任何反应时,他真正的反应通常是'我喜欢这本书'或'我不喜欢它'。"在唯美主义者心中,艺术和社会是不可调和的对立体。他们通过不断将艺术推向新的极端来抗议自己的边缘地位,把对"美"的追求变成唯一和终极的目标,对与一切社会活动相关的话题不屑一顾。在《道林·格雷的画像》中,王尔德做出了一切艺术皆无用的断言。在小说结尾,亨利勋爵对道林说:"艺术不会影响行为,它会消除行动的欲望。艺术极其无用。"有趣的是,在给伍德考克的信中,奥威尔表示自己特别喜欢《道林·格雷的画像》,虽然它"有些荒诞"。他并未确切说明如此好感的原因,但是他的言论有时颇具王尔德风范。奥威尔早年发表在《阿德尔菲》和《新英语周刊》(*New English Weekly*)上的评论普遍捍卫唯美主义立场。他曾如此斥责约翰·博因顿·普里斯利(John Boynton Priestley):"小说家不需要有良好的意图,而只需要传达美。"在评论一部梅尔维尔传记时,奥威尔认为解读《白鲸》时"最好是对形式进行论述……不要论及'意义'"。奥威尔还对杰拉尔德·曼利·霍普金斯(Gerard Manley Hopkins)的诗作《费利克斯·兰达尔》(*Felix Randal*,1918)进行了分析,并总结说自己对这首诗的喜爱全然无法以明确无误的道理来解释,就像"科学家可以研究一朵花的生命过程,也可以把它分解成各个组成部分,但是所有的科学家都不会否认,如果你对花儿本身了如指掌的话,它会变得更加动人"。在反驳托尔斯泰以思想家的标准来要求莎士比亚时,奥威尔指出,如此苛刻的莎士比亚批评毫无依据也毫无意义,就像"你可以通过对着花说教而毁掉一朵花一样"。这些拿花儿打的比方与王尔德对艺术"无用"的解释有着惊人的相似:"一件艺术品就像一朵花一样无用。一朵花为了自身的喜悦而绽放,我们则在观赏花时获得片刻喜悦。我们与花的关系仅仅如此而已。"① 文学艺术之美与花儿之美一样,与用途无关,这是奥威尔评论特别是其早期文学评论中释放的主要信号之一。

除了"花儿"的比喻,奥威尔也一样注重"不必要的细节"。在对唯美主义者朱利安·格林(Julian Green)回忆录的评论中,奥威尔认为,像格林这样的唯美主义者是20世纪20年代的典型代表,他所奉行的"坚定地拒绝与时俱进"与当下日趋野蛮化的新世界形成了鲜明对比,这本回忆录"以其鬼魅般的真诚深深地吸引着我们。它有着无效的魅力,它已经如此过时,以至于带着一种新奇的气息"。"无效的魅力"也在奥威尔的狄更斯批评中得到了称颂,因为狄更斯比任何一个同代作家都更天衣无缝地将"无目的性"与"强大的生命力"结合起来,其作品最杰出的特点就是"不必要的细节"。而"无用信息"或"不必要的细节"也是奥威尔1946年总结和展望写作生涯时的一项重要内容,是他努力的方向之一。他表示自己将"继续积极探索散文的风格,热爱大地,享受具体的事物以及无用信息的碎片"。不过,奥威尔的"无用"并不是"可有可无"的同义词。在评论侦探小说时,奥威尔认为像阿瑟·柯南·道尔这样的作家为英国文学的发展

---

① 王尔德1891年写给伯纳夫·克莱格(Bernulf Clegg)的信中如此解释"无用"。

作出了独特而宝贵的贡献。侦探在破案的过程中总能得到纯粹的乐趣,他是"悠闲时代"的象征,而这种悠闲的感觉往往是通过刻意的冗长表达来实现的。许多精彩段落与情节无关,只是单纯的气氛和背景的营筑,却能够塑造才智超群的侦探形象。后来,福斯特在为奥威尔撰写的讣告中也将奥威尔与"无用"联系起来:"作为一个真正的自由主义者,(奥威尔)希望通过细节来表达思想……看看玫瑰或蟾蜍,或者,如果你认为它们更重要,看看艺术或文学。在那里,在无用之处,躺着我们救赎的碎片。"不论是奥威尔亲手栽种于庭院中的玫瑰丛,还是引发奥威尔随想的大蟾蜍,它们的美与丑都被福斯特赋予了"无用"的救赎意义。

《落魄记》作为奥威尔的第一部作品,也是糅合了"无用"信息的变奏曲。如第一章所述,《落魄记》和《北回归线》分别记录了奥威尔和米勒在20世纪二十年代末三十年代初在巴黎的流浪经历。奥威尔向贫穷靠拢,为不了解底层社会的本阶级成员写作,因而显得严肃而深沉。米勒则与奥威尔恰恰相反,他的文本似乎摆脱了地心引力,处处充满了轻盈的喜悦感。因此,从表面看来,《北回归线》和《落魄记》分属于两种截然不同的创作心态和目的。但是,如果奥威尔果真没有摄取巴黎的精魂,而仅仅安于描述"贫困",那么桀骜不驯、离经叛道、对社会现实主义不屑一顾的米勒绝无可能对《落魄记》赞不绝口。米勒在1936年8月给奥威尔的信中表达了自己对《落魄记》的喜爱之情,认为它"真实得不可思议",并询问道:"你去中国了吗?可惜你没办法再加上一段上海落魄记,那将是惊世之作!"1962年,米勒在接受采访时说自己"疯狂地喜爱"《落魄记》,并认为它是一部"经典"。即使后来对奥威尔冷嘲热讽,米勒始终高度评价了《落魄记》。对此唯一的解释是,《落魄记》大大超越了社会现实主义的维度,或者说,这部关于"贫困"的纪实作品远不仅仅是记录事实而已。

奥威尔笔下的巴黎街头常常上演滑稽的一幕,伦敦的流浪汉中亦不乏古怪的人物。在第一章中,叙述者大致介绍了聚集在巴黎贫民窟旅馆里的一群狄更斯式的"怪人",他们失去了正常或体面的生活,陷入孤独疯狂的境地:"贫穷使他们摆脱了正常的行为标准,就像金钱使人们摆脱了工作一样。"这里有卖"色情"明信片的侏儒夫妇,有一次次陷入爱情闹剧最终变得"一言不发"的下水道工,还有装着一只玻璃义眼却不肯承认的罗马尼亚人,凡此种种,不一而足。奥威尔并没有从内部描述巴黎的贫困景象,而是对其进行了一番狂欢式渲染。这场狂欢由一组怪诞的滑稽故事构成:共产主义报纸是纯粹的骗局;圣徒是妓女;怀孕成为诈骗慈善机构免费膳食的幌子。故事题材五花八门,但每个故事的轨迹几乎都一样——真相大白后旋即陷入荒唐的钱财争夺战。实际上,巴黎部分随处可见对这些情节发展毫无帮助的笑话,它们既颇有几分《人间喜剧》的现实主义味道,又泛着19世纪90年代法国颓废杂志的沉渣。20世纪30年代初拖着超现实主义皮囊穿梭于巴黎妓院和小旅社之间的米勒在奥威尔的人物画廊里牢牢地占据了一席之地。

奥威尔如此描写在巴黎贫困交加的日子:

> 你以为它(贫穷)很简单,其实它超级复杂。你以为它很可怕,其实它只是肮脏和无聊而已。……你发现无聊与贫穷是分不开的;当你无所事事的时候,由于食物不足,你对什么都不感兴趣……一个吃了一周的面包和人造黄油的人已经不再是人了,他只是一个有着几个附属器官的肚子。

奥威尔推翻了一般人对穷困充满恐惧的想象,揭示出其徒劳的、"无聊"的真相,饥饿感被形象化为一个紧贴大地的、附着其他器官的"肚子"。米勒则以"超棒的健康"和"不可救药的乐观主义"来面对日常流浪生活的屈辱:"一想到一顿饭……我就会恢复活力。一顿饭!这意味着一些事情要继续下去——几个小时的工作,一次可能的勃起。"米勒的饥饿感超越了"肚子"的基本需求,与性器官缠绕在一起。这种玩世不恭的炫耀和挑衅似乎表明,他已对普通人的苦难免疫,毫不惧怕与贫穷狭路相逢。不过,这归根到底还是因为,正如奥威尔所言,贫穷不是什么高深莫测的东西,恰恰相反,它只是琐碎、肮脏和"无聊"的东西,因此可以被蔑视。

在《落魄记》的伦敦部分,济贫院里的场景也十分直观地凸显了贫穷的徒劳真相:

> 火炉前,一个穿衣服的人和一个光身子的人讨价还价。他们都是卖报纸的。穿衣服的人正把衣服卖给光身子的人,他说:
> ……(他们讨价还价,商定价格)
> 穿衣服的人脱光衣服,三分钟后,他们交换了位置:原先光身子的人穿好了衣服,原先穿衣服的人则拿着一张《每日邮报》围在身上。

这幅画面酷似一幕先锋派的荒诞戏剧实验,不需要任何旁白,不需要任何阐述,只为自己的存在而存在。面对现代性的恐怖,唯一可能的反应是一种兴高采烈的浮夸，一种面对逆境的杂耍表演，就像奥威尔评价《普鲁弗洛克的情歌》时所言，"一种无助的姿态，甚至是可笑的姿态，可能是最好的方式"。两个命如草芥的"无用"流浪汉之间的"无用"交流，正是奥威尔版的《等待戈多》。

《一九八四》作为奥威尔的最后一部作品，也以查林顿废品店的玻璃镇纸实现了康德所谓的"无目的的合目的性"：这个独具匠心的玻璃制品正因为看起来"毫无用处"，所以"具有双倍吸引力"。它没有实际用途，却让温斯顿得以跳脱当下，遁入一个晶莹剔透、恍若隔世的神秘时空，陶醉于对透明圆顶的想象中：

> 房间里光线越来越暗。他转过身去对着光，凝视着玻璃镇纸。最有趣的不是珊瑚碎片，而是玻璃内部本身。它很深，但几乎像空气一样透明。玻璃的表面仿佛成了天空的拱形，包围着一个小世界，整个世界的大气层很完整。他觉得自己可以进入那里面，或者说他就在那里面，连同桃花心木床、门腿桌、钟、钢雕甚至镇纸本身，都在里面。镇纸就是他的房间，珊瑚是茱莉亚和他自己的生命，永恒地固定在水晶的中心。

作为"毫无用处"的观赏对象，镇纸自身就构成了一个"大气层很完整"的"小世界"，对温斯顿有着纯粹的审美吸引力。同时，正因为它"毫无用处"，与极度功利又极度低效的社会里的一切大不相同，因此成功挑战了极权文化的千篇一律。当党的控制让人们别无选择、受制于眼前的时空时，镇纸成为另一种存在的化身和寄托。这古老旧物的吸引力不仅仅在于丰富的纹理和精细的工艺，更在于它所代表的"一个与现在完全不同的时代氛围"，这让温斯顿想起了党统治之前的时光，而对它的依恋是一种多愁善感、难以捉摸又自我沉醉的个人内心世界的表达。奥德里特把玻璃镇纸等同于艾略特的"客观对应物"，并指出《一九八四》的现代主义（或"象征主义"）风格是奥威尔抵制左派的标志，因为左派否定了现代主义。帕翠莎·雷也和奥德里特一样，认为镇纸让人想起了现代主义的"纯诗"意象、意象派的意象或艾略特的"客观对应物"。如前一节所述，布哈林宣传社会主义现实主义文学的演讲是对现代主义文学的重大打击，以拉德克和厄普沃为代表的左翼作家发起了对乔伊斯们的攻击。奥威尔对现代派作家的捍卫既体现在评论文章的鲜明立场中，也如奥德里特所言，体现在创作实践的默默致敬中。

当然，奥威尔绝非唯美主义者，他笔下的"无用"信息包含着深刻的社会意义，穿衣服和光身子的流浪汉之间毫无意义的交换是对现代性之恐怖的直观呈现，而一切看似无关紧要的滑稽与荒诞都是在为争取恐惧与怜悯积蓄力量。《绞刑》(A Huanging，1931)中的死囚即将被行刑，叙述者格外注意的却是死囚"浓密茂盛的胡子，对他的身体来说大得离谱，就像电影里喜剧演员的胡子"。从有着旺盛生命力的喜剧演员到死囚之间的荒诞转折让人不禁联想起《尤利西斯》中关于格蒂·麦克道尔的情节——一个端庄秀丽的女子站起身却显出了跛脚，这也是令奥威尔印象深刻的一幕①。在西班牙狙击法西斯分子时，奥威尔锁定了一个半裸着上身、边跑边提裤子的男人——在残酷的战场上来不及拎裤子，这是一幅典型的黑色幽默画面。但是奥威尔认识到，一个提着裤子的男人不是"法西斯分子"，而是"一个和你相似的同类，你不忍心朝他开枪"——这又是穿透政治表象、直达人性深处的笔触。奥威尔透过政治世界你死我活的杀戮，发现了人性本质的慈悲与怜悯。在去往下宾菲尔德的途中，保灵想象整个世界都在大张旗鼓地追捕他，他的妻子跑在最前面，后面拖着孩子们，还有"办公室里所有的家伙……所有的灵魂拯救者……你从未谋面但是牢牢掌握你命运的人……希特勒和斯大林骑着双人自行车，教皇——他们全都在追我"。这个画面产生了一种奇妙的瞬时张力，在令人捧腹的同时揭示了保灵内心的偏执和焦虑，是积蓄已久的压力的宣泄。占领动物庄园的猪头领们狂吃豪饮后陷入宿醉，在大床上呼呼大睡的场面十分滑稽，而被背叛的革命的悲剧色彩不但没有被幽默抵消，反而增强了。这些令人捧腹又看似多余的细节指向的都是沉重而苦涩的话题。

综上，奥威尔重视"无用信息"，重视作品的形式，他的早期评论颇具王尔德"无用论"色彩。第一部作品《落魄记》是糅合了"无用"信息的变奏曲，令米勒赞叹。最后一部作品《一九八四》围绕"毫无用处"的玻璃镇纸这一审美意象展开，并因此获得了与现代主义文学相关联的深刻意蕴。奥威尔本人追求文学形式的初衷显而易见。然而，积极的社会意识决定了他的"无用信息"必然有用，因此与社会活动相隔绝的孤芳自赏必然不能为他所认同。

---

① 1933年在给布兰达的信中，奥威尔特别提到自己碰巧读到了格蒂·麦克道尔自言自语的那段，并大为震撼。

第三节
"鲸腹"与"斜塔"

在阐述20世纪三四十年代文学活动的经典之作《奥登一代：20世纪30年代英国的文学与政治》中，海恩斯将《在鲸腹中》与伍尔夫的随笔《倾斜之塔》（*The Leaning Tower*）并列为1940年英国文坛的代表作。值得注意的是，尽管奥威尔对英国现代主义作家热情称颂，但他对伍尔夫的态度却尤显不同。奥威尔将《北回归线》归入20世纪20年代，由此考察了第一次世界大战前后文学潮流的改变，并指出了20世纪20年代文学的非比寻常："在豪斯曼和自然派诗人之后，出现了一群艺术倾向全然不同的作家——乔伊斯、艾略特、庞德、劳伦斯、温德姆·刘易斯、阿尔多斯·赫胥黎和里顿·斯特雷奇。"这份名单并未包括伍尔夫。这恐怕非但不是奥威尔的无心疏漏，甚至可以说是有意的回避，因为另一篇讨论第一次世界大战前后文学走势的重要文章《重新发现欧洲》中，同样不见伍尔夫的名字。在《艺术与宣传的界限》中，他倒是将伍尔夫列入20世纪20年代的代表作家中，却也就点到为止。如本章第一节所论，对于乔伊斯、艾略特和劳伦斯等现代派大师，奥威尔除了在《在鲸腹中》中如数家珍之外，在信件和其他随笔中亦多有论述、赞扬和维护。相比之下，唯独伍尔夫受到了"冷落"。伍尔夫和米勒一样流露出避世倾向（尽管方式全然不同），奥威尔热情赞扬的却只有后者。

一、伍尔夫批评：一种平民主义立场

《北回归线》的主人公无疑是穷人，《尤利西斯》的主人公是个卑琐的犹太人，《普鲁弗洛克的情歌》描画了一个絮絮叨叨、一事无成的中年文人，奥威尔的普通人更是他切切实实接触和了解的流浪汉、矿工和乞丐，而不论是达洛维夫人（Mrs. Dalloway）还是拉姆齐太太（Mrs. Ramsay）都与这些庸庸碌碌的中下层平民主人公有着天壤之别。伍尔夫批评《尤利西斯》粗鄙低俗又了无生趣，而在奥威尔看来，乔伊斯展现的正是"普通的俗人"最真实的所思所想。实际上，奥威尔对中产阶级作家普遍缺乏好感，认为他们与下层阶级缺乏有意义的接触，因而是苍白肤浅的，并将之归咎于英国的阶级制度，因为它阻隔了各阶级成

员之间的自由交流。在 1940 年的一则书评中,奥威尔对比了美国的民主体制和英国的阶级制度对小说创作的不同影响。他认为,英国社会为一种"阶级制度"所"诅咒",每个人的命运几乎在出生时就已经"固定",人们从生到死都生活在"同一个层次"上,只与本阶级的人来往,被"浓密的偏见之墙包围,与他人隔绝"。因此,美国小说要比英国小说更富有"活力"。奥威尔继而以伍尔夫为例指出了英国作家的困境:

> 那种有闲暇写小说的人几乎都是中产阶级。即使他愿意,他也**无法与体力劳动者接触**,而他本阶级中的大多数人在智性上都不像无产阶级那样宽容,都讥讽他是个'文化人'。不管他喜不喜欢,他都被迫退回到文学知识界的狭小天地中,结果像阿尔多斯·赫胥黎和弗吉尼亚·伍尔夫这样天资出众的小说家仅仅因为**题材的局限**而被毁掉。

也就是说,伍尔夫们虽然天赋异禀,但缺乏与普通人接触的机会,也就失去了写作素材的重要来源,又受到本阶级读者的苛求,因此只能退回到窄小局促的文学圈子里。在《贝内特先生与布朗夫人》(*Mr. Bennett and Mrs. Brown*,1924)一文中,伍尔夫塑造出了她心目中的布朗夫人形象,即"生活的精神"或是"生命本身"。但是,想象一个默默无语的布朗夫人的内心世界和真正了解和认同大街上的普通人的内心世界,这二者之间存在着天壤之别。在《蹩脚的佳作》(*Good Bad Books*,1945)一文结尾,奥威尔下了一个略显草率的断言:"《汤姆叔叔的小屋》会比弗吉尼亚·伍尔夫或乔治·摩尔的全部作品都流传更久。"所谓"蹩脚的佳作"就是指艺术造诣不高,但是广受大众欢迎的作品。奥威尔拿伍尔夫作为"反例"含有两层意思:一方面,伍尔夫和乔治·摩尔的作品在文学造诣上要超过蹩脚书(bad books),所以是佳作(good books);另一方面,它们精英色彩浓厚,脱离大众,因此再"好"也没有生命力。时间证明,他对摩尔的判断基本正确,但是伍尔夫牢牢占据了 20 世纪 20 年代英国文学史的中心地位。这些与其说是奥威尔的正解或者误判,不如说"蹩脚的佳作"反映了他的普通人立场。知识分子可以像米勒那样回避一切政治事务,但是与平民文化相隔绝是奥威尔不能赞同的,因为小说从根本上是"一种流行的艺术形式"。在《作家与利维坦》中,奥威尔描述了作家的处境:"把自己锁在象牙塔中是不可能、也不可取的……"米勒把自己锁了起来,奥威尔却为他摇旗呐喊,因为米勒这个"流氓无产者的吟游诗人"不在象牙塔里,而是混迹在臭虫遍地的旅馆、妓院和贫民窟。相反,"象牙塔"里的伍尔夫当然不为奥威尔所看重。但是,伍尔夫并非全然是高高在上、脱离现实的食利者——大战伊始,也即《在鲸腹中》发表的1940年,伍尔夫发表了《倾斜之塔》,详述了风云变动中英国作家的处境和感受。

《倾斜之塔》是伍尔夫向工人教育局发表的演讲的文字稿,是伍尔夫最具有"倾向性"的文章,也是她的战时宣言。该文回顾了英国文学的贵族传统,论述了英国文学从20世纪20年代的现代主义时期向20世纪30年代的左翼文学时期的演变,并探索了战时英国文学的新方向。《倾斜之塔》与《在鲸腹中》关注了极为相似的议题,但是,二者仅从标题上就体现出巨大差异。"塔"和"鲸"同是作家的栖身之地,寓意却不尽相同。塔有与世隔绝、独善其身之意,鲸则意味着随波逐流、随遇而安。鲸鱼的肚子是一方"鲸脂"做的绝缘舱,一个"足以容纳一个成人的子宫",是世事洞明又世事不问的约拿的藏身处。而伍尔夫所论的塔楼则是一座特别的、看得见风景的英式高塔,它是与过去的纽带,象征着贵族知识分子阶层的延续,高高耸立于各个社会阶层之上。塔中人享受着私密空间的宁静,但也只能从窗口居高临下,看到有限的一片风景。然而标题的差异只是表象,不论是对奥登诗人的态度,还是对未来文学状态的预期,伍尔夫的判断都与奥威尔不同甚至相反,这也许进一步解释了奥威尔对伍尔夫的"冷落",但"冷落"往往是相互的——伍尔夫也从未提起过奥威尔。

伍尔夫把20世纪30年代因为靠"资产阶级父辈"养活而被矛盾和内疚感包裹的作家称为"塔上的居民"。奥威尔同样因为自己的阶级出身和殖民生涯被内疚感折磨,却并未出现在伍尔夫的视线中。伍尔夫之所以不提奥威尔,很大程度上是因为奥威尔在1940年的知名度与1945年《动物庄园》出版后的情况不可同日而语。不过更重要的是,奥威尔从未置身"塔"中。他"处在这一代,但从来没有属于这一代"。五年的殖民官生涯使得他比大多数年轻作家更为成熟和超脱,因而得以与时代保持着特有的角度。罗登总结说,奥威尔比奥登们年龄稍长,家境相对贫穷,在缅甸工作五年,没有上过大学,不同的人生轨迹导致了他对伦敦左翼知识分子不断演变的"局外人"立场,也使得他与20世纪20年代和20世纪30年代流行的各种创作潮流和政治态度都保持了距离。奥威尔常常对左翼知识分子的虚伪做作大张挞伐。在《让叶兰继续飘扬》中,有钱人拉弗斯顿的女友自称"社会主义者",却觉得工人们"特别恶心",不愿与他们产生任何交集,也难以理解拉弗斯顿为何要向穷人捐钱并与下层阶级交朋友,因为她既要当社会主义者,又要"享受生活"。奥威尔讽刺的就是这种虚伪造作,心口不一。在《威根苦旅》后半部中,奥威尔痛批某些左翼知识分子无法团结一切可以团结的力量,与工人阶级形同陌路,并揭穿了他们言行相诡的真面目,即大部分"反对阶级差别"的人并非真的想废除阶级差别,大多数人的"革命观点"的背后都或多或少藏着一种"不为人知的想法",那就是"什么都不可能改变"。在《上来透口气》中,奥威尔同样借保灵抨击了左翼知识分子脱离群众、未能吸引普通中产阶级的弱点。保灵所参加的空喊口号的社会主义集会就是奥威尔厌恶的左翼组织的缩影。不管怎样,1940年的奥威尔只是伍尔夫的"倾斜之塔"外一个名不见经传却怨气冲天的小作家而已,伍尔夫的视线从未在他身上停留。然而,对于"塔上的居民",伍尔夫则始终抱着感同身受的谅解和疼惜——毕竟,年轻作家们的左转和宣传写作都是特定情势下的不得已而为之。

总之,奥威尔对伍尔夫与平民文化的隔绝不以为然,并对伍尔夫的作品作出了不能"流传"的误判,这鲜明地体现出他本人"民粹主义"的文学立场。奥威尔拥护的是"普通人"布卢姆和秃头的失败者普鲁弗洛克,同情的是向饥饿挑战的流浪艺术家米勒,或者说,他对现代派的拥护与他民粹主义立场达到了一种复调式的融合。同时,他和伍尔夫之间的分歧并不仅限于题材的局限和与劳动人民的隔绝方面。

二、关于左翼诗人的异议

伍尔夫不无眷恋地回顾了19世纪作家所处的安定祥和的环境,拿破仑战争在简·奥斯汀(Jane Austen)和沃尔特·司各特(Walter Scott)的作品中完全找不到痕迹:

> 今天我们听得见从海峡那儿传来的枪炮声。我们打开无线电收音机,能听见一位飞行员向我们讲述就在这天下午,他怎样击落了一架偷袭的敌机……司各特从未见过水兵们……奄奄一息的样子;简·奥斯汀从未听见过……加农炮的咆哮声……,不像我们某个晚上坐在家中就能听到希特勒说话。

安稳的生活环境使得阶级之间彼此泾渭分明,高塔上家境优渥的作家们在"闲暇时间"和"安全感"中进行自己的"观察",并且以为可以永远"像这样继续生活下去"。那座"远远高出绝大多数人的、精心粉饰过的塔"就是他们的

"中产阶级出身",塔的纯金质地就是他们所接受的"所费不菲"的教育。直到第一次世界大战爆发前,这座塔都坚如磐石。作家们"不希望摧毁这座塔,也不希望从塔上走下来——倒宁愿让所有的人都能登上去"。即使经历了一次大战,他们依旧保持着"伟大传统下意识的继承者"的心态。20世纪20年代末,新一代同样接受过高等教育的知识分子也形成了一个非常有凝聚力的团体,对比,伍尔夫列出了一串名字——丹尼尔·戴-刘易斯(Daniel Day-Lewis)、奥登、斯彭德、克里斯托弗·伊舍伍德(Christopher Iserwood)、麦克奈斯等等。和先辈一样,他们也是"塔上的居民",不过,他们面临的变化是巨大的,他们从塔上看到的景象与以往天差地别:

> 到处都在改变,到处都在革命。在德国,在俄国,在意大利,在西班牙,所有那些旧樊篱都被拔除,所有那些旧的高塔都被推翻在地……即便在英国,这座用金钱和拉毛粉饰建起了的塔也已经不再稳固。它们是倾斜之塔。

新一代作家们意识到塔的存在,意识到他们的中产阶级出身和昂贵的教育。他们发现塔从根基上就是不平等的,却"不能从塔上下来",因为他们无法剥离自己受过的教育、抛弃现成的财富,于是便陷入了彷徨与挣扎中。他们的作品也随之陷入困顿,他们"仍然站在倾斜之塔的顶端,他们的心境……反映在他们的诗歌、戏剧和小说中,充满了不和谐和苦涩,充满了困惑和妥协"。时局的压力加剧了痛苦,也为这难以排遣的情绪提供了出口,内疚和苦涩最终转化为政治参与的慷慨激昂。伍尔夫当然看到了新一代作家创作的政治化,她知道,在1930年对政治不发生兴趣是不可能的,年轻人不能再继续读吟诗作赋、谈笑风生,他们必须去读政论文章。伍尔夫以路易斯·麦克奈斯的一首《秋日记事》(*Autumn Journal*,1939)为对象剖析作家们的心理变化:

> 请谨记:那些习惯于厌恶政治的人
> 再也不能保持他们自己的个人价值
> 除非他们打开那扇公共的大门
> 迎接一个更加完善的政治体制
> ……

一贯"厌恶政治"的人被卷进了政治事务中,这本是形势所逼,本也无可厚非。但是他们一旦"再也不能"保持"个人价值",就与奥威尔在《作家与利维坦》中特别提醒作家们保持"文学"自我的独立的原则相悖。但是伍尔夫并未对此细节做出特别的反应。她希望听众（或读者）能够尽量设身处地地为奥登诗人们着想，如果考虑到他们是"一群被困在倾斜之塔上下不来的人，那么他们作品中的那些让人迷惑不解的东西就容易理解得多了"。作为艺术大师，伍尔夫当然认识到这些作品的"毁灭性"和"虚无性"。激情泛滥的理想使得这些诗句充满着"劝善、说教和装腔作势的口吻"，它们是"雄辩辞，不是诗歌"，是"政客的诗"，适合"集体倾听"，与需要"独自品味"的华兹华斯的诗歌截然不同。但是伍尔夫并不认为"集体倾听"取代"独自品味"是一个非常严重的压迫个体意识的原则问题，反过来，她十分体谅诗人的难处，因为"一切都是义务"，年轻的诗人"被迫成为政客"。他们生活在新旧交替的时代，不想困居塔上，而是渴望与同类更加亲近，"来到人群中，与普罗大众同处"。也就是说，伍尔夫虽然指出奥登诗人们认知的局限和创作的生硬，但对于他们的左翼倾向却是认同的。即使他们所拥抱的现实主义与她宁静唯美的现代主义风格背道而驰，伍尔夫也给予了长辈的包容和理解：就算年轻的作家们写不出伟大的诗歌、戏剧和小说，也是情有可原的，因为他们"没有确切的对象可供观察，也没有宁静祥和的回忆；没有确定不移的未来……没有一段宁静的时光可以让他们回忆往事"。在伍尔夫看来，政治原则侵犯文学创作是特定环境下的权宜之计，虽然无奈，却也可行。

　　伍尔夫对奥登们的叮咛和鞭策是温和慈爱的，而奥威尔的批判却像秋风扫落叶一般无情，他将矛头直指将政治宣传凌驾于艺术创作之上的奥登诗人。在《威根苦旅》中，奥威尔就曾讥笑奥登是"胆小的吉卜林"。在《让叶兰继续飘扬》中，奥威尔讽刺奥登诗人为"一路潇潇洒洒地从伊顿到剑桥再顺利进入文学评论圈的有钱的臭小子"，认为他们都是"说教的、政治性的"作家，虽然他们有审美意识，但是"对主题比对技巧更感兴趣"。对奥登在诗歌《西班牙》（*Spain*, 1937）中使用的"必要的谋杀"（necessary murder）一语，奥威尔表示了极大的愤慨，认为奥登在根本不明白事实真相的情况下把"谋杀"当成了一个无足轻重的词，是对在政治清洗中枉死的人们的极大侮辱："这种所谓的左翼思想就相当于玩火的人不知道火是烫的。"在西班牙出生入死的奥威尔指责左翼诗人们盲目拥护苏联，扔掉"纯艺术"，实际上只是一群对战争和政治真相没有多少概念的中产阶级少爷。值得注意的是，被奥威尔严厉斥责的爱德华·厄普沃的政治小说代表作《北部之行》作为典型的宣传说教性写作，于1938年由伍尔夫夫妇的霍加斯出版社出版。

除了关注左翼诗人，伍尔夫还在《倾斜之塔》中对战时英国文学的发展方向进行了重要探索，从阶级关系而非文学技巧的视角重新审视了文化领域，呼吁弥合文学与大众之间的鸿沟，尽管划定这道鸿沟正是《现代小说》和《贝内特先生与布朗夫人》等文隐含的主张。她预言战后将是一个没有象牙塔的世界，将不再存在上层阶级、中产阶级和下层阶级，所有的阶级都合并成一个阶级，而文学将因此获得新的生命力。"一个无阶级差异、无象牙塔的未来社会里的更强有力、更多层次的文学"在向人们招手，她本人也加入了"另一个阶层，一个几乎我们大家都从属的那个巨大的阶层"。这个被剥夺了只有少数贵族阶级才能享受的教育和文化资本的阶级，这些被英格兰"几个世纪以来一直拒之于大门外的人"，这些包括她自己在内的"普通读者"，如今被视为未来文学的希望。她鼓励人们从当下开始，广泛涉猎，不畏艰深，要勇于尝试莎士比亚、维吉尔和但丁。如果说在《三个基尼》（*Three Guineas*，1938）中，伍尔夫仍然抱定对战争坚决抵制的态度，那么到了《倾斜之塔》，伍尔夫已经置身于象牙塔之外，并最终否定了"倾斜之塔"继续存在的可能性。战争让伍尔夫超越了布鲁姆斯伯里，把她推向现实的、激进的洪流。至此，伍尔夫与布鲁姆斯伯里以及艾略特所代表的"悠闲中上层阶级"的"贵族精英主义"分道扬镳。她的宣言跨越了文化和阶级的界限，饱含着对未来的期许：

> 文学不是谁的私人领地，文学是共同领域，它并没有给划分成不同的国度，那儿也没有战争。让我们自由自在、勇敢无畏地进入这块领地，从中找出我们自己的道路来。只有这样，英国文学才能从这场战争中幸存下来，并跨越这道鸿沟——如果像我们这样的普通读者、外行人都能把这个领域变成我们自己的领域；如果我们自己能教会自己怎样阅读、怎样写作、怎样保持传统、怎样创新的话。(2001)[732-733]

伍尔夫终于迈出了勇敢的一大步，克服了自己的羞赧天性，在工人教育局这样的公共场所发表如此鼓舞人心的演讲。文中时时出现的"我们"就是她努力消除与工人阶级距离感的证明。但是，伍尔夫所描绘的未来充满了乌托邦式的理想主义，既不同于米勒肆无忌惮的逃避，也不同于艾略特或康诺利直言不讳的保守，与奥威尔的判断也截然不同。在《在鲸腹中》里，奥威尔如此表达对未来的看法：

> 我们正进入一个极权主义的独裁时代，在这个时代……自由的个人

将不复存在。……米勒不同常人，因为在绝大多数人没有看透这一点的时候，他就已经看透并表过态了——事实上，当时他们中的许多人都在**喋喋不休地谈论文学的复兴**……

奥威尔没有指明"喋喋不休地谈论文学的复兴"的"许多人"是谁，但是伍尔夫确实对文学的未来发展提出了乐观的判断。这种判断在奥威尔眼中就是一种典型的盲目乐观的鼓吹或者单纯幼稚的幻想，早在《威根苦旅》后半部分就已经被批驳得体无完肤。伍尔夫期盼未来的美好社会，但她的实际行动却是悲观的，她在第二年投河自尽。奥威尔虽然看似在《在鲸腹中》中悲观地预测自由文学的终结和极权时代的来临，却不畏艰难、披荆斩棘，在几年后登上创作的巅峰。1941 年身故后，伍尔夫的战时作品被她善意但谨慎的文学守护者搁置。在接下来的十年里，她的声誉成为英语文学"社会战争"的牺牲品。奥威尔虽然到去世前后才声名鹊起，却一直是热门的话题人物，从未被埋没。

总之，伍尔夫对奥登诗人的包容态度背后折射出的是她对政治压迫文学之举的姑息，与奥威尔的立场截然不同。伍尔夫对英国文学走势的乐观估计在奥威尔看来也是一种简单的理想主义，一种对潜在的极权主义危险的麻痹大意。尽管如此，二人之间并非没有相通之处。

三、相通的回望

伍尔夫认为英国的现代主义作家与 19 世纪的安全感和信心之间存在着基本的连续性。她称他们为 1914 年战争来袭时"将要成为他们这个时代的代表作家的年轻人"，并指出他们"已经很平安顺当地受到了教育"，他们所立足的那座塔"依然牢固"，他们是"精神贵族"和"伟大传统的下意识的继承者"。尽管乔伊斯和劳伦斯都不在伍尔夫的讨论范围之内，但是她对现代主义作家传统意识的描述在《在鲸腹中》中得到了呼应：奥威尔赞扬艾略特"仅仅是冷眼旁观，并与战前的情感相连，就继承了人类的遗产"。在《艺术与宣传的界限》中，奥威尔把 1890 年到 1930 年称为"资本主义时代的金色下午"。他认为，在这几十年中，"形式比题材重要"的想法，或者说"为艺术而艺术"的想法，一直是"天经地义"的事。因此，有论者认为《艺术与宣传的界限》清楚地显示出《倾斜之塔》的影响，也是对它的一种回应。奥威尔从来没有提到过伍尔夫的这篇演讲，不过现代主义作家的保守倾向是他们的共识，而他们自身也都具有浓重的怀旧意识。在 1940 年前后完成的《一段过天的素描》(*A Sketch of the Past*) 中，伍尔夫将过去呈现为一个比现在更真实、更踏实安全的时期："我要听1890年8月的往事。"奥威尔通过保灵也表达了类似的想法："那些该死的傻瓜们来来往往，海报、汽油臭味和引擎的轰鸣在我看来不像三十八年前下宾菲尔德的周日早晨那么真实。"二人在各自的往昔中流连，也以各自的方式激进。在《重新发现欧洲》中，奥威尔虽然没有提及伍尔夫，却和她一样论及现代主义作家对威尔斯、贝内特和高尔斯华绥等传统作家的反动。伍尔夫在《贝内特先生与布朗夫人》中把爱德华七世时代的作家称为"物质主义者"，把乔治王时代的作家称为"精神主义者"，这两个著名的标签在奥威尔那里得到了回应——乔伊斯、艾略特和劳伦斯们心怀"整个人类历史"，可以从自己所处的位置看向"欧洲和过去"，而高尔斯华绥们却做不到这一点。两人都从美国文学中发现了鲜活的生命力，伍尔夫崇拜惠特曼不加虚饰的鲜明的美国特色，奥威尔则钦慕惠特曼的勇敢甚至是蔑视的姿态，并称米勒为"尸堆中的惠特曼"。但是，这些有限的共识不足以弥合二人之间的巨大差距，且这种差距还可以从关乎一位通俗作家的话题中反映出来。

伍尔夫走下艺术的象牙塔，降贵纡尊来到工人们中间传播左翼思想，这并没有引起奥威尔的注意或认同。而一位势利而盲目、因在柏林发表支持法西斯的反动广播讲话而被控诽谤的作家P.G. 沃德豪斯，却得到了奥威尔的极力维护，成为奥威尔唯一一篇指名道姓的辩护文《为P.G. 沃德豪斯辩护》（*In Defence of P.G. Wodehouse*，1945）的主角。虽然沃德豪斯没有超越纯粹的个人主义，只关心眼前的私利，对公共话题的意义无动于衷，但是奥威尔暗示沃德豪斯只是一时糊涂，受了被提前释放的"诱惑"，并非故意要"损害英国的利益"，因为沃德豪斯仍然抱着"公立学校学生的道德观"，而这种观念体系中最不可原谅的过错就是"战争时期的背叛"。也就是说，沃德豪斯是一个与政治无涉的保守派。一方面，在公立学校接受的爱国主义教育使得他对祖国怀着深厚的情感。另一方面，沃德豪斯从学生时代起在思想上就没有进步，还停留在青少年时期，他的思想和行动完全没有超越在公立学校养成的简单意识形态，他只在乎贵族身份和不劳而获的体面，几乎忽视了所有最重要的政治事件，包括法西斯主义的兴起。

实际上，奥威尔十分赞同康诺利在《承诺的敌手》中提出的"永久青春期"理论，并在《在鲸腹中》用它来分析20世纪30年代的英国左翼作家。奥威尔认为，奥登诗人就是一群处于"永久青春期"状态、无法摆脱公立学校的印记、精神上无法成长的典型。公立学校教育就是"五年的势利温水浴"，"从公立学校到大学、到国外旅行、最后回到伦敦"，这是他们全部的生活轨迹。用奥威尔转引康诺利的话说，这些包括他（康诺利）自己在内的男孩子们在"伟大的公立学校接受的教育"深入骨髓，并"主宰了他们的人生，也抑制了他们的发展"。虽然沃德豪斯和奥登诗人一样，都是沉浸在"永久青春期"的"公立学校男生"，且从未超越学生时代的意识形态，但是在奥威尔眼中，沃德豪斯首先是一名揭示英国文化细节的保守主义作家。他的幽默即使倒退反动，也是令人敬佩的力量。他的人物和作品即使与现实脱节，也优雅地冻结在1914年之前的田园诗般的世界里，那里的一切都更加有序和体面，全然不同于纷乱的现代世界。正因为这样的脱节，沃德豪斯才无法理解新的世界秩序，才因政治上的无知而成为被纳粹宣传机器利用的傀儡，在重大是非问题面前扮演了跳梁小丑的角色。奥威尔理解和袒护的正是这样的心态。在他看来，沃德豪斯只是留恋过去，留恋贵族生活，因此不明就里。而左翼作家却把天真的狭隘和盲目的斗志写成了"说教"的诗句，危害尤甚。因此，奥威尔和伍尔夫袒护的是截然不同的两派"公立学校男孩"，奥威尔激进思想中的保守成分促使他为沃德豪斯辩护，而伍尔夫单纯的左翼思想是她维护奥登诗人的动机。

综上，奥威尔在对诸多现代主义大师的称颂中唯独无视伍尔夫，他自己作为一个与"塔上的居民"格格不入的"局外人"，也被排除在伍尔夫的视野之外。表面看来，伍尔夫因为"题材的局限"和与普通人的隔绝而被奥威尔打入另册，实际上，对左翼诗人的包容袒护和对未来世界的乐观预期是她与奥威尔的根本分歧。奥威尔对走出象牙塔、来到工人中间的伍尔夫不以为然，却明确声援为法西斯做宣传的P. G. 沃德豪斯。说到底，沃德豪斯笔下的英格兰才是奥威尔记忆和理想中的"英格兰"，那是一个奥威尔在精神上从未远离的世界，而这种"向后看"的姿态构成了奥威尔现代主义审美认同的情感基础。

第四节

情感认同与审美认同

第一次世界大战后，英国主要现代主义作家明显转向保守。奥威尔谴责这种保守态度，但是他的谴责不含敌意，他的褒扬也饱蘸着情感，这是由他根深蒂固的传统意识决定的。在《重新发现欧洲》中，奥威尔就用"想念远古的家园"形容劳伦斯这一代作家。对往昔的记忆也是《一九八四》的主人公温斯顿拼命追寻的东西。不仅如此，小说中过去、现在与未来三重时空的交缠也以现实主义的语言风格实现了时间主题的现代主义书写，因而以一种间接的方式体现了奥威尔对现代主义文学的审美认同。

一、对现代派的情感认同

奥威尔对现代主义文学的拥护与他对传统的态度相互交织。在《在鲸腹中》中，奥威尔从社会和历史的角度中把"上一次战争结束时开始的潮流"往前推移，将现代主义文学时代与战前的时代视为一脉相承的整体。他认为，第一次世界大战对于英国社会环境而言只是一个插曲，英格兰的舒适和安逸没有遭到破坏，人们在战后又渐渐恢复战前的势利眼光和浪费习惯，19世纪80年代左右形成的社会价值观到20世纪20年代也没有太多改变。这种舒适的社会环境是引发"幻灭"文学潮流的重要因素：

> 颓废感、头盖骨和仙人掌、对失落的信仰和遥不可及的文明的渴望，这些为什么成为潮流？难道不是因为这些作家们生活在一个特别惬意的时代里吗？……1910到1930年是一个繁荣的时代……战争结束了，新的极权主义国家还没有崛起，道德和宗教禁忌全都消失，财富大大增长。'幻灭'就是潮流①。

在《艺术与宣传的界限》中，奥威尔把1890年到1930年称为"资本主义时代的金色下午"，世界大战也没有怎么打扰它。只有在那样安逸的气氛中，才有可能发生思想上的超脱和艺术上的尝试。因此，乔伊斯、艾略特和伍尔夫等20世纪20年代的重要作家都被纳入这个旧时代的框架中去。他们在艺术上的创新是传统的顺流，而非逆流。艾略特也曾表达同样的观点，他在1939年写道："从1926年起，战后的世界才开始形成……从那时开始，人们才慢慢意识到战后七年来的文化艺术作品是旧时代最后的挣扎，而不是新时代的开始。"显然《尤利西斯》（1922）和《荒原》（1922）都被归入了旧时代。前者向人们展示了一个失去信仰的庸人的世界，后者吐露了对战前时代的留恋和对当下的鄙视，它们是欧洲文明的挽歌，而非新文明的序曲，是安逸时代的"幻灭"潮流中最精致的浪

---

① "头盖骨"和"仙人掌"两个意象分别出现在《尤利西斯》第六章和第十八章。

花,也是"资本主义时代的金色下午"最后的一抹光华①。这个时代也让奥威尔充满留恋,他在1941年初将自己的处境与经历前一次战争的作家们的处境作了对比,指出使乔伊斯和劳伦斯在第一次世界大战期间"创作出伟大作品的条件",即"意识到世界将很快再次恢复理智",已不复存在。

  但是,奥威尔并没有陷入恋旧中无法自拔,而是一贯地保持了对现实世界的清醒审视。他指出,20世纪20年代的许多重要作家——艾略特、庞德、劳伦斯、温德姆·刘易斯、叶芝、赫胥黎和斯特雷奇——都对未来抱有悲观态度。这些诗人和小说家虽然有着不同的观念和信仰,但都反对威尔斯式的进步主义,都对现代生活的工业化和商业化极度蔑视,也都倾向于退避到过去。奥威尔继而对此展开了批判。在他看来,后期的艾略特悲观保守地哀悼"诸神的黄昏",斯特雷奇"客气地坚持着18世纪的怀疑主义",劳伦斯退回到"青铜时代的神话"。他们看到罗马、拜占庭、蒙帕那斯和潜意识等等,唯独看不见眼前发生的事情,希特勒的大名"直到1931年还没有人听说过",因此这股退避的潮流是"一场失败的事业",因为"这不是世界前进的方向"。时代的风暴摧枯拉朽,裹挟了个人意志,无情地击碎了艺术殿堂高贵而脆弱的纯金牌匾。艺术之塔摇摇欲坠,不复当年之精致巍峨。在《上来透口气》中,保灵的古典学究朋友、退休校长波蒂厄斯(Porteous)就是个死守艺术与传统的典型人物。他把自己锁在一个充斥着希腊古典文学、烟草和济慈诗歌的密闭世界里,每天都在追寻着过去,每天都将自己埋葬在"永恒的真理"中。他所营造的脱离现实的小小世界让保灵在战争迫近的焦虑中得到了片刻的喘息。但是,保灵对波蒂厄斯也是批判的:"和他说话没用",他是个"鬼魂",像他这样守旧的人"什么也看不见"。奥威尔批评波蒂厄斯也就是批评和他一样逃到艺术中去的人。但是,正如保灵对波蒂厄斯无法疾言厉色一样,奥威尔对现代主义作家的偏袒也显而易见。他多次表示,在这样一个时代,最好的作家都是保守的。或者说,奥威尔既谴责保守主义,又承认保守主义的魅力。而即使谴责也是温和的,因为他并不憎恶保守主义,只是认为它不合时宜。

---

  ① 文学史家往往将一战作为分水岭。例如,海恩斯在《奥登一代:20世纪30年代英国的文学与政治》中指出,《荒原》展现了战后世界已彻底告别了战前的社会秩序和价值观,战后一代认识到自己与战前一代完全不同。奥威尔将现代主义文学与旧时代的社会思潮融为一体,提供了另一种视角。尽管他将1890至1930年视为一个几乎没有被打断的社会文化进程,但他并不否认战争对文学的影响。他把豪斯曼和自然派诗人称为"乔治时代诗人",把乔伊斯、艾略特、庞德和劳伦斯视为战后的一股"潮流"。乔治时代诗人的基调是"自然之美",乔伊斯等战后作家则注重"生命的悲剧意识"。

沉浸在过去中的人物除了波蒂厄斯，还有《牧师的女儿》中多萝西的父亲哈尔牧师（Reverend Hare）。他明明生活在"列宁和《每日邮报》的时代"，却选择无视这一点，继续留在过去，否认自己的债务、日渐缩减的资产和教众人数，他所在的教堂是活脱脱的古老过时的废弃建筑。因此，哈尔牧师被视为"违时绝俗之人"，他"完全不应该出生于现代世界"。同为恋旧者，奥威尔对波蒂厄斯的态度是两可的，而对哈尔牧师的态度却只有厌恶和嘲讽，其原因首先在于，牧师是因为自己失去了曾经的地位和安全感才拒绝接受现实，所以他的形象较波蒂厄斯更令人生厌。更重要的是，从《牧师的女儿》到《上来透口气》的四年间，奥威尔的态度发生了明显的转变。

1936年之前的奥威尔对英国传统生活并无好感，挣脱其束缚曾经是其早期作品的共同主题之一：弗洛里在异国他乡远离传统；戈登厌恶自己的传统；多萝西挣扎着要摆脱传统而不得——尽管因为健忘症得以跳脱出父亲的控制，但传统的牢笼固若金汤，她最终回返父亲破败的教区。在1936年底发表的诗歌《快乐的牧师》（*A Happy Vicar I Might Have Been*）中，奥威尔表达了一种矛盾的情感："我本是个快乐的牧师/在两百年前……可叹我生在一个邪恶的时代/我想念那美好的天堂……在牧师与政委之间/我小心权衡……"此时的他已经开始在传统与现代、保守与激进之间徘徊不定。到了1939年的《上来透口气》中，主人公保灵为了重温传统有意识地重访故地，出生年月也被提前了十年（保灵出生于1893年，奥威尔出生于1903年）。如此一来，保灵这个充满深情地描述战前陈迹的肥胖俗人就与普鲁弗洛克那个"与战前情感保持联系"的秃头文人不仅心意相通，而且年纪相仿。随着时局的变化，战争对英格兰的威胁也唤醒了奥威尔对传统和对民族的忠诚。他认为自己和马尔科姆·穆格里奇（Malcolm Muggeridge）一样，在危急时刻发现自己"终究是一个爱国者"，因为他自己就是在"忠诚的传统"中长大的，并对之"心有共鸣"。此时的奥威尔将民族传统视为战时团结力量的源泉。到了1946年，奥威尔又一次以《快乐的牧师》为例解释了自己保守和激进的混合冲动，并强调"即使它（我的作品）是十足的宣传，也包含了许多让从政者们认为是毫不相关的内容。我不能也不想完全放弃我从童年时养成的价值观。"奥威尔没有指明"毫不相关的内容"的具体所指，但它显然是"十足的宣传"和"从政者"的对立面，并与"童年时养成的价值观"一致，因而也就指向饱含传统和怀旧意识的审美情感。

薛利把奥威尔怀旧意识的增强归结于艾略特的影响，认为艾略特作品中的历史感强化了奥威尔对传统的认同和对现实荒原的幻灭情绪。艾略特即使不是促使奥威尔"向后看"的全部因素,至少也扮演了重要角色。奥威尔本人就曾赞赏以艾略特为代表的现代主义者对整个欧洲传统的把握,他们与欧洲重新建立了联系,并带回了"历史感和悲剧的可能性"。随着奥威尔历史意识的不断增强,"过去"这个词也越发充满了价值含义,成了幸福和自由的源泉。《一九八四》中亦真亦幻的"黄金乡"作为理想世界的寄托,将一个类似古代田园神话的黄金时代铺陈开来,在不经意间阐释了传统的价值和意义。

综上,奥威尔将现代主义文学视为资本主义金色下午最后的光华,那也是他自己无限怀恋的时代。即使对现代派作家们回避现实的转向颇具微词,奥威尔的批判也是温和的,因为他深知,这个时代最好的作家都是保守而非激进的。他自己的传统意识随着时局的变动和战争的升级而不断得到强化,这一过程也与艾略特的影响不无关联。与艾略特一样,奥威尔把"过去"描绘成一个存在的高级状态,一个幸福的神话世界;世纪初那宁静恬淡的下宾菲尔德如世外桃源一般封存在保灵的记忆中,查林顿旧货店对于温斯顿而言也充满了艾略特诗作带给奥威尔的那种绝对怀旧的"历史感"。历史感产生于从过去到现在的距离,而《一九八四》用以演绎这种距离的时间框架具有明显的现代主义色彩,这主要表现在它与意识流叙事手法相通之处上。

二、时间主题的现代主义书写

意识流叙事"将过去、现在和将来相互交叉穿插……通过回忆、现实、幻想、梦境等的交织组合,将以往、现在和未来几年、十几年的经历压缩在十几个小时或一天之内加以集中表现"。《一九八四》正是一种时间的网状呈现,丰富立体的记忆和纵深延展的时间最终都被"压缩"成平面,主人公也无法逃脱这张时间之网。

奥威尔的前五部小说都以一天中的某个时间开始,主人公将自己定格在了日常生活的时间框架之中,《一九八四》的开场白"这是一个晴朗寒冷的四月,时钟敲了十三下"似乎也是如此。不过,戴维·洛奇(David Lodge)捕捉到了数字"十三"自带的寒意,这个"反常的词"不同于普通世界的"理性法则",因而预示着一个精神错乱世界的"噩梦刚刚开始"。在大洋国,人们似乎生活在一个时间被精确测量的社会,但是党却努力改变过去,模糊历史。没有人能了解过去,也不能确定未来,连温斯顿这个保存了记忆的人也不能确定自己"出生于

1944 年或 1945 年",而现在就是"1984 年的这个时刻(如果是 1984 年的话)"。但正是所有的不确定最终确定了当下的每个钟点,这是个疯狂的悖论。在这场"噩梦"中,过去、现在和未来三重时空相互交织,梦境、记忆与现实三股力量彼此缠斗,拧扯出一股几近后现代主义的魔幻氛围。从奥威尔目标读者的角度看,温斯顿和茱莉亚存在于未来(1984 年),试图逃回"过去",却被残酷地拽回未来,而读者却是生活在现在(1949 年)的人们。从温斯顿的角度看,他要把日记写给"未来或过去思想自由的时代,人与人不同而且不独自生活的时代,一个事实存在、所做之事无法抹除的时代",日记的落款是"千篇一律的时代,孤独的时代,老大哥的时代,双重思想的时代"。也就是说,温斯顿试图通过记忆找回过去,并通过日记给未来(或过去)留下一份关于现在的恐怖纪录。这时空的跨度令人想起《百年孤独》开篇奥雷里亚诺·布恩迪亚(Aureliano Buendia)上校站在"现在"预想"将来"对"过去"某个遥远下午的回想。奥威尔的朋友穆格里奇称奥威尔从西班牙回来后就变得"喜欢过去,讨厌现在,恐惧未来",也许《一九八四》的时间主题从那时起已在酝酿。

  时间是记忆的载体,记忆是埋在时间中的胚芽,赋予时间以意义。不仅如此,记忆摆脱了特权和身份的限制,是每个普通人都拥有的能力,是抵御现实摧残的决定性力量,也是解放和创造性的力量,而遗忘则意味着最终的非人化,正如昆德拉所言:"人与权力的斗争就是记忆与遗忘的斗争。"奥威尔也同样鞭挞遗忘的潮流,把"一分钟一分钟地删除记忆"视为"智力上的整容"。"一分钟一分钟地删除记忆",或者将"过去"丢进记忆之洞,就是温斯顿所在的真理部的日常事务。通过不断掩盖历史痕迹,大洋国肆无忌惮地沦丧于疯狂价值观当中。然而,个体的记忆一旦复苏,反抗的力量也就随之苏醒过来。

  温斯顿与茱莉亚在田园僻静处第一次幽会时,一开始"没有肉体欲望",因为欲望在大洋国长期受到禁止,只有记忆可以消解这尘封的冰冻。这片野地让温斯顿想起了如梦似幻的"黄金乡",让他渐渐摆脱了局促,而茱莉亚带来的巧克力就像普鲁斯特笔下的玛德琳蛋糕一样,打开了温斯顿记忆的阀门。它的气味唤起一种"强大的、令人不安而又难以描述的记忆",一种对"他本想反悔但无法反悔的某些行为的记忆"。在又一次与茱莉亚独处时,温斯顿终于敢于正视自己一直在潜意识中不断逃避的往事——他偷了家里唯一的巧克力配给,并且不顾家人的死活拿着它跑了出去,而就在那一天,母亲和妹妹失踪了。从那以后,他一直被模糊的罪恶感所困扰:"直到现在,我还认为是我谋杀了我的母亲。"但是这一刻，他终于不再抗拒自己压抑了三十多年的耻辱和痛苦，而是理性地看待这种不安的潜意识。记忆的复苏也治愈了温斯顿对梦境的惶惑不解，让他可以正视一个女人拼命为儿子挡子弹时伸出的双臂，以及母亲和妹妹坐在下沉的船舱里看向他的忧郁眼神。对母爱的印象就此从温斯顿脑海深处的混沌中苏醒，并且永不磨灭，即使奥布莱恩最终迫使温斯顿背叛了茱莉亚，也无法将其消除。

温斯顿通过脑海中的印象断断续续地与过去建立联系，抗拒萧索贫瘠的"现在"。同时，有形的物体也让了解历史成为可能，成为记忆的物质载体。温斯顿告诉茱莉亚："如果（过去）在哪里得以幸存的话，它就存在于一些没有文字的有形物体中，就像那块玻璃一样。"查林顿废品店中的一切旧物都让他着迷，而一切旧物的核心就是玻璃镇纸。它来自老旧的维多利亚时代，散发着世外桃源的温柔气息，就像"一个大气层很完整"的"小世界"，把他和茱莉亚的生命与珊瑚包裹在一起。"镇纸就是他的房间，珊瑚就是茱莉亚和他自己的生命，永恒地固定在水晶的中心。"废品店本身作为历史文化的象征，也唤醒了温斯顿的"历史感"，唤起了他的"远古记忆"。废品店楼上的房间就是"一个世界，一个灭绝动物可以行走的过去"，一个"避难所"。这个小小天地是温斯顿的一线希望："知道它在那里，不可侵犯，几乎和身处其间是一个概念"。在那个世界里，深厚、私密的情感得以延续，温斯顿也就摆脱了高效与残酷的"现在"，逃回历史记忆中去。镇纸等旧物为过去的存在提供了无可辩驳的证据，是温斯顿批评大洋国的恐怖、匮乏和贫穷的基础。只要这些怀旧的审美对象存在，党的统治就仍然不完整。因此，把温斯顿拖回"现在"就是奥布莱恩的重要目标。

最终，思想警察侵入了温斯顿和茱莉亚的房间，粉碎了玻璃镇纸。玻璃碎裂时，透明的光晕即刻散逸，历史化成了碎片，飘荡在恒久的虚无之中，个人身体和思想的不可侵犯性也随之消散，回忆情感所需要的宁静被彻底剥夺，强烈的感情也无法自然流露。温斯顿深知，"现在"没有悲剧："母亲在将近三十年前的去世是悲凉凄惨的，这在现在已是不可能的了⋯⋯悲剧属于久远的过去，那时还有隐私、爱和友谊。"今天"有恐惧、仇恨和痛苦"，但是没有"情感的尊严和深刻或复杂的悲伤"。过去有多维立体的情感，而如今一切都浮在表面，被"现在"平面化、固定化和形式化了，记忆失去力量，情感丧失深度，纯粹的形式取得了胜利。

记忆的平面化与时间的平面化同步进行。温斯顿生命中最后的四季虽然没有被"压缩在十几个小时或一天之内加以集中表现"，却是一个"时间精准——时间模糊——时间死亡——时间复活"的轮回。故事开始于四月的初春时节,温斯顿听到时钟敲响了十三下,此时的他机械地服从党精准而又残酷的时间控制,在规定的钟点完成规定的工作。党的代表奥布莱恩一出场就"瞥了一眼手表",因为对时间的高效把控是党最重要的统治手段。

温斯顿在五月初与茱莉亚相好,在六月里频繁幽会。二人在乡间的第一次幽会是一场逃避时间之囚的行动。温斯顿一开始没有欲望,但正因他此时"没有戴手表","现在"的魔咒才得以被打破,温斯顿才会觉得这片荒野似曾相识,尘封的记忆最终活泛起来,欲望随之苏醒,热情逐渐高涨。二人后来常常私会的废品店里挂的是"12小时盘面的老式钟表",独立于党的24小时时间体系之外,散发着独特的旧日魅力。在这里,手表的指针可以停止,温斯顿也得以在12小时制与24小时制之间来回换算——"时钟指在6点,也就是18点",这似乎象征着他对党的时间的一种半逃逸状态。在被捕的那一天,温斯顿的时间感变得模糊,他甚至已经不知道挂钟上显示的八点半是晚上八点半还是第二天早上八点半。这也就预示着,温斯顿在即将完成时间逃逸的临界点,被拽进了时间的黑洞。

温斯顿和茱莉亚被抓进友爱部之后,年月的概念就消失了。温斯顿的时间感被彻底剥夺,由于"没有时钟和日光,很难估算时间"。在这实施精神和肉体双重碾压的人间地狱里,时间已经死去。但是,在温斯顿最终丧失心智之后,他的时间意识却渐渐恢复,他"有办法计算时间了",他的肉体也越发变得强壮,"一天比一天胖起来"。精神的死亡与时间的回归同步进行,或者说,唯有灵魂寂灭,时间才能复活。

在最后一章,精神重塑之后的温斯顿被扔回时间中去。他坐在栗树咖啡馆的时间是"寂寞的15点",他听到电幕通知"15点30分有重要公告",他和茱莉亚的重逢是在"三月的一个寒风刺骨的日子里"。党的时间复活了,温斯顿却在杜松子酒中倾注了"他的生命、他的死亡和他的复活",而他最终没有复活,而是得到了"等待已久的子弹",并"战胜了自己",神形俱灭。

温斯顿拼尽全力从初春挣扎到残冬,却是一场注定回到原点的徒劳。当温斯顿下定决心加入奥布莱恩领导的秘密组织时,他想,"这一切只是多年前开始的一个过程的结果……开头已经包含了结局"。这让他不寒而栗,像是"踏进了潮湿的坟墓"。到了故事结尾,凶相毕露的奥布莱恩对温斯顿说:"这一切都被包含在第一个行动中,没有什么是你没有预见到的。"开头注定结局、部分包含整体的宿命印证了党的口号:"谁控制了过去,就控制了未来。谁控制现在,就控制了过去。"这一口号首次出现于小说第一部分,到了第三部分又一次出现,"过去"和"未来"首尾相接的意象得到了强化,时间被锁死,一个无懈可击的时间之网就此铸成——除了"现在"的无穷反复,没有任何突破口,逃脱和重生当然也就无从谈起。

即使是寄托了美好情感的镇纸,也暗藏着时间轮回的宿命。镇纸的魅力在于它那透明世界里的"永恒"可以把"过去"留住——温斯顿"一旦进入(那个玻璃世界),时间就会被捉住",他也就得以把"党永远正确的永无止境的现在"甩掉,进入与现在平行的另一重时空。然而,永恒也是一种时间停止的状态,这似乎预示着镇纸里的小世界与党的"现在"没有本质的不同。镇纸破碎后旋即化成了另一股无形的能量,将温斯顿和茱莉亚一同吸入刑讯室——一个永远亮如白昼的玻璃世界。在那里,温斯顿的时间感被彻底剥夺,也就果真进入了"永恒"。尽管温斯顿认为镇纸是党"忘记改变"的"一小块历史",但是对它的珍视只是一场虚妄的迷恋,它未尝不是与废品店楼上的房间一样,是一个诱惑猎物钻入其中的透明的牢笼。无论是凝视镇纸、追溯民谣还是期待"没有黑暗的地方",这些寄托美好初衷的"第一个行动"的结局早已注定,它们的终点都指向101密室。

在那里,温斯顿与奥布莱恩之间的对抗是一场历时性与共时性的对抗,是线性时间对网状时间的挑战,颇具中世纪宗教法庭的意味。党的意识形态"更符合中世纪天主教的独一世界观,而不是现代科学的世界观",而奥布莱恩正是带着"牧师的神色"主持了这场残忍而漫长的仪式。温斯顿对世界的把握必须建立在清晰的时间谱系基础之上,他试图维护的是一个不可逆的时间序列,在这个量化的序列中,过去可以被记住,现在可以被实现,未来可以被预期。而大洋国是个单一、同质的封闭实体,摒弃了线性时间,尊奉永恒不变的常数。大洋国没有可靠的历史记录,"每一天,甚至几乎每一分钟,都在更新过去"。个人对过去的依附不断被否定,回顾真实的历史绝无可能。克罗齐"一切历史都是当代史"的名言在大洋国得到了一种畸形的实现:"历史已经停止。除了党永远正确的永无止境的现在之外,什么都不存在。"

因此,温斯顿在生命的最后一年沿着线性时间的奔跑只是原地踏步而已。无论他怎么努力挣扎,都是从一个悲剧普遍存在但未被关注的"现在",转向另一个悲剧概念冰消瓦解的"未来",而"未来"就是"现在"。共时性战胜了历时性，党通过控制永恒的现在主宰了过去和一切可以想象的未来，并且"在特定的时刻终止进步，冻结历史"。"现在"不再是数字线上的一个点，而是一个范围，一个吸纳了过去和未来的不变的时间场域，就像塞缪尔·贝克特（Samuel Beckett）的《终局》（*Endgame*）中没有边界的静止的地方。温斯顿最终不再记录记忆，作为记忆载体的"时间"被压缩成平面，记忆无处安放，"历史感"荡然无存，逃脱时间之网的努力化为泡影。

值得注意的是，逃离时间也是令米勒热衷的话题。在《漫步中国》（*Walking Up and Down in China*）一文中，米勒为了凸显自己挣脱了时空束缚的自由身份，把巴黎称为中国，这并不是指他自己果真身处中国，而指处于一种了无牵挂的游荡状态："我在中国，我在说中文……根据地图，我在巴黎；根据日历，我生活在20世纪的第三个十年。但我在中国，这里没有钟表和日历。"米勒摆脱了"钟表和日历"，象征着他从时空中抽除了自我，以全新的艺术创造挣脱了一切形式的羁绊，比温斯顿的逃离激进和彻底得多，也成功得多。值得注意的是，《北回归线》中也存在一个时间的闭环。面对末日的来临，主人公"我"非但没有感到痛惜和恐惧，反而兴奋不已地大肆庆祝——像约拿一样被吞下并不是一场灾难，而是一次幸运的逃离，一条逃避时间的通道，一种回到子宫的幻想："当一切再次退回到时间的子宫时，混沌将得到恢复……垂死的世界，正蜕下时间的皮。我还活着，在你的子宫里乱踢……""我"最终得以从世界末日逃回孕育生命的子宫，那是所有生命、经验和艺术起源的条件，是一切的初始。这样一个闭环不是时间的锁死，而是毁灭后的重生，恰如凤凰的涅槃，在末日将至的癫狂中喷溅着生与死首尾交缠的火光，这很难不令奥威尔着迷——他所谓的"鲸腹"也是一个足以容纳一个成人的"子宫"。因此，在《一九八四》中，记忆赋予时间以意义，以镇纸等旧物为代表的有形记忆载体是温斯顿抗争的依据和力量的源泉，而镇纸的破碎意味着历史的消亡，存在于过去的多维立体的情感和记忆被压缩成纯粹的形式。与此同时，小说构筑了一个整体包含局部、开端决定结局的闭环，温斯顿的线性时间被奥布莱恩的网状时间吞噬，达到一种消除了历时性的共时状态。这虽然不似现代派小说"把几十年压缩成一天"，但是时间在《一九八四》朴素的现实主义语境中同样被压成了平面。这种记忆与时间的双重平面化以一种间接的方式实现了奥威尔的现代主义认同。

综上所述，奥威尔膜拜乔伊斯表现生活之真实，钦慕劳伦斯洞察人性之深刻，对艾略特早期作品中真诚的绝望击节称赏。在现代主义作家遭受攻击的激进年代，奥威尔掷地有声地为他们辩护。对现代派作家的敬意既是奥威尔审美意趣的投射，也是其保守情感的寄托。作为曾经脚踏现代主义余波的青年艺术家，任凭外界风云变幻，奥威尔的内心始终保留了审美的尺度，他本人的创作轨迹亦勾勒出一份始终如一的文学情怀。奥威尔的审美认识论是其文学观的必要内容，也是他与米勒在文学层面的交集。

第三章

奥威尔的政治文学观

> 沉默乃是语言的一个瞬间；沉默不是不会说话，而是拒绝说话，所以仍在说话。
>
> ——让-保罗·萨特

政治与审美之间的关系是盘踞在一代代知识分子心头的永恒命题，尤其是近代以来。一方面，贺拉斯"寓教于乐"和"给人以教益与乐趣"的古训影响深远。新古典主义时期的批评家大多数认为"道德教益为文学的首要旨趣"。约翰逊博士在《莎士比亚集·序言》中主张"作家的职责，历来是让世界变得更为美好"，他也是和托尔斯泰齐名的批判莎士比亚不讲"道理"的大家之一。另一方面，康德主张把探究的对象与道德快感、真理、功利区别开来。席勒的某些阐述接近一种"为艺术而艺术"的立场，因此被一些人认作这一立场的开山祖师之一。歌德明确认可康德的立场，认为审美活动作为一种伟大的解放行动，应该与道德效果割裂开来，并且谴责那种要求艺术作品具备道德说教旨趣的"古老偏见"。雨果则采取了上述两派的折中路线，即形式与内容不可分开，艺术的道德和政治（广义上的）效果是随着它的艺术性而产生的，二者如血与肉一样不可分割。到了20世纪，伴随着科技的进步、宗教的式微、政治的繁杂、心理学研究的突破以及各种文化思潮的兴起，文学的意义发生了变化，文学与政治的关系变得更加微妙，投身政治与超然物外的矛盾更是现代知识分子作为艺术家公民所面临的痛苦抉择，既无法回避，也难以调和。本章聚焦奥威尔作为20世纪三四十年代文学与政治之争的代表人物对此论题的看法。在二者之间，奥威尔选择了一种中间派的政治文学观，明确这一立场是客观审视这位"政治作家"的文学态度的关键之处。

第一节
文学批评的原则

朱利安·班达（Julien Benda）的《知识分子的背叛》（*La Trahison des Clercs*，1927）是20世纪主张知识分子独立于政治之外、忠于真理而不是忠于党派的经典之作。班达谴责巴雷斯、邓南遮等第一次世界大战后的知识分子背叛自己的使命，投身政治宣传，因为知识分子一旦放弃了普遍真理转而依附于"特殊主义"，就背叛了他的职责。持激进立场的人则认为，在一个新的意识形态的时代，所有的文化活动都被政治化，知识分子如果独立于政治之外，就在客观上支持了不公与暴政。1940年代转向激进的让·保罗-萨特（Jean-Paul Sartre）在《什么是文学？》（*Qu'est-ce que la Littérature*？1945年开始杂志连载）中批判了"为艺术而艺术"的倾向，提倡干预现实生活的"介入文学"理论，阐述了作家责任和写作目的等一系列有关文学本质的重大问题。在英国，正如海恩斯在《奥登一代：20世纪30年代英国的文学与政治》中所指出的，关于文学和政治关系的论争贯穿了整个20世纪30年代，相关议题包括"诗人与革命""政治与文学""革命者与诗歌""诗歌与宣传"等等。政治与文学的关系受到强烈关注，奥威尔当然不可能置身事外。

一、"文学的社会学批评"

1940年评价《在鲸腹中》时，利维斯夫人肯定了奥威尔的文学批评能力，认为他是一位"文学的批评家"，虽然不擅长小说创作，但是非小说作品却"非常精彩"。伍德考克认为奥威尔的评论文章都是"富有价值的批评"，尽管它们并不专业，但是每篇文章都是以生动的语言进行的"犀利而独到"的论述。克里克则认为奥威尔"能够进行最高级的文学批评"。邦兹指出，雷内·韦勒克（Rene Wellek）的《近代文学批评史》（*A History of Modern Criticism*）中完全没有提到奥威尔的名字，这与奥威尔在这一领域内的贡献极不相配。迈耶斯将奥威尔与美国文学批评家埃德蒙·威尔逊进行了类比，认为他们都在差不多的时间写下了对狄更斯和吉卜林的评论文章，他们都对宗教有敌意，都向往童年，也都同情被压迫者。这种比较暗含了对奥威尔文学批评家身份的认可。哈蒙德分析了奥威尔书评的过人之处，认为他能够巧妙地引导读者，并能进行"恰如其分"的对比分析，"轻松自如"地将作品置于"文学和知识背景中"。戴维森将奥威尔随笔大致分为五类：亲身经历描述、文学评论、流行文化批评、政治评论以及文化分析。文学评论作为一个类别被列出，足见其重要性。

但是，奥威尔的文学批评也遭到了一些论者的訾议。奥德立特指出，奥威尔的文学批评"原始粗糙"，没有对小说或诗歌"本身"展开太多分析，也没有使用"专业的批评词汇"，难以赋予作品以"新的意义"，因此奥威尔谈不上是文学批评家。他还认为在奥威尔的批评中，"内容和形式"很容易分离，"语言和意义"无法达到密切融合。这样的观点很具代表性，就连约翰·韦恩这位奥威尔的坚定崇拜者也认为他是个"懒得钻研业务的文学批评家"。他不否认奥威尔"敏锐犀利"，却认为他无法像一个"真正的文学评论家"那样进行"认真细致的研究"。这些评价虽然是负面的，却反过来证明了奥威尔的文学批评并非零星之作，而是颇具规模，否则也不会得到专门论及。实际上，奥威尔撰写过大量书评，涉及文学、政治、文化、经济甚至军事和地理等方面。大部分篇幅较短的书评都被奥威尔称为用来糊口的"粗制滥造"之作。当然，奥威尔常常进行不必要的自我贬低，其短篇书评中也常常暗藏精华，《随意集》（*As I Please*）专栏文章中也常常包含妙语连珠的文学见解。不过，奥威尔的文学思想大都体现在他的长篇评论或者反复出现的批评主题中，狄更斯、米勒、乔伊斯、艾略特以及威尔斯等作家都是重要的对象和素材。

诚如奥德立特所说，奥威尔的文学批评大都带有鲜明的政治批评色彩，通常论及广泛的文化和政治问题，并非纯文学层面上的探讨或精细的文本分析。他不仅对米勒的超现实主义表现手法几乎未置一词，在讨论乔伊斯、艾略特和叶芝等技巧大师时也主要关注思想和题材。豪认为奥威尔虽然是一流的随笔作家，却"并非一流的文学批评家"。不过，豪也指出奥威尔的文学批评"确实具有一种间接的文学穿透力"。韦恩即使批评奥威尔不够"认真细致"，也认为奥威尔作为一名批评家"不亚于英国文学中的任何人"，奥威尔的批评会比小说的生命力更长久。的确，像《在鲸腹中》和《查尔斯·狄更斯》这样经过深思熟虑的长篇大论毫不逊色于他的小说作品。在给经纪人和友人的信中，奥威尔说《在鲸腹中》文集是"一组文学的社会学评论"，并感叹："我发现这种半社会学的文学批评（指《在鲸腹中》）很有意思，对其他很多作家我都可以如此分析，只可惜报酬太少。这本书格兰兹只给我预付了20镑！""文学的社会学批评"是一个很准确的概括。

在《随意集29》(*As I Please* 29)（1944）中，奥威尔向由美国马克思主义文学批评家德怀特·麦克唐纳（Dwight Macdonald）主编的期刊《政治》(*Politics*)表达了钦慕之意，高度赞扬了它"把高端的政治分析与睿智的文学批评结合在一起"的风格，而这正是奥威尔本人文评的特色。阿特金斯说奥威尔"并非文学评论家"，而是一个"文学社会学家"，他最好的批评都是"社会学的"。埃德蒙·威尔逊则称赞其为文学社会学批评方面"当代唯一的大师"。

文学是一个不断发展的过程，一个不断变化的现象。每一个时代都有其独特的创作和批判心态，所有的文学家都受到时代氛围的影响。奥威尔所在的20世纪三四十年代是政治与文学激烈论争的黄金时代，也是一个为各种相互矛盾的意识形态所困扰的时代。他深深关注艺术尤其是文学的社会根源，也深知艺术家和所有人一样，都是社会的一员，因此哪怕"看似独立的思想都是所处社会环境的产物"。或者说，文学不是在经济和政治的真空中突然出现的，而是产生它的社会的组成部分。文学作品应该被纳入英国社会的广阔背景中，以外部的方式来检验。在对一部英国诗歌批评史的评论中，奥威尔指出该书"最大的弱点"在于其少得可怜的"文学的社会背景"介绍。由此可见奥威尔对文学批评中的社会视野的重视。也许正因为他深深地关注着艺术的社会根源，所以他的文学批评所涉及的领域"比当代任何一位著名批评家都要广得多"，覆盖了从传统作家到现代作家、从英国作家到美国作家、从《尤利西斯》到低俗明信片的广阔区间。

《在鲸腹中》一文是奥威尔文学批评的代表作，也是研究奥威尔思想的重要文献，凝聚了他对作家立场问题的思索：作家是应该固守文学本身的价值，还是应该"抱有目的"，通过艺术来促进社会变革？艺术和宣传之间是什么关系？文学该表现现实的还是精神的真实？奥威尔虽然主要是评论家而不是文学理论家，但他在20世纪40年代的一系列评论文章和广播节目中阐述了他的基本批评思想，这些篇目和《在鲸腹中》一样，都已成为讨论政治与文学关系的经典。它们主要包括《艺术与宣传的界限》（1941）、《托尔斯泰与莎士比亚》(*Tolstoy and Shakespeare*，1941)、《诗歌的意义》(*The Meaning of A Poem*，1941)、《文学与极权主义》(*Literature and Totalitarianism*，1941)、《重新发现欧洲》（1942）、《文学与左翼》（1943）《我为什么写作》（1946）、《文学的阻碍》（1946）和《作家与利维坦》（1948）等。其中，前四篇是奥威尔1941年在英国广播公司制作播出的"文学批评"系列节目的文稿，后来发表在《听众》(*The Listener*)杂志上，是奥威尔论述政治与文学关系的核心文章。

在《艺术与宣传的界限》（原题"形式与主题的批评"）中，奥威尔回顾了英国过去十年的文学批评，糅合了《在鲸腹中》以及 1936 年对亨德森《今日小说》的评论中所表达的观点。他对 20 世纪 20 年代现代主义作家和 20 世纪 30 年代"说教性"作家进行了对比，并承认"在一个法西斯主义和社会主义相互斗争的世界里，任何有思想的人都必须站队。文学必须政治化"。1941 年年中，面对纳粹的狂轰滥炸，英格兰正孤军奋战、前途未卜，奥威尔态度的激进化并不令人意外，但是他保持了理性，他深知唯美主义的幻觉已被摧毁，"每本书中都潜藏着某种形式的宣传，每一件艺术作品都有其意义和目的"，而"审美判断"总是被"偏见"干扰，这样的风气使得年轻作家们"唯政治信条是论"，无法实现"精神上的诚实"。奥威尔没有对艺术和宣传的争论给出一个非此即彼的结论，而是致力于一种平衡。他认为，"仅仅审美上的审慎态度不够，仅仅政治上的公正态度也不够"，他希望读者能"比以前更好地界定艺术和宣传的界限"。在《托尔斯泰与莎士比亚》（原题"主题批评的局限"）中，奥威尔通过研究托尔斯泰对莎士比亚"主题"的攻击来证明维护独立审美判断的重要性和简化审美判断的危险性。虽然每件艺术作品都有一个潜在的目的，但不能把批评简化为某种目的和意义。虽然审美判断总是在某种程度上被"道德、政治或宗教"目的腐蚀，却依然有它存在的意义，"不能把每一件艺术作品都当成一本政治小册子"。奥威尔承认，如托尔斯泰所说，莎士比亚不是一个伟大的思想家，但是托尔斯泰忽视了莎士比亚作为诗人的天赋和角色。他认为，对待莎士比亚不该采用这样粗暴的方式，就像"通过对着花而说教而毁掉一朵花一样"。这个比喻让政治与文学关系的变得更为形象。托尔斯泰是奥威尔眼中一个政治判断干扰文学鉴赏的反面典型，而连托尔斯泰这样的天才也难免任由自己的偏见干扰甚至扭曲审美判断，一般人就更应该保持警惕，避免落入同样的陷阱。在第三篇文稿《诗歌的意义》（原题"形式批评的局限"）中，奥威尔以霍普金斯的诗作《费利克斯·兰达尔》为例讨论了主题批评的重要性。霍普金斯的批评者常常将"所有的重点都放在他对语言的使用上，而对他的主题却很少涉及"。奥威尔认为，诗歌之所以动人，一方面是因为它的声音和乐感，另一方面是因为情感的和谐自洽。如果霍普金斯的信仰与之矛盾的话，情感内容就不存在了。正因为霍普金斯对英国乡村生活的悼念增强了诗歌的感染力，因此它是艺术和信仰的完美结合，是"一种相互成就……一种特殊的宗教和社会观。两者不可分割地融合在一起，整体大于局部"。《文学与极权主义》（原题"文学批评的未来"）审视了文学批评的现状。政治对文学的入侵使得"诚实、公正的批评"变得困难重重，这对整个社会特别是文学有着重大的负面影响，因为"整个现代欧洲文学就是建立在个人诚实的概念基础之上的"，而倘若极权主义获取胜利，文学就"必然走向终结"。这四篇文章环环相扣，它们原本的标题——"形式与主题的批评""主题批评的局限""形式批评的局限""文学批评的未来"——也清楚地显示了彼此之间的逻辑关系，构成了奥威尔文学批评实践的指导性原则。

总之，奥德立特的评价不乏中肯之处。奥威尔的文学批评里确实没有细致的文本分析，没有专业术语，也没有系统的理论，主观色彩浓厚。但是奥威尔对文学的社会学内涵生动形象的探讨，使得他成为一个当之无愧的文学社会学批评家。他从文学中探索社会话题，并将之纳入更深更广的时代意义中去。20世纪40年代围绕形式与主题批评展开的这组核心文章不仅是他批评风格的体现，更是对他文学批评立场的概括。一方面，在解读作品时，对主题和形式的考察同等重要，一味厚此薄彼必然会割裂作品，而一部作品唯有在主题和形式相得益彰的条件下才能最大程度地实现其整体价值（这实际上是关于文学创作的见解）。另一方面，政治压迫必然有损文学评价的客观独立，文学本身也必定会走向消亡，因此必须坚持文学批评独立于政治见解之外的客观立场，这也是奥威尔作为批评家最为重视的一点。

二、文学批评的原则与底线

实际上，奥威尔对文学批评一直心存疑虑，甚至流露出否定态度。他认为审美偏好常常被"非审美动机"腐蚀，以至于整个文学批评几乎变成"一张巨大的骗局之网"，而他所留恋的"传统的文学批评"，即"明智、审慎、公正的"考察"艺术作品本身价值"的批评却变得遥不可及。奥威尔甚至认为他所生活的时代已经不存在任何纯粹的唯美主义判断，也没有不掺偏见的文学批评。这种看法一直延续了下来。在1948年的《作家与利维坦》中，他依然将文学批评视为具有"欺诈性质"的活动，认为每一种文学判断都是"试图捏造一套规则来证明一种本能的喜好"。1949年，生命将尽的奥威尔似乎看透了政治与审美关系的实质：

> 我看得越多，就越怀疑人们是否真的做出了审美判断。每件事都是以政治为基础来进行评判的，而这又被赋予了审美的伪装。……人们确实有审美反应，……。也确实存在某些**明确的标准**，例如荷马比埃德加·华莱士好。也许我们应该这样说：一个人越是意识到政治偏见，就越

能独立于它;一个人越是声称自己客观公正,他就越抱有偏见。

无独有偶,D. H. 劳伦斯也曾对文学批评嗤之以鼻:"文学批评只能是对批评家产生的情感的一种理性的解释……试金石是情感,而不是理性……所有关于风格和形式的吹毛求疵的胡说八道……都只是狂傲之词,而且大多是枯燥无味的行话。"虽然二人的怀疑对象不一样——劳伦斯怀疑的是枯燥无味的理论,奥威尔质疑的是非审美动机,即政治观点对文学批评的侵蚀——但是他们共同的保护对象是审美的真诚与情感的活力。尽管如此,奥威尔本人常常饶有兴致地解读自己喜爱的诗人和作家。如果文学批评真的只是骗局,他自己为何又忍不住乐在其中呢?应该说,真正令奥威尔失望的不是对文学作品的鉴赏和品评活动本身,而是这一过程包含的与政治环境相关的各种偏见。它们既对文学创作的独立性构成威胁,也对文学批评的客观性造成影响;既让艺术家有违真诚,也让评论家选边站队。

奥威尔在《在鲸腹中》中指出,在1934至1935年的文学圈,如果不多多少少流露出"左倾"的态度,就会被视为另类,并引用爱德华·厄普沃的观点作为典型。奥威尔对这种将政治教条凌驾于艺术评判之上的信条提出了申斥,并指出,最致命的罪过就是"说'某人是一个政敌,因此他是一个糟糕的作家'"。他竭尽所能地把文学批评从意识形态的束缚中解放出来,将真诚和实事求是付诸批评实践。

不过,在1943年对一部叶芝传记的书评中,奥威尔大谈叶芝神秘学研究的法西斯主义内涵。此时的奥威尔明知故犯,变成了自己讨厌的典型。但是,这种让政治判断干扰文学评价的做法即使是艾略特也难以避免,遑论屹立于时代风暴之眼的奥威尔。奥德立特尤其注意到这些偶发的例子,因此他认为,奥威尔本人的文学批评就是一种简单化的意识形态判断,即一部文学作品可以概括为一个简单的观点陈述,只要可以用来证明自己的观点,就是有价值的。而这正是奥威尔在《作家与利维坦》中明确否定的狭隘立场。他认为"这本书站在我这边,因此我必须从中发现优点"作为一种"非文学性反应",应该遭到抵制。这意味着批评家必须尽可能发现自己的偏见并超越它,以"某些明确的标准"来评价作品。奥威尔没有具体阐释这个标准,但是他在狄更斯评论中曾指出包括小说在内的所有艺术作品"只有一个衡量标准值得我们去关注——流传"。在品评莎士比亚的魅力时,他仍然以"流传"作为标准:"……在所有杰出的小说、戏剧、诗歌或其他作品当中,必然存在一种不受道德和意义影响而流传后世的东西,这种东西我们只能称为艺术。"在《李尔、托尔斯泰和弄臣》中，奥威尔又重申此议："没有任何证据或论据可以证明莎士比亚或任何其他作家是'好的'……除了流传之外，没有其他检验文学价值的方法。"这个标准虽然实践周期太过漫长，但至少说明，奥威尔的批评绝非简单化的意识形态判断。有些作品经久不衰，而另一些作品则不然，对于为什么产生这样的差别，奥威尔语焉不详。他只是预言《汤姆叔叔的小屋》会比伍尔夫的所有作品都更持久，尽管"没有严格的文学测试能够证明其优越性所在"。无论如何，"流传"这个标准将艺术从僵化的价值判断的束缚解放出来，让它在无关"道德和意义"的"文学维他命"的滋养中经久不衰。

　　文学批评的客观原则很好地解释了奥威尔为什么推崇与其价值观不同甚至相反的作家。吉辛厌弃普通与肮脏的世界，他的反民主观点也与奥威尔格格不入。吉辛的作品是以非常人的视角、在理想主义的狂放中挥洒而成的，奥威尔则聚焦于"普通的俗人"实实在在的日常体验。奥威尔清楚，吉辛反对民主，对工人阶级全无好感，只关注"卓越而敏感"的独行者。尽管吉辛生动地把握了"环境对于人物的压力"，但是他并不了解"政治和经济形势"。不过，这一切无损吉辛的价值，"英国很少有比他更好的小说家"。同样，奥威尔对斯威夫特专横的厌世思想进行了种种政治和伦理意义上的批评。然而，斯威夫特却是他"崇拜得五体投地的作家之一"。斯威夫特"病态的"世界观让人无法接受，却深受读者喜爱，因此成为奥威尔所谓"欣赏压倒异见"的一个典型例子。又如，《鄂榭府崩溃记》（*The Fall of the House of Usher*，1839）等怪诞小说的世界虽然是"病态的或者扭曲的"，却毫无胡编乱造之感，是因为爱伦·坡首先相信自己描写的世界确实存在。《北回归线》逻辑颠倒、美丑杂呈，但是那疯狂奔涌的想象却能将某种似乎无法言说的东西诉诸笔端。它"表达的不是你应该有什么感觉，而就是你真正的感觉"。即使对奥登诗人们口诛笔伐，奥威尔也毫不怀疑《西班牙》是关于西班牙内战为数不多的佳作之一——他心中始终稳稳摆放着艺术的天平。

　　奥威尔以审美的自主性与评价的客观性为原则，但这并不意味着作家的基本道德底线可以被僭越。庞德1949年被授予博林根诗歌奖（Bollingen Prize for Poetry）后，《党派评论》（*Partisan Review*）邀请了包括奥威尔在内的几位作家讨论该奖项的意义。奥威尔的评价是："评委们采取了'为艺术而艺术'的立场，也就是说，审美的公正和基本的正派是两个不同的东西。既然如此，至少让我们把它们分开，而不是以庞德是一个好作家为理由来原谅庞德的政治履历。他也许是个好作家，但他试图通过作品传播的观点是恶劣的，我认为评委们在给他颁奖时应该强调这一点。"奥威尔没有否认庞德作为诗人的优秀,也极力避免将政治观点与审美评判挂钩。但是,奥威尔的语气中流露出不满——作家的政治观点不能被忽略,尤其是像庞德那种产生严重后果的法西斯鼓吹者,因为"基本的正派"不能被践踏。

奥威尔对米勒的肯定与他对另一位超现实主义者萨尔瓦多·达利(Salvador Dali)的谴责形成了强烈反差。达利"颓废"的超现实主义挑衅远远超出了奥威尔可以接受的限度,因此他将对达利的祖护比作"神职人员的豁免权",并指出了这种艺术家不受道德法则约束的"特权"令人发指的荒谬:"只要说出'艺术'这个神奇的词,一切都顺理成章。腐烂的尸体上爬满蜗牛是可以的,虐待小女孩是可以的,即使是像《黄金时代》这样的电影也可以。达利长期受法国庇护,但是法国一有危险他就开溜,这也可以。"奥威尔毫不掩饰自己的愤怒,他强调,达利的绘画天赋必须与其自传所散发出的"臭气"分开,即德行与艺术必须分隔开来。他承认达利是一个"优秀的画家",但也唾弃他是一个"糟糕的人"。这两方面不能互相抵消,即艺术成就不应被道德污点覆盖,但也无法抹除道德污点。在艺术上存在一个道德评判必须退守的范畴,压迫它就压迫了艺术家的自由。但是,在道德上同样存在一个艺术创作不能僭越的界限,触犯它就触犯了艺术家的原则。奥威尔实际上亮出了批评的底线。

有论者拿《文学的阻碍》强调形式的重要性与《诗歌的意义》强调主题的重要性相对照,来说明奥威尔的自相矛盾,并希望1946年写作《文学的阻碍》的奥威尔能仔细聆听1941年在英国广播公司发表《诗歌的意义》的奥威尔。其实,两篇文章的角度不尽相同。《文学的阻碍》讨论了政治环境对小说和诗歌创作不同程度的影响,它想说明的是:只要是能带来审美愉悦的作品,即使与自己的观点相左,也是好的作品,即作品鉴赏与政治立场无关,是为评价标准;《诗歌的意义》着重说明诗歌的魅力在于真情实感,作家不能仅仅为了审美快感而不考虑主题,让一切归于毫无意义的空洞或自相矛盾的苍白,即艺术创作应该做到形式与主题的结合,是为创作标准。也就是说,评价者(批评家)和创作者(作家)在文学活动中扮演了不同的角色,也肩负了不同的使命。奥威尔既是作家也是批评家,他常常需要切换身份,摆脱局限,并在这一过程中保持清醒。因此,他对政治与文学关系的理解必定更深一层。

总之,奥威尔时常对文学批评笔诛墨伐,这背后恰恰体现了他主张审美评价超然于政治偏见之外的立场。不过,文学批评并非没有道德底线,他对米勒与达利截然不同的态度反映了他作为传统知识分子对"基本的正派"的尊重。奥威尔既是批评家又是作家。在20世纪三四十年代的论争中,批评家奥威尔试图保持文学评价的客观独立,而作家奥威尔则坚持了一种"中间派"的路线——这个愤怒的青年其实是个中庸主义者。

第二节
政治与审美的平衡

1946年,在回顾写作生涯时,奥威尔坦承:"我写的缺乏政治目的的书总是毫无生气,充斥着华而不实的段落、没有意义的句子、装饰性的形容词和谎言。"如此看来,"政治"确然构成了奥威尔写作的灵魂。不过,他对该词做了十分明确的界定:"取'政治'最广义上的含义,就是将世界向某一方向推动、改变人们对理想社会的观念的渴望。"尽管如此,奥威尔在论争中几乎都取了"政治"的狭义,尤其是在批判法西斯主义和平主义等倾向时。在《政治与英语》一文中,奥威尔称"在我们的时代,政治写作总的来说都糟糕透顶"。这里的"政治写作"指的是宣传性写作,与他本人"政治写作"的理想截然不同。在《作家与利维坦》中,奥威尔直言政治是"党的机器或团体的意识形态",是人们"两恶相较取其轻"的"肮脏工作",这里取的也是政治的狭义。因此,奥威尔对"广义"政治的强调尤显意味深长。

一、"政治写作"的理想

欧文·豪针对奥威尔"凡是缺少政治目的的作品都写得了无生气"一语进行了文体上的解读。豪指出,是一种道德责任感促成了奥威尔"优雅下的重压"(pressure under grace),这与海明威"重压下的优雅"(grace under pressure)截然相反:

> 他并不是如一些文人所想当然的那样,认为只有倾向性,只有宣传,才能写出好的散文。他故意夸大其词来向某些文人叫板。但是,一个忠实的读者不会被此蒙蔽……海明威谈到"**重压下的优雅**",许多评论家都用这句妙语来形容他的卓越风格。我认为奥威尔在他最好的状态下达到的是相反的境界:"**优雅下的重压**"。作为一个作家,他通过摆脱

写作通常的虚荣手段达到了一种'优雅'状态，由此他不仅在表达自己，更是在表达一种道德紧迫感。他的散文变成了带着压力的散文，而论题又太重要，以至于他不能陷入幻想或粉饰。

也即说，奥威尔此语真正的意思是，好的文章不是为写而写，而是有着比写作本身更重要的目的，即"道德紧迫感"。虽然豪并未就这种紧迫感展开论述，但毋庸置疑的是，在奥威尔的字典里，广义"政治"具有浓厚的理想主义色彩。写作对于奥威尔来说，就是要把个人的世界观与时代强加在每个人头上的非个人的议题协调起来——广义"政治"也与"公共目的"高度相关。与其说奥威尔对政治的实际运作方式感兴趣，不如说他对政治应该如何运作感兴趣。除了极权主义，他对无产阶级的生存状态、资本主义制度的腐朽和大英帝国的殖民统治等议题都有话要说，这也是奥威尔文本最引人注目的话题。

2009年，纽约的水手书屋以"所有的艺术都是宣传"为名再版了奥威尔的文选。这个看似颇具争议性的标题实际上出自奥威尔的随笔《查尔斯·狄更斯》："每个作家，特别是小说家，都有'寓意'要传达，不管他承不承认，作品最不起眼的细节也都会受其影响。所有的艺术在某种程度上都是宣传。"在叶芝评论的结尾，奥威尔说作家的政治和宗教信仰不是"被嘲笑的废料"，而是会在作品"最微小的细节"上"留下印记"的东西。《在鲸腹中》中也有相似的表达：作者的"目的"和"信息"决定了读者的反应，"没有哪本书是完全中立的"。从某种意义上说，每一位艺术家都是宣传家，试图"直接或间接地推行一种他认为可取的生活理念"。每本书都不可能摆脱政治偏见，"那种认为艺术与政治无关的态度本身即是一种政治态度"。也就是说，作家的意图，不论有意识的还是无意识的，都对他的作品有影响。每本书都是作者广义政治态度的"宣传"。在《为P.G.沃德豪斯辩护》中，通过指出沃德豪斯的人物都是保守意识形态的拥护者，奥威尔进一步证明了"纯粹娱乐"并不存在，即使是"非政治"的流行文学也都传达着某种政治信息。同时，"非政治"的"纯文学"也在诉说着意义。奥威尔以乔伊斯这个"纯粹的艺术家"为例，指出《尤利西斯》是"一种特殊人生观的产物，一个失去信仰的天主教徒的想象。乔伊斯说的是'看吧！这就是没有上帝的生活！'"至于诗歌，即使诗人再注重文字本身，再与"目的"无关，也总会流露出这种或那种倾向，甚至"优秀的诗歌里都包含着诗人迫切想要传达的意思。所有的艺术在某种程度上都是宣传"。这样看来，"所有的艺术都是宣传"不失为一句精辟之语：每部作品都有其特定的寓意，而且寓意愈鲜明，作品才愈具有生命力。奥威尔说自己"凡是缺少政治目的的作品都写得了无生气"的评价果真切中肯綮，而他的"政治目的"就是道德关怀。

不过，"所有的艺术都是宣传"只是句子的一半，后面的内容同样重要——"同时，所有的宣传并不都是艺术"。一方面，政治信息存在于一切作品中，另一方面，只有兼顾了审美标准的才是艺术品——"审美热情"和"政治目的"都是奥威尔的写作动机。早在1938年写给友人的信中，奥威尔就以随意的口吻提出："每个人写作都有三种动机：第一，象牙塔里的为艺术而艺术。第二，政治宣传。第三，赚大钱。"到了1946年的《我为什么写作》中，奥威尔正式提出了写作的四大动机：纯粹的利己主义、审美热情、历史冲动（对真实看待事物面目的渴望）和政治目的，并坦言自己过去十年中一直致力于"把政治写作变成艺术"。不论是奥威尔的写作动机还是写作原则，都包含了"政治"与"艺术"两个关键词：政治（广义）是内容，艺术是形式，二者构成了奥威尔文学创作的两大支柱，因为"审美和道德考量在任何情况下都是不可分割的"。正因如此，奥威尔才既不觉得卓别林所表达的政治信息妨碍了艺术呈现，也赞赏萧伯纳将"政治目的"与真正的艺术结合起来的天赋。"把政治写作变成艺术"就是"既政治性地行事，又不牺牲在审美和思想上的诚实"，因为他自己"在写书或写文章时如果得不到一种审美体验，便难以为继"。也即说，如果政治与艺术不能在一定程度上实现调和，如果二者彼此孤立隔绝，写作将失去意义。

但是，这样的"政治写作"后来成为雷蒙·威廉斯眼中的窘迫甚至功利之举。对于奥威尔"从本性上来说……如果处在和平年代，我可能会写出华丽的或者只是描述性的书，也可能不太会意识到自己的政治态度。可现在我却不得不成了小册子作家"的自谦之词，威廉斯认为，奥威尔"有时会后悔"做了一名"小册子作家"，小册子写作实际上是"对他的自然本性和他的自然写作的一种违背"，政治压力"削弱了他的创作能量"。威廉斯认为，奥威尔"将内容优先于形式，经验优先于文字。他成为20世纪30年代具有社会意识的作家，而不是20世纪20年代的审美作家"。不仅如此，这种矛盾反映在其小说主人公的刻画上，他们都是"试图逃避却归于失败的人"，他们所有的反抗都反映了作者想要成为一个纯粹的艺术家却总是深陷政治责任困境的无奈。在奥威尔为数不多的诗作中，《快乐的牧师》洋溢着奥威尔在写作生涯之初对宁静个人空间的渴望和对纯文学世界的向往，也是奥威尔在文学与政治之间犹豫不决的心境的表露。威廉斯以这首诗为依据讥讽奥威尔早早抛弃了自己的"文学本性"，转向能够博人眼球的

"政治写作"。对于《作家与利维坦》中"政治对文学的侵入不可避免……现在已经没有人能够像乔伊斯和福斯特那样一心专注文学"之语,威廉斯不以为然地揶揄道,许多人放弃文学理想并非他们"主动的选择",而是因为被"外在"的"令人心绪不宁的历史"所'侵袭'。但是奥威尔不属于这种情况,"侵袭"是奥威尔"积极寻求的,是他自己招来的",奥威尔所举的乔伊斯的例子"不能作数",因为"乔伊斯在颠沛流离中一如既往,《芬尼根守灵夜》完成于1939年"。也就是说,20世纪30年代坚持纯文学创作原本可行,但奥威尔没有坚持下去,而是选择了迎向政治,因此也就典型地体现了政治与文学之间无法调和的矛盾。

然而,威廉斯的分析是牵强的。首先,奥威尔是一个常常妄自菲薄的人,他说自己是"小册子作者"无疑是过谦之词,因为他所写的小册子只有《狮子与独角兽》和《论英国人》两本而已,体量完全无法与其长篇作品相比,且都被奥威尔列为不得再版的作品。不仅如此,奥威尔更对现代小册子弃如敝屣。在1943年的一篇文章《小册子文学》(*Pamphlet Literature*)中,奥威尔对这一流派进行了初步分析。一年后,奥威尔在一篇《随意集》专栏中表示自己对现代小册子能否做到诚实无欺持怀疑态度。1948年,在为《英国宣传册作家》(*British Pamphleteers*)撰写的序言中,奥威尔把17世纪视为英国政治和宗教宣传册的黄金时期,他赞扬了以弥尔顿、霍布斯和斯威夫特为代表的作家们雄辩滔滔、旗帜鲜明的风格,他们完善的文体和缜密的思维令人叹为观止。然而,当今由党派集体制作发行的现代小册子早已失去了往日的光辉魅力。宣传话语让它失去了意义,成为"拙劣之作,没什么人读,也不值得一读——仅仅是党的正统思想的碎片,演绎了从印刷机到废纸篓的一段短抛物线"。依据这样的标准,他全然不是"小册子作家"。其次,奥威尔的早期作品,如《英国的审查制度》(*Censorship in England*,1928)、《班房》(*The Spike*,1931)以及第一部纪实作品《落魄记》等,都是极具社会批判意识的,这种社会意识伴随着他整个创作生涯的始终。奥威尔自诩具有一种与生俱来的"面对糟糕现实的能力",《班房》等文就将他的这种剖析苦难的天赋展露无遗。因此,"小册子"写作并非对奥威尔文学本性的违背,或者说,奥威尔的文学兴趣从未将社会批判性写作排除在外。最后,奥威尔确实具备如威廉斯所谓的"文学本性",但与威廉斯的指责恰恰相反,他从未违背过这种文学本性,如第二章第二节所述。

威廉斯言语之间流露出对"政治写作"的不屑,似乎政治是文学水火不容的敌手。但是奥威尔从未如此看待二者的关系,他不断地在审美情感和政治目的、个人空间与公共精神之间徘徊，并努力将这些不同的写作动机调和起来，努力"把政治写作变成艺术"。在《查尔斯·狄更斯》中，奥威尔对狄更斯和托尔斯泰做了一个恰如其分的对比分析。托尔斯泰的人物都是"成长中的人"，都在努力"塑造自己的灵魂"，而狄更斯的人物"已经是完美的了"：

> 他们总是以一成不变的样子出现，就像照片或家具一样。你不可能想象和狄更斯的人物进行一番和彼得·别祖霍夫之间的对话。因为狄更斯的人物没有精神生活……这是不是意味着托尔斯泰的小说比狄更斯的更优秀？进行"更好"或"更糟"这样的比较将毫无意义……托尔斯泰的吸引力可能会更广泛，因为在英语文化之外，狄更斯很难懂；另一方面，狄更斯能够接触普通人，而托尔斯泰则不然。托尔斯泰的人物可以跨越国界，狄更斯的人物可以被印在香烟包装纸上。但是没有必要在二者之间做出选择，就像没必要在香肠和玫瑰之间做选择一样。

奥威尔没有在关注普通人和塑造丰富的精神生活之间厚此薄彼——"香肠与玫瑰"不分轩轾，正如物质与精神、政治与文学二者旗鼓相当一样。与雨果主张"形式与内容不可分开"一样，奥威尔既无法接受将政治排除在文学创作领域之外的"艺术至上"说，也无法接受完全从意识形态中衍生出文学价值观的"介入"学说。这不是一个二选一的问题——文学既不完全是个人的，也不完全是公共的。

综上，"所有的艺术都是宣传"一语看似武断和偏激，实际上精辟地概括了文学作品普遍反映作者目的和态度的实质。奥威尔的目的就是道德关怀，这与他的对广义"政治"的界定有关。同时，"所有的宣传并不都是艺术"的观点则指明了"审美体验"的重要性。因此，既要以人道主义为宗旨，为改善人类生存状态而努力，同时又要保持艺术上的独立和自由，这就是奥威尔"政治写作"理想的实质。它并不是威廉斯眼中低人一等或急功近利的选择，而是文学与政治的平衡。

二、文学的政治转向

在《在鲸腹中》中，奥威尔考察了19世纪末到20世纪20年代的文学走势，认为"为艺术而艺术"的信条从19世纪90年代开始不但没有被打断过，反而不断得到强化：

在"文化"圈里,为艺术而艺术实际上扩展到了对无意义的崇拜,文学甚至被等同于对文字的操控。用主题来衡量一本书成了不可饶恕的罪过,即使对主题的在意也被视为一种低级趣味。大约在1928年,《潘趣》杂志自上次大战以来刊登的三个最有趣的笑话之一就是,一个痴迷艺术的年轻人告诉他的姨妈他打算"写作"。"那你想写什么呢,亲爱的?"姨妈问。"我亲爱的姨妈,"年轻人夸张地说,"我不写什么,只管写就行。"

这个笑话奥威尔不止一次提起,充分说明了他对其讽刺之意的认同。20世纪20年代,巴黎的流浪艺术家们奉行"艺术的宗教"和对"达达主义"的崇拜,也即奥威尔所谓的对"无意义"的崇拜。《缅甸岁月》中伊丽莎白的母亲就是这浪潮中的一员——她"全神贯注,断绝尘缘",张口闭口都是美学,过着肮脏混乱的生活却充满了不切实际的幻想。她自诩"波希米亚艺术家",并对女儿的劝说置若罔闻,因为女儿"没有艺术气质"。毫无疑问,奥威尔对于这种走向极端的艺术至上的作风不屑一顾。

然而,英国的知识分子也多少被这股浪潮裹挟,20世纪30年代欧洲的重要事件都"成功逃过了英国知识界的注意"。与威尔斯、萧伯纳等爱德华时代的进步主义作家不同,艾略特、劳伦斯和叶芝等并不认同科技进步的观念,而是被一种"生活的悲剧意识"笼罩,他们都"对'进步'这个概念怀有敌意",认为进步"不应该发生"。他们对人性的乐观主义感到幻灭,与周围的世界隔绝,到文学和历史的时空或神秘的信仰中寻找慰藉,拒绝关注经济衰退、战争逼近和法西斯主义兴起等问题,达到了一种政治真空的状态。在奥威尔看来,艾略特喋喋不休地谈论"传统",劳伦斯对性的救赎力量怀有超乎寻常的信仰,他们看到画廊和博物馆、裸体主义和精神分析,却对眼前发生的事情视而不见。所有这些,正如奥尔威所言,都是一个闲适时代的产物,却已然不合时宜。英国文坛早已经历了一番从右向左的剧变。

20世纪20年代末,以牛津大学的"左翼诗人"奥登和斯蒂芬·斯彭德等为核心形成了一个群体,成员包括路易斯·麦克奈斯、克里斯托弗·伊舍伍德、爱德华·厄普沃等。这个大学生布鲁姆斯伯里团体出版了如《牛津诗集》(*Oxford Poetry*)这样的内部读物。他们认为,艺术的对象是像他们自己一样快乐的少数人,而不是没有教养的大众。他们的主教是奥登,牧师是艾略特。政治承诺和社会责任对他们来说都是庸俗的、陌生的概念。1930年前后,情况开始发生变化。

奥登诗人们前往柏林这个魏玛共和国的"左岸"。尽管由于汇率的优势，年轻的波希米亚艺术家不愁吃穿，但他们却遇到了从未遇到过的情况：失业、劳累、贫穷、疾病。他们大都不久后返回英国。面对本国的经济萧条、民生凋敝和饥饿游行，"快乐的少数人"意识到了大众的痛苦，并开始了对"艺术至上"的反动。朱利安·贝尔（Julian Bell）在 1933 年给《新政治家》（*New Statesman*）杂志的投稿中说，剑桥大学的学生 1929 年和 1930 年只关心诗歌，没人谈论政治，到了 1933 年底政治却成了唯一的话题："对文学的兴趣当然没有消失，却改变了方向，成了奥登先生的牛津团体领导下的共产主义盟友。"他们"不再关注纯粹的审美方法和寻找新的身份标识、新的道德准则，而是旨在寻求一种新的国家和新的社会秩序"，艺术家和诗人都变得更有说教性。

奥威尔对此了然于胸："真正的转折于 1930—1935 年到来。"这个转折当然就是由奥登们开创的政治高潮期。如果说艺术在 20 世纪 20 年代与政治的对立中占了上风，傲岸地睥睨尘世的苟且，那么随着 20 世纪 30 年代的深入，世界陷入混乱，艺术几乎被拉下神坛。不问世事、无关政治的态度不再流行，性爱与纯精神世界的探讨也已过时，想要继续纯美学幻想绝无可能，巴黎只剩下了米勒这样的食不果腹的美国流浪者。不光是乔伊斯和普鲁斯特，连艾略特这位一代人的文学偶像也成了被攻击的目标。

1936 年出版的《让叶兰继续飘扬》就是纯文学的感召和社会危机的压迫这两股意识的交织，折射出当时身处"真正的转折"中的奥威尔对作家社会位置的探索。戈登向社会底层突围的过程也是其坚持艺术追求和思想独立的过程，他对"财神"口诛笔伐，对批评家嗤之以鼻，对资产阶级的"物质主义"不屑一顾。可是到了小说结尾，失意颓废、濒临赤贫的他却几乎没做什么挣扎就把诗稿丢进了伦敦的下水道里，继而迎娶女友并回归中产阶级队列，这种与"财神"的和解似乎不费吹灰之力。曾经执着的唯美主义者摇身一变，成为资本主义制度的热情拥护者，愤世嫉俗的孤傲和玩世不恭的戏谑，最终都变成了对中产阶级生活深情款款的眷恋。《缅甸岁月》里愤世嫉俗的弗洛里纵使百般不愿随波逐流，但他心目中理想家庭生活的中心位置必然摆放着代表中产阶级生活的物品——钢琴，这和戈登的选择并无二致。钢琴作为中产阶级生活的象征，就是无处不在的"叶兰"。戈登的选择看似突兀，其实并非毫无来由。他在广告上的天赋似乎预示了他的艺术反叛必然归于失败。"为艺术而艺术"的信条强调审美的主观性，与商业文化针锋相对，然而广告、廉价小说和普通的娱乐活动都非常现实，毫无想象力可言。戈登最终抛弃了阁楼里的波希米亚美学，重操旧业，他的才能终于找到了用武之地。这是资本主义机器的胜利，波希米亚艺术家不得不走出阁楼。

然而，奥威尔对戈登逃离艺术世界、回归现实生活的选择并非全然否定。小说结尾弥漫着一种犹豫不决的情绪。戈登是这样在艺术反叛和现实生活之间做出取舍的：

> 一条典型的下层中产阶级的街道……他对住在这种房子里的人感到好奇。例如，他们是小职员、店员、商务旅客、保险代理人、电车售票员……如果你能感觉自己是他们中的一员，是**人群中的一员**，这可能不是坏事。我们的文明是建立在贪婪和恐惧之上的。但**普通人的生活**中，贪婪和恐惧却被神秘地转化为更高尚的东西……他们设法保持自己的正派……他们有自己的标准，不可侵犯的尊严。

戈登终究觉得自己应该属于"人群中的一员"，这样的顿悟促使他更加决绝地放弃艺术，回归现实。青年艺术家走出了阁楼，走向普通人，因为普通人拥有知识分子所缺乏的美德："高尚""正派""尊严"。戈登的妥协是奥威尔思想斗争的结果。奥威尔到底是批判戈登放弃了艺术理想，向现实妥协？还是支持戈登放下高傲的知识分子身份，认可"普通人"的价值观？在艺术反叛和现实生活之间，他的选择是模棱两可的。他似乎既站在纯艺术的高地讽刺大众文化的堕落，又站在人群中嘲笑艺术至上的不合时宜。

不过，奥威尔的立场逐渐走向明朗。在《我为什么加入独立工党》（Why I Join the I.L.P.，1938）一文开头，奥威尔承认每个作家的冲动都是"远离政治"。然而这种冲动不再可行，"言论自由的时代正在终结……意大利和德国媒体发生的事情，而且迟早会发生在这里"。在《艺术与宣传的界限》中，奥威尔将伊迪丝·西特韦尔（Edith Sitwell）和厄普沃做对比，前者的批评把文学当作刺绣，后者的批评唯政治信条至上，却都是各自时代的产物。在该文结尾，奥威尔坚定地站在社会主义阵营中，强调了作品主题思想的重要性，认为在个人的生命和价值观不断受到威胁的世界里，超然已经不可能："对于你所患的不治之症，你不可能只抱有纯审美的兴趣；对于一个要割开你喉管的人，你不可能毫无反应。"因为，在这样一个时代，"最最广泛意义上的政治"正以前所未有的程度"侵入文学"。"最最广泛意义上的政治"就是时代氛围和公共精神，奥威尔的作品也是公共空间向个人空间不断渗透的结果。《让叶兰继续飘扬》首次提到了战争威胁，《上来透口气》的怀旧情绪也浸润在战争焦虑中。不过毋庸置疑的是，尽管艺术的浪潮渐次消退，它在奥威尔身上留下的印记始终难以磨灭，并潜移默化地影响着他的文学判断。邦兹认为奥威尔对"政治入侵文学"的焦虑，很大程度上是由于他早期接触了"为艺术而艺术"运动，而这一运动的意识形态，"他一直没有完全脱离"。在文学与政治的关系变得剑拔弩张的时代，奥威尔关注特定的审美而非意识形态标准，但绝不会退居纯粹的唯美主义立场。一方面，他强烈意识到现代主义余波犹在。另一方面，他时刻关注现实，关注普通人，并敏锐地预见即将到来的灾难。

总之，20世纪30年代初的英国文坛经历了一番剧变，激进的美学让位于激进的政治，文学不可避免地带上了政治色彩。《让叶兰继续飘扬》是奥威尔审视政治与文学关系问题的最初尝试，也折射出奥威尔最初在艺术和现实之间的犹豫不决。不过，随着20世纪30年代渐近尾声，奥威尔的态度也愈发明朗。他否定了躲进阁楼的艺术家，坚定地站在社会主义阵营中，强调作品主题思想的重要性。毕竟，那个醉心于古希腊经典的学究波蒂厄斯只是一个"什么也看不见"的"鬼魂"。

三、"第三种选择"

在战争阴影日益迫近的年代，波蒂厄斯这样的人几乎绝迹，许多作家竭力把艺术变成一种阶级武器，把文学创作和政治学说联系起来，"政治正确"取代了"艺术至上"，成为一种不小的诱惑。奥威尔对此讽刺道："艺术的钟摆告别了'艺术就是技术'的肤浅极端，摇过了很长的弧线，来到当下的另一个极端——认为作品只有是积极、严肃和'具有建设性的'才是'好的'。"

走向激进的奥登诗人就是"另一个极端"的代表，虽然他们身上带有美学祭司的印记，但是他们的关注点全然不同。20世纪20年代的作家倾向于"悲观的保守主义"，以"生命的悲剧意识"为基调，而20世纪30年代的作家却"面向'严肃的'主题并'介入政治'"（1998c）[99]。奥威尔指出，20世纪20年代的大师各自经历过不同生活困境的锤炼，因此各有千秋，而20世纪30年代的奥登诗人们无论写作技巧、政治立场还是人生轨迹都差不多，所以形成一个团体。对奥登在诗歌中使用的"必要的谋杀"一语，奥威尔气愤至极，严厉斥责奥登在一个相对安全的地方鼓吹远方的流血事件①。对于麦克奈斯认为自己这一代人比当年的艾略特更懂得如何"抗议"的沾沾自喜,奥威尔评价道:

> 麦克奈斯希望我们相信的是,艾略特的"继任者"(意思是麦克奈斯先生和他的朋友)在某种程度上比艾略特在盟军进攻兴登堡防线时发表的《普鲁弗洛克》更有效地"抗议"。我不知道这些"抗议"的意义在哪里。但是在福斯特先生的评论和麦克奈斯先生的评论的对比中,一个了解大战的人和一个对它几乎没有任何概念的人真有天壤之别。事实上,在1917年,一个有思想的、敏感的人除了尽可能保持人性之外,什么都做不了。

在与福斯特的对比下,左翼诗人的单纯幼稚显得既可笑又可鄙,因为他们不明白,一首关注个人情感的诗比一首直接评论战争之可怕的诗更能传递精神的真相。与麦克奈斯、斯彭德和奥登不同,艾略特"没有公共精神",他的诗歌"继承了人类遗产"。可见,奥威尔与"介入派"作家的分歧,既有政治上的,也有美学上的。奥威尔对奥登团体的思想倾向感到不满,更对其文学创作的动机怀有强烈质疑。或者说,以人道主义为宗旨、保持审美的独立自由的奥威尔,反对将政治信条和苏联崇拜置于首位、将艺术当成传声筒的奥登,后者将狭义政治目的凌驾于文学创作之上的作风与"把政治写作变成艺术"的理想水火不容。

---

① 详情见第二章第三节。奥威尔和奥登诗人们虽然同到过西班牙战场,但是奥登、斯彭德和海明威等参加的是安全的国际纵队,没多久就回来了,而奥威尔则在阿拉贡前线战斗数月,直至喉部被打穿才退回巴塞罗那休养。更为重要的是,他在前线为反法西斯的事业而战,却身陷本阵营内部政治斗争的漩涡,险遭暗杀。这段经历让他看清了奥登们所崇拜的苏联的真面目。早在1937年回复《左翼评论》的问卷调查中,奥威尔就怒斥他们为"娘娘腔诗人"(nancy poets),既排外又虚伪,并在《威根苦旅》中讥笑奥登是"胆小的吉卜林"。尽管他后来收回了这句评语,但他对"牛津帮"一直抱有成见。不过,在结识斯彭德本人之后,奥威尔立即与他成为了好友,没有再在公开场合用过"娘娘腔"一词。有论者认为奥威尔对奥登们的抨击与后者的性取向有关,但是奥威尔对王尔德并无偏见:"我特别喜欢《道林·格雷的画像》,虽然它有些荒诞。"可见奥威尔并非如此狭隘之人。评论家们对奥威尔的抨击莫衷一是,例如,利维斯夫人支持奥威尔,而豪则认为奥威尔过于偏激。总之,奥登很快修改了《西班牙》的用词,晚年也拒绝将《西班牙》收录到作品集中。这番修改是否与奥威尔有关,克里克认为,现在已无从判断。但是,奥登本人对奥威尔的批评是坦然接受的。他在1962年给友人的信中说:"回来以后,我不愿谈论西班牙,因为在那里的所见所闻让我觉得心烦意乱。其中一些事,乔治·奥威尔在《向加泰罗尼亚致敬》中描述过,如果让我写,我写不了这么好。"1971年,奥登回忆奥威尔时写道,"今天,读到他的评论,我的第一个想法就是:哦,我多么希望奥威尔还活着,这样我就可以知道他对当代事件的看法了"。这些事件包括毒品、工会、节育、民族化、学生游行等。奥登说:"我不知道他(奥威尔)会说些什么,我只知道他的想法值得一听。"由此可见,奥登对奥威尔是相当认同的。1939年移居美国后,奥登作品中的政治色彩尽褪,宗教禁欲色彩越来越浓厚,也许这正是对年轻时"介入"政治的厌倦和反拨。"政治诗人"实际上是他最为抗拒的标签。

对文学的审美态度和政治态度，都是一定时期社会氛围的体现。在两次大战之间的时代，奥登们选择了从一个极端走向另一个极端。而对奥威尔来说，"艾略特们的政治太冷，而奥登和斯彭德的又太热"，象牙塔和党派机器都是不可取的，就像"神父和政委"都不可取一样。"将政治写作变成艺术"就是奥威尔在这两个极端之间设想的"第三种选择"。这种政治与艺术兼顾的立场"作为一种批判分析现代世界的方式"，后来被特里林用"真相的政治"一词加以概括。

特里林以"真相的政治"为题为《致敬》作序，利维斯夫人也充分肯定该作。她把奥威尔在西班牙战争中扮演的角色描述为"批评家参与者"，并赞扬他具有一种"特殊的诚实"和文学和政治上的"自由立场"。奥威尔承认《致敬》是"政治书籍"，但也强调自己是以"超然的视角和对形式的尊重"在不违背"文学本能"的条件下描述事实真相。但是利维斯夫人也断言，如果《致敬》被写成一部小说会非常缺乏说服力。这个预言五年后被推翻，因为《动物庄园》作为《致敬》寓言化的升华，获得了出人意料的成功，是奥威尔"第一本有意识地试图将政治目的和艺术目的融为一体的书"。经过几年的酝酿，奥威尔终于将复杂的历史事件融进一部简单的"童话"，其独创性显得格外突出。李零在《读〈动物农场〉》（2008）系列文章中解读了小说中对应的历史事件，高度还原了这种深入浅出的优秀。

如果说奥威尔在《动物庄园》中第一次"有意识地"将政治和艺术目的相结合，那么早期的《落魄记》则以不自觉的方式实现了同一目标。如第二章第二节所论，在巴黎部分，奥威尔并没有从内部描述贫困，而是对其进行了一番狂欢式渲染，以强大的喜剧思维使贫穷变得生动可读，满足了读者的猎奇心理，但是在伦敦部分，幽默则被用来进行严肃的社会学分析。奥威尔对俚语、流浪汉生活状况、谋生方式、失业者的过夜问题都专门进行了探讨。巴黎部分的"你"到了伦敦部分更多地变成了"我们"。叙述者不再和读者称兄道弟，而是把自己和流浪汉们视为一个群体，反对和讥讽羞辱他们的上层人士——那些和自己一样的中产阶级读者。巴黎故事之所以有趣，是因为它们发生在英国之外。奥威尔可以营造一种轻松的异国情调，可以泰然自若地讲述自己的经历或者道听途说的奇闻轶事，再进行一番评价和推测，或者干脆一笑了之。伦敦部分则恰恰相反，漫不经心的调侃消失了。在跨越英吉利海峡，从"他乡"回到"家乡"的过程中，叙述者将目光转向祖国，将其置于深沉的审视之下。他抛弃了嘲弄戏谑的口吻，以英式的温馨幽默带读者去了解他们难以想象的苦难。或者说，巴黎部分注重表现手法和艺术效果，而伦敦部分注重文本的目的性和社会意义。也许正因如此，像英格尔这样的读者会觉得与巴黎部分相比，伦敦部分"相当枯燥"。虽然奥威尔是在伦敦流浪之后才去的巴黎，他在书中却把巴黎放在伦敦之前作为一种铺垫。《动物庄园》无疑是政治与文学的合流，而《落魄记》则是文学与政治轮流占主导地位的产物。

总之，在20世纪30年代的左翼思潮的狂飙中，奥威尔与"介入派"作家们分庭抗礼。他坦然接受文学的政治色彩，却义正词严地反对政治对文学的压迫。经过唯美主义运动的洗礼，他绝不会纵容政治恣意妄为，而是力争在时代的漩涡中维持一种平衡。"将政治写作变成艺术"精辟地概括了他的中庸立场。无论如何，在20世纪30年代末放眼文坛时，奥威尔不由心生感慨：三十年代有优秀的诗歌和小册子，而小说"在一百五十年来从没像现在这样贫瘠过"，因为小说是"所有文学形式中最无政府主义的"，因此也最容易受社会环境的压迫。在人人都认为只有宣扬"主义"的作品才是好作品的情况下，小说没有出路。意识形态的强权不仅会造成对事实的歪曲，更会导致文学创造力的枯竭。如何保持文学的独立自由，如何在政治环境中坚持一个作家的操守，是20世纪30年代的作家面临的重大考验。在英国文坛向左急转的旋风中，《北回归线》是一种另类而勇敢的坚持，它让"文学的钟摆"朝一个意想不到的方向摆动，实现了从公共空间向个人空间的回归，也助力了政治与文学的平衡。

第三节
米勒填补的"空缺"

作为20世纪30年代的作家，米勒凭一己之力将"文学的钟摆"推向上一个年代，因此奥威尔将米勒视为上一代作家的继承人，认为《北回归线》的主题和精神氛围"属于二十年代而不是三十年代"。对于20世纪20年代文学的先声《普鲁弗洛克的情歌》，奥威尔与福斯特所见略同：

> 我会像福斯特先生一样，觉得艾略特仅仅是冷眼旁观，并与战前的情感相连，就继承了人类的遗产。在这样一个时刻，读到一个秃顶的中年文人的犹豫是多么令人宽慰啊！和刺刀钻不同！在炸弹、食物排队和招募海报之后，**一个人类的声音**！多么令人欣慰！

人的弱点（比如秃顶的脑袋）终究比冠冕堂皇的宣传更为意义重大。奥威尔非但没有谴责艾略特逃避责任，反而钦佩诗人与眼前的世界保持距离，并由此将普鲁弗洛克与米勒联系起来：

> 我认为亨利·米勒作品中所隐含的消极、不合作的态度是合理的。无论它是否是人们应有感受的表达，它几乎就是人们真实感受的表达。它是炸弹爆炸中的**又一个人类的声音**，一个友好的美国声音，'与公共精神无关'。没有说教，只有主观的真理。

《北回归线》是继普鲁弗洛克"人类的声音"之后在炮火和战争动员中发出的"又一个人类的声音"，与来自收音机或扩音器的公共声音迥然相异。米勒就是一个20世纪30年代的艾略特，是"完全消极"的超道德、非政治的作家，一个"纯粹的约拿"，一个"被动接受邪恶的人"。他与世界"隔着厚厚的鲸脂"，是不合时宜的逆行者，却浇灌出时代文学洪流之外的一朵奇葩。

一、《在鲸腹中》的文学时代背景

《北回归线》是20世纪20年代文学的延续，而支持《北回归线》的《在鲸腹中》则可以被视为20世纪40年代文学运动的一部分。1940年前后，英国文学圈开始了对"介入"文学的反动，康诺利主办的《地平线》（*Horizon*）杂志就是这场反动的前沿阵地。"我们的标准是审美的，我们的政治被搁置"，这是康诺利1940年3月为《地平线》创刊号撰写的著名发刊词[①]。早在1939年10月，即战争开始一个月后，康诺利在《象牙庇护所》（*The Ivory Shelter*）一文中就向作家提出了"远离战争"的建议。他坚称，在叶芝、艾略特、福斯特和伍尔夫的作品中"寻找我们的战争目标的明确定义、对普鲁士发动攻击或与上一次战争进行任何关联都是徒劳的"，作家们应该利用这个机会专注于"抽象的、深奥的事物和能够挖掘他们思想情感的纯粹技艺"。尽管《地平线》上有几篇文章确实讨论了战争，但康诺利1940年5月称战争"占据的篇幅很小"，作家应该挖掘"精神可能性"，认为赫胥黎、赫德、艾略特、伍尔夫、乔伊斯、普雷斯利甚至威尔斯都采取了这样的态度，奥登和斯彭德的新诗中也有"深化的灵性意识"。同时，康诺利评价艾略特的新作《东库克尔村》（*East Coker*，1942）作为本世纪最优

---

① 为《地平线》经常撰稿的有"奥威尔、沃、安格斯·威尔逊、奥登、斯彭德等"。

秀的长诗之一，证明了这种精神退避策略的合理性。当然，也有人对针对《地平线》提出的高雅审美标准提出疑问，认为它应该表明某种"立场"和"严肃的目的"。康诺利的回答是："我们认为，对社会现实主义的反动是必要的，也是有益的，就像上一代人对象牙塔的反动一样。"

因此，20世纪40年代的英国文坛和20世纪20年代一样，也发生了一场艺术转向，但是时代背景和意义全然不同。20世纪20年代的作家既是骄傲的传统继承者，也是通过继续推行艺术至上的理念实现艺术反叛的先行者。这股幻灭的潮流，如奥威尔所言，发生在一个相对安逸的时代，是主动的，也是超然的。然而，20世纪40年代的转向从某种意义上来说是作家们被动的应激反应，艺术不再是反叛的阵地，而是实现精神逃遁的庇护所，这种姿态同时也是对20世纪30年代泥沙俱下的"介入"思潮的拨乱反正。这种怀旧的、精英主义的甚而是悲观的态度因由国家命运的前途未卜而被赋予了悲壮色彩，对战时迷茫和动荡的人心产生了一种奇异的聚合力，因而显得意义重大。或者说，这种在战争时刻为文学艺术争取独立空间的努力，为因经济紧缩和战争破坏而陷入低迷的英国文化提供了关键的支撑。在大不列颠生死攸关之际，康诺利的文学主张顶住了"政治"的压力。在一轮一轮轰炸的夹缝中，在左翼宣传的狂飙呼啸而过之后，审美情怀得以存续。对于康诺利的主张，奥威尔当然是支持的，他在1940年初给友人的信中表示"他们（康诺利等人）正试图摆脱该死的政治牢笼，时机也正合适"，这与《在鲸腹中》的立场一脉相通。在该文的结尾，奥威尔对时代和文学的前景做出预测：

> 几乎可以肯定的是，我们正进入一个极权主义的独裁时代……文学至少会经历暂时的死亡。自由主义的文学正在走向终结，极权主义文学尚未出现，亦不堪设想。至于作家，他坐在正在融化的冰山上，只是个不合时宜的人……**和河马一样**在劫难逃。

20世纪三四十年代，当普通的"约拿"们困在政治进程的利维坦中时，当作家成为正在融化的冰山上的"河马"、面临冻死的绝境时，他们该如何存活下来？选择几乎只有有限的两种——"要么听话，要么闭嘴"；要么激进盲目地鼓吹政治教条，要么无视现实。奥威尔将米勒置于"根本看不到现实"的人和"进步主义者"之间，因为他的"重要性"在于他能"避免所有这些态度"。波蒂厄斯遭到了保灵（奥威尔）的批评，但是站在老波蒂厄斯对立面的年轻气盛的"进步主义者"则危害更甚，他们强烈关注现实，以沸腾的革命热情鼓吹"必要的谋杀"，为奥威尔所鞭挞。既然"进步和反动都是骗局"，"建设性"态度和"诚实无欺"难以调和，那么与其像波蒂厄斯们那样如行尸走肉般徒具形骸，或者如奥登们那样追求"进步"，不如随波逐流，像米勒一样做个清静无为的约拿。这样一来，鲸鱼的肚子也就成了唯一可能的选择。

但是，"躲进鲸鱼腹中"的建议被很多论者认为是在鼓吹政治隐遁主义。同时代作家亚瑟·卡尔德-马歇尔的评论充满时代危机的压迫感，他将《在鲸腹中》视为作家"保持中立的理由"，但是在文末还是质疑作家能否真的接受"被拖进集中营"，面对"橡皮警棍"。后来的"新左派"领袖之一 E. P. 汤普森认为，《在鲸腹中》把年轻一代的激进分子变成了幻灭的吉米·波特。这份"隐遁主义宣言将一代人的抱负埋葬……也把为事业无私奉献的精神埋葬"。雷蒙·威廉斯则认为奥威尔"写了一篇支持亨利·米勒消极态度的文章……这是他在他所处时代的危险下为作家开出的药方，但大体上标志着他彻底的绝望"。萨尔曼·拉什迪认为，这番隐遁主义的论证到了 20 世纪 80 年代已经不再适用，现代世界"既没有鲸鱼，也没有安静的角落，无处可逃……"不过，后来拉什迪 1991 年在文集《想象家园》的导言（Introduction to Imaginary Homelands）中承认，自己七年前对奥威尔（以及米勒）的评价也许是"有欠公平"的。瓦莱丽的结论则与上述完全相反，她认为《在鲸腹中》中提出了与保灵相似的观点，即"作家不应该接受世界的现状，而应该用他的作品来抗议"，这是一个明显的误读。即使是奥威尔的坚定崇拜者罗登，也不免陷入某种误解中。他在讨论奥威尔对"运动派"作家的消极影响时说，《在鲸腹中》是在"1940 年黑暗的战争年代"写出来的，"'运动派'作家们忽略了产生这种悲观主义的历史条件，把他的政治立场等同于他的批评对象亨利·米勒'老练圆滑'的退出"，这是不应该的。罗登在主张以历史唯物主义的视角看待奥威尔"悲观主义"的同时，恰恰承认了奥威尔的"悲观"。

总之，20 世纪 40 年代伊始，大不列颠经受了前所未有的战争考验，康诺利以《地平线》为阵地发起了对社会现实主义的反动，这种不合时宜的"搁置"政治的立场构成了与《在鲸腹中》遥相呼应的大背景。该文对未来作出的悲观预测被一代代论者视为奥威尔走向悲观绝望的证明，然而，这样的解读终究太过简单化。对世界做出最悲观想象的人并不必然是"悲观主义者"。托马斯·哈代的作品弥漫着万般皆是命、半点不由人的哀叹,却始终是对社会提出的改良和抗议。叔本华的悲观主义哲学并非消极颓丧的抱怨,而是凝聚了一个强大灵魂真诚洒脱的智慧。米勒这个特立独行的流浪汉从肮脏的尘世看见了人性黑洞的深不见底,也预见了人类文明的万劫不复,他的"隐含的见解"令奥威尔击节赞叹。

二、"隐含的见解"

在《在鲸腹中》结尾,奥威尔指出了米勒的意义,并向作家们提出了追随米勒的建议:

> 米勒不同常人,因为在绝大多数人没有看透这一点(即上段引文中作家像"河马一样在劫难逃")的时候,他就已经看透并表过态了……在所剩无几的言论自由的年月里,任何值得一读的小说或多或少都会追随米勒的脚步——我指的不是技巧或题材,而是**隐含的见解**。被动的态度会回来,而且会比以前更加自觉地被动。进步与反动都是骗局。似乎剩下的只有隐遁——通过服从现实来消除现实的恐怖。躲进鲸鱼腹中——或者更确切地说,承认你在鲸鱼腹中(因为你当然在)。把你自己交给这个世界的进程,别再对抗它或假装你已控制它;简单地**接受它,忍受它,记录它**。这似乎是任何敏感的小说家现在都可能采取的路线……既有积极的、"建设性"的态度,同时在感情上诚实无欺的小说,在目前看来尚难以想象。……伟大的文学作品只有在世界呈现崭新的面貌之后才可能出现。

米勒最直接的意义在于,他没有对现实闭上双眼,而是透过纷乱的现实预知了未来自由的丧失和文学艺术的死亡,洞穿了"绝大多数人没有看透"的现实。在接受了奥斯瓦尔德·斯宾格勒(Oswald Spenglar)启示性的观点以后,米勒感到"在这种趋向没落的文化氛围中无家可归",《北回归线》就是《西方的没落》(*The Decline of the West*)的回响。像斯宾格勒一样,米勒对现实作出了一个残酷无情的诊断——"世界是一个毒瘤,正一口一口地吞噬自己"。他无意影响世界:"这场灾难已露出端倪,我决心什么也不坚持,什么也不指望",但绝非无视世界——"罗马在燃烧,他却在拉琴,而且和其他大多数拉琴人不同,他直面那熊熊火。他深知时代狰狞可怖的真相，洞悉文明穷途末路的宿命，却勇敢地选择了不为所动，"既不推动世界进程向前发展，也不试图阻挡什么，但另一方面，他绝不忽视这一进程"。和奥威尔一样，米勒对外界环境对个体审美自由的妨害尤其敏感，并努力维护个人抵御外部摧残的能力。既然个人无力改变世界，面对主流政治哲学的泰山压顶，漠不关心和随波逐流从根本上就是保持诚实。正是这种保持清醒、毫无虚饰的态度让奥威尔觉得难能可贵。

保灵就是一个奥威尔式的米勒，他博览群书，见多识广，对现代世界的丑恶一清二楚，对即将到来的危险心知肚明。保灵一大早就听到"轰炸机在头顶低飞"，沿着海滨漫步时，他感觉自己像是"梦游者之城唯一醒着的人……我们都在燃烧的甲板上，除了我，没有人意识到这一点……"当保灵咬开法兰克福香肠后，就超越了"表象"的世界，进入"本质"。他已经咬进了"现代世界"，发现了它的"真正成分……肮脏的炸弹在你嘴里爆炸"。这个由"梦游者"组成的"现代世界"里的其他人忙着自我麻痹，他们"就像一个被切成两半的黄蜂，继续吸它的蜜，假装没了肚子也没事"，而保灵坚决拒绝参与其中，也不与左翼知识分子为伍。他唯一的渴望就是活下去，他唯一的安慰就是记忆中的故园。不论是面对"燃烧的甲板"的保灵，还是面对"燃烧"的"罗马"的米勒，他们皆既直面现实又"冷眼旁观"——少年保灵在维多利亚时代的残阳里垂钓，中年米勒在现代文明的终结处游走，他们都是"非政治的、非道德的、被动的人"。可以说，《上来透口气》和《北回归线》都是福斯特所谓的"1939年状态"的演绎——"绝望并没有什么可耻的。在1938至1939年，一个人在小船不沉没的情况下能承受的绝望越多，他就越能完整地活着"。

米勒心满意足地躲在黑暗中一个量身定做的缓冲空间，一个"足以容纳成人的子宫"里，享受舒适、温馨、自在的感觉。无论世事如何，他始终和现实之间隔着厚厚的鲸脂，保持一种"完全漠不关心的态度"。鲸鱼腹中看来就是隐退之处，一个与世隔绝、别有洞天的所在，就像让温斯顿魂牵梦绕的"黄金乡"，或者玻璃镇纸中被大气层包裹的小世界。但是奥威尔话锋一转，"或者更确切地说，承认你在鲸鱼腹中（因为你当然在）"，也就是说，这个纷乱复杂的世界就是一头鲸鱼，一口吞下了所有人，无一人得以幸免，无一人得以独善其身，黄金乡终究只是想象，镇纸也终究不堪一击。唯一能做的就是"接受它，忍受它，记录它"。对于奥威尔而言，"接受"在新的时代有新的含义。如果说像惠特曼这样的

19世纪诗人的"接受"是一种勇敢的甚至是蔑视的姿态,那么米勒在战争背景下的"接受"则是一种对西方文明没落的感知和被动防御,也即罗杰·弗莱(Roger Fry)所谓的"警惕的被动"。尽管米勒看似无动于衷,但事实上,这是因为他"有意识地参与到自己处境的紊乱性质中,并对自己所忍受的社会边缘化状态给予叛逆、无悔和坦然的承认"——米勒对现实的接受终究抱着居高临下的"目的"。

但是,仅仅"接受"和"忍受"还不够,还要以清晰诚恳的文字"记录"。奥威尔实际上在重申知识分子当下的责任,因为"你只有在乎,才会写作"。为什么要记录?因为还有希望,还会有读者!温斯顿在日记中记录那个疯狂的时代,留待来自"未来或过去、思想自由的时代"的人们去了解。而就算没有读者,他也要做"一个孤独的幽灵,说出一个没有人会听到的真理"。记录本身已经成为"保持理智"和"继承人类遗产"的手段。无独有偶,书写和记录也是《北回归线》开篇特别强调的动作:"混沌是记录现实的总谱。你,塔妮娅,就是我的混沌……我还活着,在你的子宫里乱踢,那是书写真实的地方。"不论是被毒瘤吞噬,还是退回到一切的初始,"书写"都不可能停止,米勒就是一个时代活生生的"记录"者。

奥威尔预言,文学会经历"暂时的死亡",死亡固然令人绝望,但是"暂时"这个定语蕴含着置之死地而后生的希望。奥威尔在写下《在鲸腹中》的1939年末就认定,在极权主义急剧扩张、自由受到侵害的时代,政治压迫遮不住自由的光芒,世界并非不可能以"崭新的面貌"迎来希望、艺术和民主的春天——在被冰雪覆盖的冻土下,蛰伏着文学的种子。在1940年对穆格里奇《三十年代》(The Thirties)一书的评论中,奥威尔认为该作最后几章中所表达的绝望"并不完全是真心的","表面上接受灾难"的背后是对英格兰的坚定信念。他和穆格里奇一样,在危急时刻发现自己"终究是个爱国者"。奥威尔可以从穆格里奇"表面上接受灾难"的伪装下分辨出他对国家的信仰,同样,他也可以在米勒坦然的绝望中探测到与另一股与之相反的暗流。当战争和政治狂暴日益逼近,作家日渐沦为庞大国家机器中微不足道的一分子时,唯一恰当而真实的反应就是忠实于自己的无力感。或者说,在个人审美自由被主流文化碾压的境遇下,拒绝一切社会目的、承认作家对世界进程毫无价值的作品才是唯一具有政治责任感的作品。因此,《北回归线》这样的作品以"退"为"进",以绝望保存希望,实现了消极被动的抗议价值，让奥威尔在对 20 世纪 30 年代小说创作的普遍失望中如获至宝。

值得注意的是，奥威尔认为把《北回归线》看作色情作品很不公平。他认为作品的意义不在于"色情描写"，而在于"努力表达事实的真相"，在于"以普通的俗人的经历和视角看待生活的直接尝试"。或者说，奥威尔对小说中充斥的性描写，即使不是极力颂扬，至少也是赞成的。纵观奥威尔本人的作品，对性爱着墨最多的要数九年后出版的《一九八四》。它虽然不像《北回归线》那样充满恣意奔流的肉欲和怪诞浓烈的幻想，却暗合了后者那种危机之中的享乐主义。米勒的"我"与世无争地离经叛道，大肆享受末日前的性疯狂，仿佛烈火中飞升的凤凰。同样，茱莉亚作为"普通的俗人"的代表，对政治漠不关心、纵情性爱，不仅唤醒了迟疑腼腆的温斯顿的性本能，更激发了他的政治感受力，因为那种"动物性的本能"、那种"简单的无差别的欲望"所产生的力量能够"把党撕成碎片"。因此，米勒的享乐主义和茱莉亚的纵欲一样，都被赋予了积极的色彩。奥威尔看重的正是"消极"之书的积极意义——如果温斯顿还没有被送进 101 密室，如果他还能勉强享有一点自由，他大概会躲在某个电子屏幕监视不到的角落里疯狂翻阅《北回归线》。

因此，与其说奥威尔认同米勒的避世，不如说他赞颂的是米勒不同常人的悲观、正视现实的胆量和保持独立思想的决心。保灵就是奥威尔的米勒，一个痛快而勇敢的绝望者。奥威尔对"接受""记录"和对文学"暂时的"死亡的强调意味深长。《北回归线》以彻底的"无力感"实现了被动的抗议，让奥威尔把握到了希望。不仅如此，米勒的享乐主义和茱莉亚的纵欲一样，都被赋予了积极的色彩，就像《普鲁弗洛克的情歌》，虽是人生徒劳的表达，但这表达本身却充满了感染力和生命力。正如克里克所言，《在鲸腹中》虽然是对一败涂地的未来的警示，但也"藏着一条希望的红线"。

三、"分裂的自我"

奥威尔本人既没有被卷入左翼的洪流，也没有像米勒那样推开整个世界躲到鲸鱼肚子里，而是做了一个战争中的行动派。无论是奥威尔的道德气质，还是他生来具有的"面对糟糕现实的能力"，都不允许他对席卷世界的灾难袖手旁观。他积极参与社会论争，不逃避闪躲，也不陷入狂热，并始终拥护他所理解的社会主义和对社会、对普通人的责任感。《在鲸腹中》散文集完成于 1939 年 12 月，出版于 1940 年 3 月，这个时期的奥威尔经历了一次政治立场上的大反转，几乎不亚于他在西班牙经历前后发生的变化。1939 年 9 月之前，奥威尔持和平主义立场，反对帝国主义战争。在 1939 年 7 月发表的书评中，他拒绝为政府服务，因为帝国主义的殖民体系比纳粹"更加庞大，而且同样糟糕"。但是，当纳粹德国 9 月悍然发动战争时，英国各界的情绪发生了巨大变化，奥威尔的立场也发生了变化。他抛弃了早前的和平主义观点，并与反战的独立工党决裂。1940 年 1 月，奥威尔惋惜自己尚未"以任何身份为英国政府服务"，并表示自己渴望为赢得这场战争"出一份力"。奥威尔想方设法加入军队，却因身体方面的问题多次被拒，最终加入了国民自卫队这样的民兵组织，并成为一名颇受敬重的训练长官。随着战争局势的日渐吃紧，奥威尔为国战斗和宣传的立场更加鲜明。他在英国广播公司工作两年，而后担任了《论坛报》（*Tribune*）的主编，欧洲战事刚刚结束即刻赴德国考察，未有一刻停歇——这一切都不是一个"政治静默"之人的作为。

当战争的乌云迫近，文学与政治的天平严重地偏向政治一端时，米勒是扭转失衡局面、维护"中间派"立场的一块极具分量的砝码，"填补了 20 世纪 30 年代过于政治化的文学所存在的空缺"。但是，当米勒始终以不屑一顾、桀骜不驯的姿态游荡在现实的边际时，世界却早已打破了"1939 年状态"，奥威尔也从曾经支持他的位置走出了很远。在 1946 年 2 月的《文字与米勒》一文也即最后一篇米勒评论中，奥威尔批评米勒在《黑色的春天》之后所写的作品都陷入了空洞贫乏之中。其新作《宇宙哲学的眼光》尽管表面上看起来神秘深奥，其实并没有切实的含义，很多他惯用的"华而不实"的表达背后是"思想的平庸""反动""寂灭的虚无主义"。米勒的世界观就是"不对任何人负责"和"不对社会负任何责任"。对于一个浪子而言，这本无可厚非，《北回归线》就是"最好的态度"，它"最大的优点就是没有任何道德可言"。但是一旦要对战争和革命等重大事件发表意见，米勒的这种诚实就"不够"了。在战后新的时代背景下，浪子也有义务心怀天下。

在 1948 年的《作家与利维坦》中，奥威尔反问："我们是否必须得出这样的结论：每个作家都有责任'远离政治'？"这与《民族主义札记》（*Notes on Nationalism*，1945）和《文学的阻碍》（1946）中表达的观点一样，答案是明确的："当然不是！"奥威尔承认"政治对文学的入侵"，极权主义的利维坦必须遭到抵抗，"远离政治"绝行不通。但是，参与政治的前提条件是，作家公民将自己一分为二，"文学"的自我依旧保持纯洁：

> 我们应该更清楚地区分我们的**政治忠诚和文学忠诚**，并且应该认识到，愿意做某些令人厌恶但必要的事情并不意味着有义务全盘接受它们通常包含的信仰。**当一个作家从事政治活动时，他应该作为一个公民，作为一个人，而不是作为一个作家。**我不认为他有权利仅仅凭他的感性来逃避政治上的普通肮脏工作。和其他人一样，他也应该准备好在通风的大厅里讲课，用粉笔涂写路面，游说选民，散发传单，甚至在必要时参加内战。但无论他为自己的政党做什么，他都不应该为此而写作。他应该清楚地表明他的作品与此毫不相干。

1939 年"躲进鲸鱼腹中"的建议到了 1946 年变成了"分裂的自我"这样两可的主张："政治忠诚"（日常意义上的政治参与）和"文学忠诚"（反映精神活动的写作），二者应该区分开来。在从事"肮脏工作"的同时保持精神的一尘不染，把作家分为"政治的人"和"文学的人"，这也许是奥威尔无奈的妥协，他自己也承认这是"一种痛苦的窘境……"，一种尴尬的随势而动。但是另一方面，这种分裂也是必要的，因为"把自己关在象牙塔里是不可能的，也是不可取的"。在艺术与现实、文学与政治的矛盾尤为尖锐的时代，"分裂的自我"是一个不愿为意识形态宣传所裹挟的作家的选择，也是他从未逃避使命、独善其身的证明。尽管"分裂的自我"立场后来被威廉斯嘲讽为自我流放的破产，但未必不是一种文学与政治的新平衡。阿尔伯特·加缪（Albert Camus）与奥威尔同声相应。他在散文集《西西弗斯的神话》（*The Myth of Sisyphus*，1942）的《艺术家与他的时代》一节中论道：

> 昔日的艺术家面对暴政苛律尚能默默不能言；如今的种种暴政却变本加厉，但却也容不下沉默和中立了。你须有个立场，要么赞成，要么反对。……**作为艺术家，我们或许无意干预世间之事。然而作为人类，我们自然无法避免卷入其中**……我衡量一个艺术家（莫里哀、托尔斯泰、梅尔维尔）是否伟大，其标准就是他是否有能力在这两者（**文学和政治**）之间保持平衡。

和奥威尔一样，加缪也主张作家在"艺术家"身份与"人类"身份即"文学忠诚"与"政治忠诚"之间保持平衡。实际上,两人在20世纪40年代缔结了友谊,并在1945年2月相约共进午餐,但是加缪因为身体原因未能赴约①。奥威尔有可能影响了加缪对艺术家责任的思考,但是米勒似乎并不为所动。对他而言,"鲸鱼腹中"这样一个所在本就毫无意义,因为他终日陶醉于自由自在的流浪世界,蔑视一切形式的束缚。他拒绝与任何国家或民族产生联系,以确保自己的自由:"在法国好吗?真是好极了……不过我不是法国作家。我应当讨厌成为法国抑或德国抑或俄国抑或美国作家……我是一个宇宙作家。"米勒也蔑视一切形式的责任:"任何想给生病的同胞定期开药并靠此谋生的人,使历史滑稽剧得以延续的人,都是不让我们了解天堂或地狱的卑鄙的小人。""给同胞定期开药"让人想起威廉斯所谓的奥威尔的"药方",而"卑鄙的小人"指的是谁,我们不得而知。唯独可以肯定的是,米勒与"终究是一个爱国者"的奥威尔在国家信念上完全背道而驰。早在1936年,奥威尔在去西班牙前线抗击法西斯的途中曾拜访米勒,米勒觉得这种以身试险全不值得,尽管如此,米勒祝他好运并送了他一件皮夹克,以备不时之需。对自己的国家尚缺乏归属感,那么冒着生命危险不远千里去保卫别的国家就更非米勒所能理解了。后来在《巴黎评论》的访谈中,米勒回忆说奥威尔是个不错的人,但却是个"愚蠢的理想主义者"和"一个有原则的人",而这种人让他觉得"无趣"。

综上,如果说20世纪30年代末米勒填补了过于政治化的文学所存在的"空缺",那么经历战争之后,奥威尔不再支持浪子的游荡。"躲进鲸鱼腹中"的建议变成了"分裂的自我"的新平衡,这是一种"痛苦的窘境",也是奥威尔直面现实的选择。加缪与奥威尔所见略同,米勒却始终对奥威尔的"理想主义"不屑一顾。虽然奥威尔的一腔热情似乎终究错置,但是,奥威尔的热情并非献给米勒,而是献给自己的态度和立场。或者说,米勒是否认同奥威尔的看法对于奥威尔来说并不那么重要。他的道德责任感和积极的社会意识使他忽视了米勒夸张绚丽的文字背后的"宇宙"视野,而"隐含的见解"则像一道幕墙,遮住了米勒竭力想要表达的精神真相,使其沦为奥威尔表达自我的朦胧背景,毕竟,"一个作家在谈论别人的时候,其实是在谈论他自己"。

---

① 迈耶斯在《奥威尔:一代人的冷峻良心》中描述:"他(奥威尔)还与法国作家有过一些接触,这些作家与他有相同的政治观点,并曾参与过抵抗运动。他曾约与阿尔伯特·加缪在德克斯马戈特球场共进午餐,但他比奥威尔病得更厉害,未能赴约。"

第四节
公共话题的三种书写

利维斯夫人认为奥威尔缺乏小说家的天赋，对于这一点，奥威尔颇具自知之明。在1934年给布兰达的信中，奥威尔承认自己"可以写一些像样的段落，却没法把它们糅合在一起"。到了1948年给友人的信中，他依然没有找到解决问题的办法，他觉得自己"算不上"真正的小说家，他一直感到困惑的问题就是"一个人有丰富的经历，也很想把它们写下来……为了充分利用这些经历，只能把它们伪装成小说"。不过，奥威尔也承认小说的好处正在于其形式的灵活性："旧日记的片段，在街上偶然听到的谈话片段，未出版的诗歌，关于政治或生活的专论，从植物学到锡矿开采等等所有话题的所有信息，只需要一点小小的技巧，都可以被用到小说里去。"看来，奥威尔在评价狄更斯有着"糟糕的建筑结构、出色的细节雕琢"时也在评价他自己。

确实，奥威尔的小说中常常会插入大段完整而独立的段落。突然变化的视角和突兀的过渡语都表明，奥威尔有时候无法将文字片段不露痕迹地融入小说整体构架中，而是任由其游离在整体之外，例如《上来透口气》中左翼书友会的演讲，《一九八四》中戈斯坦因的著作节选，《牧师的女儿》中特拉法尔加广场的游荡等等。同时，情节的推动往往要依靠巧合和机械降神的逆转，例如缅甸的地震、多萝西的突然失忆和戈登从天而降的支票等。连赞颂奥威尔艺术造诣的桑德斯也承认，奥威尔的那些有着各自缺陷的主人公们在某种意义上都是自己的机械降神。奥威尔有时直接越过人物，从自己的视角讲述故事或发表观点。例如，多萝西眼中的"苍白、特别扁平的妻子，看上去像是被某种沉重物体的压力压扁了——也许是她的丈夫"，这完全属于成熟的男性叙述视角，而不是紧张不安的年轻女子该有的想法。也就是说，人物被叙述者完全覆盖。《缅甸岁月》中的弗洛里和医生之间的谈话内容大都和英国有关，而不是医疗工作或缅甸的生活。在非小说作品中，奥威尔也常常困在自己的视角中。《射象》和《绞刑》等文虽然以缅甸为背景，但其主题与其说是缅甸人遭受的奴役，不如说是殖民工作对帝国官员心理的扭曲，重点在于作者这个英国人的心理感知。在哀叹北非土著人的渺小存在之时，也许"没有注意到他们不见了"的"人"只是和奥威尔一样的白人而已。

尽管奥威尔一直怀揣文学的初心，常常以现代派作家为榜样，但是他并不擅写个人话题，正如他不擅使用象征和隐喻这样的技巧一样。例如他用"叶兰"来代表戈登对中产阶级价值观的感知，就将一种模糊不定的心理状态简单化了。也许是对"平凡的细节"过于重视，奥威尔常常选择一成不变的、不会侵入精神世界的象征物。或者说，奥威尔的想象力被他对事实的倚重、不断想要总结、教育和说服的冲动牢牢地绑定，因此个人话题因为不自觉地"用力过猛"变成了公共话题。或者更确切地说，公共事务才是奥威尔极感兴趣的话题，也是他"政治写作"的重要内容。个人经历与怀旧情感在奥威尔笔下都是极具公共话题功能的，而奥威尔的谈话式文体风格也为读者参与公共话题讨论提供了便利条件。

一、个人经历的公共书写

如奥威尔在《在鲸腹中》中所论，安全的个人空间和残酷的公共现实之间的差别和冲突是20世纪30年代文学活动的主要内容。海恩斯也将公共生活和个人生活的分裂、社会现实的破坏性因素与个人生活的安逸趋向之间的矛盾视为其论证基础。《奥登一代：20世纪30年代英国的文学与政治》以奥威尔的诗歌开头，并以其随笔结束，足见他是"奥登一代"视野中举足轻重的人物，而这很大程度上是因为公共话题的能量在他的个人经历或人物描写之中得到了最大程度的释放。

20世纪初，亨利·詹姆斯（Henry James）和H.G.威尔斯之间展开了关于"社会的"和"审美的"的著名论争。詹姆斯在《小说的艺术》（*The Art of Fiction*，1884）一文中回顾了19世纪小说的基本叙事传统，论证了变革的必要性，并预见了现代主义和后现代主义。詹姆斯最终获胜，英国现代小说的伟大传统也随之形成。现实主义或社会政治小说遭遇贬斥，维多利亚时期与现代主义时期之间的爱德华时代的作家遭到了边缘化，因为他们是"物质主义者"而非"精神主义者"。洛奇坚决为威尔斯辩护，并指出维多利亚时代的读者把《托诺-邦盖》（*Tono-Bungay*，1909）这种小说称为"英格兰状况小说"，这个名字常常被用来描述那种试图以小说的方式表达和解释英国社会在某个经济、政治、宗教和哲学革命时代不断变化的本质的小说。由此，威尔斯的个人主题就被统一到公共

主题的大背景中去。这番辩护也适用于奥威尔,尽管奥威尔比威尔斯在取材上更为激进。在巴黎版《落魄记》导言中,奥威尔声明:

> 除了像所有作家一样对素材进行筛选之外,我没有夸大任何东西。我不认为我必须按照事件发生的确切顺序来描述事件,但我所描述的每件事都是在这个或那个时间里发生的。同时,我尽可能避免为特定的某些人描画肖像。我在本书的两部分中描述的所有人物更多的是作为他们所属阶层的**巴黎人或伦敦人的典型代表,而不是作为个人**。

也就是说,叙事材料由于审美和修辞的原因被重新编排,因而并非严格意义上的事实,而个人形象也是仅仅是"代表",而非丰富传神的"肖像"。正如奥威尔在《落魄记》开头所说,他的贫民窟是"代表性的",他写的"就是贫困",他介绍的人都是"样本"。同样,在《威根苦旅》回忆个人经历的部分,奥威尔声明:"如果我不认为我在本阶级中或者更确切地说是亚阶级中具有足够的典型性,我是不会把它写出来的。"尽管奥威尔的作品具有明显的自传色彩,但是正如迈耶斯在《奥威尔:一代人的冷峻良心》中所说,奥威尔几乎很少谈论自己生活的细节。他不愿意沉溺于个人问题之中,因为这些太个人化的问题不具代表性,因而不值得写。《让叶兰继续飘扬》中戈登的成长经历与《威根苦旅》中奥威尔的自我描述十分相似——父母重男轻女,对儿子寄予厚望,但是儿子却深深地憎恶父母,因为正是他们把他送到寄宿学校饱受冷眼和势利教育之苦。成年的戈登想沉入"没有希望、恐惧、雄心、荣誉、责任"的底层世界,正如奥威尔下决心要走出体面的世界,去"触底",惟其如此,"一部分罪恶感就会从我身上消失"。这些都是极具公共话题功能的素材。同样,《缅甸岁月》中,弗洛里与伊丽莎白的无望之恋与由吴波金挑起的种族对立缠绕在一起,也就是说,奥威尔不可能让个人危机(两性关系)脱离公共危机(种族关系)独立存在。《上来透口气》更像是关于英格兰过去、现在与未来的思考,而不是一个"圆形人物"发展变化的故事。有论者认为它"一部分是小说,一部分是回忆录,一部分是关于流行文化和男性阅读品位等奥威尔式常见主题的报道"。或者说,奥威尔写的不是人物和举止的小说,而是观念和思想的小说。同样,尽管与《我们》的主人公 D-503 相较而言,《一九八四》的主人公温斯顿显得普通得多,他不具备丰富的想象力和创造力,却更具代表性。对于他最终陷入精神荒原的结局,读者更能产生强烈的共鸣，因为一个普通人的失败就是读者自身的失败。或者说，个人的危机与困境折射出时代的公共话题，个人的失败就是普遍失败的象征。

但是，普通人描写只是看似简单而已。奥威尔面临的创作难题在于，重要的政治话题可能不具有审美吸引力，而这种吸引力又是保持和拓展读者群的重要因素。因此人物必须足够个性鲜明，以吸引读者，但也必须足够普通，以代表社会的大部分群体。想要在共性与个性之间获得平衡，扁平人物就起了关键作用。和狄更斯一样，奥威尔的"扁平"人物极富喜剧功能。正如福斯特所言，"喜剧性的扁平人物最能讨巧"。他们特征鲜明、一成不变，一望便知。奥威尔赋予了他们以代表性，同时也避免了泛泛而谈的脸谱化描述。例如，在《落魄记》第一章中，叙述者大致介绍了旅馆里的一群"怪人"，有卖"色情"明信片的侏儒夫妇，有一次次陷入爱情闹剧最终变得"一言不发"的下水道工，还有装着一只玻璃义眼却不肯承认的罗马尼亚人等。他们构成了一个"扁平人物"的画廊。《缅甸岁月》中阴险毒辣、以挑动种族矛盾为自己牟利的吴波金，《让叶兰继续飘扬》中苦苦维持寒酸的中产阶级生活的戈登的姐姐，《上来透口气》中唠叨的妻子希尔达和被贫穷困苦折磨得面目全非的女人，这些人物构成都是某些人群的典型代表。实际上，扁平人物也是奥威尔钟爱的男生杂志的制胜法宝。在这些故事中，场景、人物和情节都是作者不厌其烦、不断重复地勾勒出来的，每个人物都具有醒目的特征，比如邦特的肥胖、达西（D'Arcy）的单片眼镜、因基（Inky）的粗鲁等——"扁平人物最大的优势之一就是不论他们何时登场，都极易辨识"。他们固化的形象非但没有削弱现实主义的效果，反而使其得到了强化。

不过，奥威尔小说的主人公则与这些次要人物不同，与其说是他们是扁平人物，不如说他们是被动人物。尽管奥威尔本人像唐·吉诃德那样积极入世，但他笔下的人物却颇具哈姆雷特忧郁厌世的气质，他们大都被动、拘谨、犹豫，被孤立在一种压抑的气氛中。对于生活的弊端，他们无法置若罔闻。但即使身体和精神上都陷入了困境，他们也几乎从不主动对周围的人采取任何积极有效的行动，他们在失落的悲怆中退守个人的精神世界，独自寻求生存的依据。而每当他们试图采取行动时，其结局通常是徒劳无功，笼罩着宿命论色彩，甚至弥漫着死亡的气息。他们的个人经历是公共环境压迫下的羸弱自我的演绎。

《缅甸岁月》中的弗洛里渴望在异乡找到一个相似的灵魂，却只是在追逐一个无法实现的美梦。弗洛里根深蒂固的理想主义与伊丽莎白狭隘势利的自我中心主义格格不入，二人貌合神离，无法沟通，就像别祖霍夫和海伦、利德盖特与罗莎蒙德、查尔斯和艾玛·包法利一样。弗洛里无法承受对方的鄙视与冷漠，又在维护"白人老爷"身份和跨越种族界限、与当地人建立真正联系的矛盾中迷失自我，最终走向毁灭。《牧师的女儿》中的多萝西是一个小杜丽式的人物，是父亲自私行为的牺牲品。但与小杜丽不同的是，她缺乏自信和气度，无法摆脱她那毫无意义的日常生活，中产阶级身份使得她无法真正打破阶级的壁垒，而失去信仰更让她无所适从、迷茫困惑。《让叶兰继续飘扬》中的戈登是个在艺术与现实的矛盾中苦苦挣扎的青年艺术家，和弗洛里、多萝西一样存在虚无主义倾向。戈登将生活视为一个千疮百孔的笑话，而他自己则像行尸走肉，困在从绝望到自信再回到绝望的徒劳的循环往复中。保灵似乎有些与众不同，他摆脱了弗洛里的绝望和多萝西的迷惘，也不似戈登那般愤世嫉俗，肥胖的身材让他性情豁达、随遇而安。但是，保灵钟爱的钓鱼活动恰恰是一个人的独处，是社交性最弱甚至是反社交的，也是传统和怀旧的。因此，保灵这个"普通的俗人"说到底也是孤独和被动的。温斯顿汇集了早期人物的许多特征。他像多萝西一样失去了信仰，像弗洛里一样被内疚感折磨，像戈登一样厌恶口号的世界，像保灵一样怀念旧日时光。他孤独、虚弱、压抑、内省、恋旧，与环境貌合神离，怀着对精神自由和政治清明的渴望，追求心中理想的幻火，却最终丧失心智①。在早期散文《射象》中，叙述者"我"也是一个典型的被动者，拿着枪站在手无寸铁的缅甸人面前，表面上是"这个场面的主角"，实际上只是一个"可笑的傀儡"，被"黄面孔的意志来回推搡着"，成了一个"空心的装模作样的笨蛋"。"我"表面上拥有权力，实际上却被无法控制的恶意力量所驱使。"主角""傀儡""笨蛋"等讽刺之语无疑表明，在"我"感到软弱无力、担心出丑的那一刻，就已经成了被众人摆布的玩物。叙述者的行为和反应充分说明集体意志如何迫使个人放弃自己的判断。这种对自我的否定就是奥布莱恩在友爱部里对温斯顿进行再教育的目标："你在过去和将来都会被抹除。你从未曾存在过……你不存在。"虽然温斯顿得以幸存，但他已不再是人，他变成了残废，失去了做梦的能力，甚至不再希望逃脱。这是自

---

① 桑德斯的观点与笔者相反，他认为："在弗洛里之后，奥威尔放弃了这种以死亡告终的结局，扭转了主人公的消极形象；多萝西的成熟和幽默使她不再是一个总是煽动怜悯之心的老姑娘；戈登终于从长期的自恋和反社会的沉睡中醒来，看到自己只是芸芸众生中的一员；保灵很可能会打破一生的习惯，与妻子开始真正的交流；温斯顿·史密斯学会了认同他以前所鄙视的'普通人'的内在人性，这表明他的失败只是外在的和社会的。这些更加乐观的结局……"笔者认为，这些人物的结局不是"乐观的"，而是黯淡的。

我不可逆转的瓦解和个人意志不可挽回的丧失。这些人物和米勒的主人公一样被动、孤独、不合作，却缺少桀骜不驯的勇气和一败涂地的决心。他们试图维护自己的独立，却被强大的力量粉碎，无一例外地屈从了群体的意志，个性被抹除，情感被吞没，困在利维坦中无法脱身。奥威尔以小说的形式展示了他在《在鲸腹中》等文中描绘的可怕未来——思想自由将成为"一种致命的罪恶，一个毫无意义的抽象概念"，个人将被"逐出存在"。

总之，奥威尔的兴趣和特长不在描绘特定背景下特定人物的性格和情感以及特定社会中的人际关系，而在于通过对现实的加工来达到分析社会问题和倡导政治变革的目的，并力图将想象性的文学目的与传达信息为主的政治目的相协调。扁平人物是奥威尔的惯用手法，而他小说的主人公与其说是扁平的，不如说是被动和内省的。如果说米勒笔下的边缘人挣脱了社会意识的地心引力，实现了自我意识的飞升的话，奥威尔呈现的就是个体的自由生命力、现实感知力和理性选择力的下降过程。或者说，即使是纯粹的个人经历书写，也必然指向公共意义。

二、怀旧书写

奥威尔是"一个热爱往昔的革命者"。特里林把奥威尔比作"当代的威廉·科贝特和威廉·哈兹里特"，奥威尔的激进主义和科贝特一样与往昔和土地相关，"这种对土地和往昔的情感让他的激进主义带上了保守主义的色彩，他的政治观念也因而得以幸免遭到意识形态的破坏"。奥威尔渴望社会革命，也重视与传统文化的延续性，他在政治上是激进的，在感情上是保守的。他的政论小册子《狮子与独角兽》虽然呼吁建立新的社会主义秩序，并提出了一系列改革措施，然而它同时也是对根深蒂固的英国性的歌颂，在精神上是怀旧的。对他而言，"英格兰"也早已不是一个地理或者政治体的概念，而是美好回忆的凝结。这就是奥威尔，一个充当了时代后卫角色的社会主义革命的倡导者。这场后卫行动注定以失败告终，但整个过程令人肃然起敬。

奥威尔对遥远的过去不感兴趣，而是选择在还没有走远的19世纪与20世纪之交寻觅翻找，在旧式流行文化碎片中感受近在咫尺却远隔天涯的维多利亚时代和爱德华时代的气息，重温人道、宽容和正派的理想。可以想见，不论是翻阅流行读物，还是梦回旧日时光，奥威尔的严肃面容总会爬上一丝笑意，深陷的双眸焕发出光彩，紧锁的眉头也终得舒展。实际上，奥威尔所有与传统流行读物相关的文章都浸润在怀旧的情绪中，那是保灵记忆中爱德华时代的无尽夏日，是"你从小就生活其间的世界"。《为 P. G. 沃德豪斯辩护》《男生周报》和《查尔斯·狄更斯》等文都表明保守主义在英国流行文化中仍然具有强大的影响力。奥威尔以对待现代主义作家的方式来解读沃德豪斯作品背后强大的保守倾向，认为他的幽默即使倒退反动，也是令人敬佩的力量；他的人物和作品即使与现实脱节，也一直在记忆的光晕中闪闪发亮，令人向往。《男生周报》呈现的胖男孩比利·邦特的静态世界完全是"1914 年之前的风格，没有法西斯色彩。实际上，它们的基本政治假设有两个：什么都不会改变，外国人很有趣"。它们"始终如一、乐观积极地爱国"，反映了 1910 年左右的世界观。它们的爱国主义"与强权政治或'意识形态'毫无关系，而更类似于家庭忠诚，为把握普通人的态度提供了有价值的线索"。狄更斯是奥威尔心目中美好的、激进的、非军事主义的 19 世纪英国的典型代表，也是他所推崇的正派、公平与美德的化身。即使在 20 世纪 30 年代，普通人"仍然生活在狄更斯的精神世界里"。麦吉尔明信片的内容虽然涉及当代事件，但是"总体氛围"是"极其过时的"，当中隐含的政治观点是一种"激进主义，大约适用于 1900 年"。而奥威尔青睐的夜盗莱佛士的故事则是 1900 年的犯罪小说。

  奥威尔常常从孩子的视角理想化旧日生活。在《威根苦旅》中，他想象着一位酒足饭饱的父亲舒适地坐在壁炉旁读报的场景。《上来透口气》中，保灵历历在目依然是孩提时父亲和母亲的形象：父亲被面粉袋压弯了腰，母亲在厨房里烧锅掌勺。奥威尔的小说也常常与童年有关。《动物庄园》是"童话"，《一九八四》的核心线索之一是童谣，《上来透口气》的保灵踏上了追忆童年之旅，《让叶兰继续飘扬》中插入了戈登的童年记忆。《威根苦旅》和《穷人之死》（*How the Poor Die*，1946）等非小说作品也都与童年相关。童年的读书生活也在诸如《男生周报》《查尔斯·狄更斯》《如此快乐童年》等文中多次出现。奥威尔用一段描写孩提生活的经典段落概括了《男生周报》的精神氛围：

    这一年是 1910 年——或 1940 年，都无所谓。你是格雷夫里亚斯一个脸色红润的十四岁男孩，在刚刚看完一场激动人心的在最后时刻以一个出其不意的进球结束的足球比赛之后，正穿着量身定做的时髦衣服坐在书房里喝茶。书房里生着火，温馨极了，外面狂风呼啸。古老的灰色石头爬满了常春藤。国王安居王位，英镑也没有贬值……我们都开始享用茶点，有香肠、沙丁鱼、松饼、罐装肉、果酱和甜甜圈。喝完茶，我们围坐在书房的炉火旁，把比利·邦特大大取笑一番，然后讨论下周对鲁克伍德队的比赛。

奥威尔好似一个给读者介绍老照片的讲解员，在动情的讲述中忘却了自我，逐渐融入照片，化身为当年的十四岁男孩。开始时穿着"量身定做"的衣服的个人最后全都组成了"我们"，对着共同的话题开怀大笑。奥威尔即使什么也不说，读者的心也情不自禁地融化在旧日的暖意中，不知不觉地加入了"我们"的行列。这幅珍贵的画面再现了往昔的岁月静好，最终"打破了人类生活的孤独，哪怕只是暂时的"。《威根苦旅》中也有一段旧时理想家庭生活的描写："……父亲穿着衬衫坐在火炉一侧的摇椅上阅读赛马总决赛的新闻，母亲坐在另一边缝缝补补，孩子们心满意足地吃着一便士的薄荷糖，狗懒洋洋地躺在碎布垫子上烤火——这是一个美好的场景，只要你不仅能置身其中，而且能充分沉浸其中。"父亲、母亲、孩子和狗，他们分别在各自的典型角色中悠然自得，构成了一幅理想的童年家庭生活场景。在对这幅场景做出一番深情描画之后，奥威尔亲切地转过身来，伸手邀请读者和他共同步入镜头中去。

《上来透口气》表达了对20世纪初传统英格兰生活的热爱。它是送别爱德华时代田园生活的挽歌，是对取而代之的丑陋机器文明的控诉，也是"追寻一种对世纪之初纯真年代的自然美好的回忆：童年、家庭生活和在下宾菲尔德镇的乡村漫步"。保灵尽管外表粗俗、麻木不仁，但内心却饱受"过去的宿醉"之苦。下宾菲尔德大厦后面那个僻静深邃的池塘挤满了大鲤鱼，成了少年保灵一个人的世外桃源。无独有偶，弗洛里在缅甸的丛林中也发现了一个清澈幽静的池塘，这也同样是他远离尘嚣的避风港。在保灵的记忆中，战前的英格兰是一个"煮牛肉和饺子，烤牛肉和约克夏猪，煮刺山柑花蕾羊肉、猪头、苹果派、葡萄干布丁和果酱"的世界，"古老的英国生活秩序不会改变。虔诚的主妇们永远会在巨大的煤场上做约克郡布丁和苹果派，穿羊毛内衣，睡在羽绒上，七月做李子酱，十月做泡菜，下午读《希尔达家庭伴侣》……"。这种对往昔岁月田园诗般的复刻洋溢着岁月静好的温暖，如约翰·韦恩所言，这一部分"绽放着真实的、自然的想象力的光彩"，是奥威尔的真情流露。和保灵一样，中年的奥威尔在回首往事时，看到的都是质朴的浪漫和美好。那是一个"好国王爱德华统治这片土地/而我是个胖娃娃"的时代。在社会发展的滚滚潮流中，奥威尔保留了对土地和自然的热爱，并对普通而具体的事物、体力劳动和手工制品怀有一种近乎虔诚的崇拜。虽曾长居伦敦，但奥威尔一直排斥公寓生活，并最终搬到北部的朱拉岛（Jura），如愿以偿地归隐田园，尽管那是苦寒之地。

奥威尔本能地抗拒现代生活，批判对进步的盲目信仰和对机器时代的全盘接受。然而，他不是一个勒德分子（Luddite）。他常常在乡村与城镇、保守与进步、农业与工业、自然与机械化之间寻求平衡，不会一味地厚此薄彼，更不会全然无视现实世界。奥威尔从不认为19世纪是一个完美的时代，他承认吉辛的小说证明了现在的时代比过去好得多，承认维多利亚时代晚期和爱德华时代的缺陷和不公，赞扬王尔德撼动了维多利亚时代道德的根基，也赞同塞缪尔·巴特勒对维多利亚时代家庭中父母权威的攻击。他自己的童年回忆《如此快乐童年》一点也不快乐。尽管如此，面对当下时代的徒劳无益和混乱迷茫，奥威尔本能地养成了回顾的习惯，而且往往把往昔描画得十分美好。保灵并不否认战前的艰难——"总的来说，人们工作更辛苦，生活更艰难，死亡更痛苦"。然而这些状况的巨大补偿是人们所体验到的"一种安全感，更确切地说，是一种连续性的感觉……无论发生什么事情，生活将一如既往地继续下去"。在深情描绘了一幅普通人乡间生活画面之后，保灵叹道："他们以为这就是永恒。你不能责怪她们。就是这种感觉。"奥威尔同样感叹，1914年以前的人们有一个"不可估量的优势"，那就是既不知道战争即将到来，也对战争的真相毫无概念。对灾难毫无防备，避免了焦虑与煎熬，也是一种莫大的幸福。

既然"过去"是现实以外的寄托，是一种精神的庇护所，那么对"过去"的怀念是否意味着对当下的弃绝？奥威尔的态度是矛盾的。在《上来透口气》中，奥威尔就过去的价值和意义问题展开了一番自我论争。保灵虽然怀旧，但他归根到底是一个"俗人"，并不会陷在怀旧情绪中无法自拔，反而把整个关于过去的价值的问题看作是多愁善感，并最终从昨日的梦境返回今日的现实，成为警惕眼前危险的呼吁者。毕竟，大树下的垂钓只属于气数将尽的旧世界。在被炸弹惊醒后，他感慨道："旧生活结束了，四处寻找它只是浪费时间。下宾菲尔德再也回不去了，你不可能把约拿重新塞回鲸鱼肚子里。"《致敬》的最后部分也是对过去的告别，一切都还是老样子，一切"都在英格兰的沉睡中沉睡……只有炸弹的轰鸣才会把我们惊醒"。英格兰必须做好准备，直面没有希腊古典文学和垂钓的世界。

总之，奥威尔是一个保守的革命者，他的保守倾向充分体现在他的流行文化批评、他从儿童视角展开的回忆和对下宾菲尔德经典旧日场景的描绘中。但是奥威尔并未沉醉在过去中不能自拔，《上来透口气》是挽歌，是控诉，更是对可怕未来的警告，正如《一九八四》是对黑暗时代的警告一样。

三、谈话式文体书写

奥威尔的公共话题意识并不能掩盖他作为想象性作家的身份，如福勒所言，"即使是处理工业城镇这样的具体对象，奥威尔也绝对是一个文学作家而非纪实作家"。他对文学作品的评价标准也揭示了这一身份：除了多次申明的不受"道德和意义"影响的"流传"之外，作家是否能够站在人物的内外部也是一个重要标准。在这一方面，乔伊斯是他的标杆："记录普通人的普通生活的书……只能由一个既能站在普通人视角之内又能站在普通人视角之外的人来写，比如乔伊斯就可以站在布卢姆的视角内外。"同样，奥威尔认为狄更斯也能够以内外双重视角同时描绘人物，因此他对《大卫·科波菲尔》（*David Copperfield*）中的人物处理方式赞不绝口："狄更斯能够站在孩子的思想内外，因此同一个场景在不同的年龄阶段读起来感受大不相同，此时读来是一场疯狂的滑稽戏，彼时读来却是邪恶现实的写照。"狄更斯之所以具备这种杰出的才能，是因为他可以在儿童和成人的世界之间来去自如。反之，狄更斯对"工作"的描写则归于失败，因为此时他的视角是单一的和外在的。不论是评价乔伊斯还是狄更斯，奥威尔都一视同仁地运用了双重视角的标准。在他本人的创作中，这种视角的内外流动很大程度上是通过使用第二人称"你"实现的。

康诺利在《承诺的敌手》的第一章《新式白话》（*The New Vernacular*）一节中通过将《威根苦旅》的文本片段与伊舍伍德和海明威作品的文本片段自然而然地合成一个文本，来证明三人的文风一样明晰易懂。海明威和伊舍伍德虽然也和奥威尔一样使用过第二人称"你"，但是三人之间存在明显差异。海明威的"冰山原则"对读者做了八分之七的保留，而奥威尔却完全相反。在纪实作品中，奥威尔注重的是信息传达的准确无误和对细节毫无保留的呈现，读者可以被纳入奥威尔的场景，却被排除在伊舍伍德和海明威的作品之外。虽然都使用了第二人称，但是奥威尔的系统是开放的，海明威们的系统则是封闭的。奥威尔正是通过"开放系统"拉近了与读者的距离，将旁观者变成了参与者与当事人。《落魄记》

和《致敬》等纪实作品正因为详细生动的个人经历再现而变得真实可信。这种随时与读者分享主观感受的谈话式写作风格成为奥威尔纪实性作品、杂文和评论的突出优点，堪称第二人称写作的典范。罗西认为《射象》一文的发表标志着奥威尔已经找到了"自己的声音"，"已经能够与读者直接进行交谈"，这种独特的风格是奥威尔写作生涯的突破，并使得他与众不同。

在《落魄记》中讲述自己的遭遇时，奥威尔常常站在"你"的视角来揭示贫穷的"秘密"："一不小心，你的收入就减少到每天六法郎。但你当然不敢承认……于是你就陷入了谎言之网……你不再送衣服去洗衣店，洗衣女工在街上抓住你问你为什么……烟草商总是追问你为什么烟抽得少了。有些信你想回却不能回，因为邮票太贵了。"奥威尔努力维持中产阶级的寒酸体面，在每况愈下中苦苦煎熬，却最终陷入全面崩溃的局面。通过把他本人的经历变成"你"的体验，奥威尔成功地把读者领进了底层世界。当事人"我"滑向一个泛指的"你"，似乎是在暗示包括中产阶级读者在内的任何人都有可能失去特权，跌落社会底层。也就是说，你——虚伪的读者——我的兄弟——我的同类——有一天可能也会沦落如此！只是奥威尔要比波德莱尔更为委婉，也更容易让人接受。和《落魄记》一样，杰克·伦敦（Jack London）的《深渊居民》（*The People of the Abyss*，1903）的主题也是知识分子如何看待下层阶级所遭受的苦难。不过，伦敦在写《深渊居民》时早已是名声卓著的大家，深入伦敦东区只是一次跳脱出优越生活环境的考察。他分门别类地描写维多利亚时期贫民窟的艰难生活，发表了一系列社会主义思考。奥威尔写作《落魄记》时尚名不见经传，他本人几乎就是贫困大军中的一员，他最关心的就是贫困本身。因此，奥威尔的参与者视角取代了伦敦的旁观者视角，其笔调更没有距离感，也更接近贫困的真相。奥威尔切切实实地置身于落魄的深渊中，从那里仰望蓝天，而不只是向深渊投来关切的一瞥。

在《威根苦旅》中，奥威尔和矿工们一起下到矿井，并通过第二人称"你"带领读者获得最直观的经历，营造一种代入式体验感："煤灰堵住了你的嗓子和鼻孔，蒙住了你的眼睛，传送带不停地咔嗒作响，在那个狭小的空间里就像机枪的扫射。但是矿工们就像是钢铁铸成的一般，丝毫不受影响。"通过把矿工的工作纳入"你的"嗓子、鼻孔、眼睛和耳朵组成的感官体系中，读者就对炼狱般的工作环境有了生动具体的概念。在描述矿工表面健壮但实际长期营养不良的身体状况时，奥威尔给出的证据是他们糟糕的牙齿："你在兰开夏郡得费尽周折才能找到一个牙齿健康的工人",实际上"你几乎找不到这样的人"。以每个英国人"你"都了解的牙齿作为揭露工人阶级生活状况的切入点,这是典型的奥威尔式平易近人的风格。在《致敬》中,奥威尔把自己和同伴们一起在黑夜中向敌人阵地挺近的过程比作"跟踪猎物",又借助"蚂蚁"的比方描绘自己蹑手蹑脚往前挪移的小心翼翼:

> ……只有一百五十码远,但看起来更像是一英里。当你以这种速度潜行时,你会像蚂蚁一样意识到地势的各种变化:这里是一片棒极了的光滑草地,那里是一片讨厌的黏土,这里是必须躲开的沙沙作响的芦苇丛,那里是一堆几乎让你绝望的石头,因为想要不发出一丝声响就越过它是不可能的。

奥威尔将读者"你"的感官植入"蚂蚁"的触角,"你"平时习以为常的"草地""芦苇丛"和"石头"突然间变得非同一般。当这些事物被成百上千倍放大,成为冒险路上的障碍时,"你"紧张焦虑的心情也就不言而喻。同时,普通世界的参照系被切换到蚂蚁的微观世界,读者甚至可以与蚂蚁对巨大障碍物的畏惧之心产生共情,体会到一种身临其境的压迫感。在这些语境中,作者与读者建立了平等而亲密的关系。

奥威尔在对读者以"你"相称的同时,也会把自己和读者共称"我们"。在《威根苦旅》和《男生周报》中的经典怀旧段落,奥威尔都和读者建立了一种亲密、默契和共情的关系,特别是那些和他有着共同回忆的读者们。不过有时,奥威尔也会通过嘲笑自己对工人阶级的无知迫使中产阶级读者认识到自己的无知。当他批评高高在上的社会主义者对工人阶级的傲慢态度时,他也在批评自己。奥威尔如此描述与"拿棍子戳下水道的女人"擦肩而过的一幕:

> 火车经过时,她抬起头来,而我几乎就和她面对面。她有一张苍白的圆脸,一张贫民窟女孩常有的疲惫的脸,因为流产和辛劳,二十五岁的她看上去有四十岁;在这短暂的一瞥中,我看见了最凄凉、最绝望的表情。我突然觉得**我们**所谓'他们和我们不一样'这句话说错了,因为贫民窟里长大的人除了贫民窟以外,再也想象不到别的。

刹那之间,"我"从女人的眼睛里看到她全部的生活。"他们和我们不一样"这句话中的"我们"指的是谁?当然是那些平日里衣食无忧的中产阶级读者。而女人目光中呈现的所有信息都与这份气定神闲相对立，它迫使"我们"这一头的读者睁开双眼，看向"他们"那一头的世界。火车将继续前进，开往宜人的风景中去，"我"也将永远不会再回来。但是这两个世界重叠又分离的奇异瞬间成为奥威尔对北部之旅第一印象的终结，令人难忘，因而也被纽辛格称为"英语语言中反映社会不公的最震撼人心的画面之一"。奥威尔以"拿棍子的女人"警示自己的原生阶级，福勒则认为这位女性本身即是一个意象，象征着奥威尔眼中北方城镇的"堕落和绝望"。

然而，奥威尔的"系统"只在一定范围内对读者开放，他不可能全然开放文本，任凭外界压力侵蚀文学框架。比如，为了保持《致敬》整体的连贯性和完整性，奥威尔把两章详细的政治分析移到了书的结尾。更重要的是，开放的系统在小说作品中弊端显著，它破坏了原本独立的虚构世界，就像电影画面中不小心看向镜头的眼睛，让所有的氛围营造和情绪渲染前功尽弃。伍德考克认为，《让叶兰继续飘扬》之所以不成功很大程度上是因为它"缺乏克制"，奥威尔总是"忍不住过度发表他的观点"。如果说早期小说时不时以第二人称的穿插将读者从虚构世界中抽离，使其被迫聆听作者之见的话，那么后期的奥威尔则非常重视自我克制。《动物庄园》不动声色的天真视角中没有插入任何主观评价，《一九八四》的开篇同样如此。奥威尔从视觉、味觉、嗅觉和触觉等各方面构筑出一幅衰朽的画面：温斯顿顶着"邪恶的风"和"沙尘的漩涡"，爬上胜利大厦那丑陋破旧的楼梯，走进寒酸不堪的公寓，喝了一口油腻腻的杜松子酒，点燃了粗制滥造的香烟，忍受着走廊里弥漫的炖菜的味道。恐怖压抑的氛围自成一体。不需与读者进行任何交谈，不需要只言片语的评论，读者已经知晓了大洋国里普通日常人生活的真相——"老大哥"把控下的真实世界和党派所标榜的完美世界有着云泥之别。

桑德斯在《乔治·奥威尔被埋没的艺术：从〈缅甸岁月〉到〈一九八四〉》中对奥威尔的第二人称叙述视角进行了另辟蹊径的解读，将之推为巴赫金"复调"论的一种演绎。桑德斯以《缅甸岁月》的开头为例。这段引文中，奥威尔不是一个全知全觉的操纵者，而是让人物自己说话。这种叙事手法可以说是对作者权威的放弃，符合一种拒绝全知的总体叙事风格。它成为奥威尔后来小说的一个特点，即"另一个"声音与主人公的声音并行穿插。不论是人物的想法替代了全知全觉的叙述者的声音，还是突然冒出一段不属于人物而是属于作者的调侃，也就是"另一个"声音，都可以形成巧妙的双重声音现象，达到警醒和幽默的效果。总之，随时与读者沟通交流的第二人称写作风格是奥威尔非小说作品的突出优点。通过这一叙事方式，奥威尔在自己与读者之间创造了一个共同的参照系和一套共同的心理预期，作者的叙事权威被这种交谈甚至商量的口吻淡化，变得更容易为读者所接受，作者的经历和体验也更容易引发读者的共情。但是在小说作品中，与读者以"你"相称反而会使虚构文本的独立性遭到破坏，这也是奥威尔早期作品的明显瑕疵。到了晚期作品中，奥威尔不动声色的克制成就了他独一无二的冷峻风格，而他小说中的第二人称在"复调"论的解读下也并非它看起来那样简单。

综上，奥威尔长于文学的社会学批评，有着明晰的政治文学观。针对文学与政治的关系这一复杂难解的命题，他撰写了一组长文，坚持形式与主题批评并重，坚守艺术与宣传的界限，也坚信文学批评应客观公正。批评家奥威尔试图保持审美评价的独立，而作家奥威尔则选择了一条"中间派"的道路。所有的艺术都是作者广义政治态度的"宣传"，但所有的宣传并不都是艺术，"政治"与"审美"都是奥威尔的写作动机。雷蒙·威廉斯所不屑的"政治写作"在奥威尔笔下保持了平衡，成为艺术至上和政治鼓吹之外的中庸之选，也构成了奥威尔文学观的关键内容，而为米勒辩护正是维护这种立场的必然选择。

结语

本书以奥威尔为亨利·米勒的小说《北回归线》辩护的文章《在鲸腹中》为起点论证奥威尔的文学观，对奥威尔的人文价值观、审美认识论和政治文学观进行了探讨。奥威尔和米勒都曾亲历巴黎，共同的流浪经历、相似的贫困书写拉近了彼此的距离。奥威尔对包括流浪艺术家在内的"普通人"怀着执着的信仰，他们的自由精神和兄弟情谊中凝聚着他建立理想社会的全部希望。但是米勒蔑视众生、独自叛逆，奥威尔对此心知肚明。他之所以把《北回归线》纳入普通人书写的范畴，是因为他是普通的俗人的支持者。胖子保灵就是奥威尔的米勒，他大腹便便、随遇而安，继承了利奥波德·布卢姆的粗俗，是波利先生式的"小人物"，和米勒一样拒绝崇高。米勒笔下的肮脏盛宴揭示了人类行为的真相，契合了奥威尔天生的反律法主义，也解释了他对吐温和惠特曼等体现自由主义信仰的美国作家的欣赏。奥威尔在下流的笑话中看到了鲜明的进步色彩，在廉价的明信片中读出了普通人坚不可摧的生命力，在对桑丘之心的解读中表达了人文关怀，并在茱莉亚超越善恶的享乐主义中弹拨出终极的叛逆之曲。以茱莉亚为代表的"俗人"追求的始终是自由意志，圣人则不然。不论是理性的斯威夫特、禁欲的托尔斯泰，还是疯狂的奥布莱恩，抑或虔诚的艾略特，他们都渴望超越凡尘俗世。而奥威尔却是日常生活细节的采集者，对世俗生活的热爱是奥威尔拼命捍卫的自我意识的基础，是高尚的美德，也是探索流行读物最纯粹的动机。他在流行文化的天地中流连忘返，在不经意间开创了英国流行文化研究的先河，以一种最直接的方式弥合了"知识分子和普通人"的鸿沟。

  如果说先锋派作家对米勒的超现实主义风格叹为观止实属顺理成章，那么以"窗玻璃"式明晰晓畅风格著称的"政治作家"奥威尔对之赞不绝口则出人意料地揭示了他作为现代派文学崇拜者的审美情感。奥威尔膜拜乔伊斯表现生活之真实，钦慕劳伦斯洞察人性之深刻，对艾略特早期作品中真诚的绝望击节称赏。在现代主义作家遭受攻击的激进年代，奥威尔铿锵有力捍卫他们的美学尊严。作为曾经脚踏现代主义余波的青年艺术家，任凭外界风云变幻，奥威尔的内心始终留有一份文学的情怀。他没有全然独立于"为艺术而艺术"运动之外,也与王尔德的艺术无用论心有戚戚焉。在对现代主义大师如数家珍的称颂中,奥威尔有意无意地忽视了伍尔夫,并断定题材的局限和与普通人的隔绝使她的作品注定无法流传。虽然伍尔夫主动迎向激进的洪流,并在《在鲸腹中》发表的同一年发表了她的战时宣言《倾斜之塔》,但不论是对奥登诗人的态度还是对文学未来的预测,二人的观点都判若天渊。伍尔夫的左翼思想不为奥威尔所看重,而为法西斯做宣传的沃德豪斯却得到了奥威尔的辩护,毕竟,沃德豪斯的笔下的英格兰才是奥威尔记忆和理想中的英格兰。奥威尔对现代主义文学的拥护与他对传统的留恋相互交织,纵然拒绝现代主义作家的保守主义转向,他还是不愿放弃"从童年时养成的价值观"。《一九八四》中的玻璃镇纸承载了传统的记忆,它的破碎意味着历史失去深度,记忆和时间都被挤成了平面,时间之囚永不得挣脱,作品也由此实现了一种现代主义架构。

以《在鲸腹中》为代表的一系列文章展现了奥威尔"文学的社会学批评"的独创性。奥威尔既主张在艺术上保持在一个道德评判必须退守的范畴,因为压迫它就是压迫艺术家的自由,也主张在道德上保持一个艺术创作不能僭越的界限,因为触犯它就是触犯艺术家的原则。批评家奥威尔试图保持审美评价的独立,而作家奥威尔则选择了一条中间派的道路。所有的艺术都是作者广义政治态度的宣传,但所有的宣传并不都是艺术,政治与审美都是奥威尔的写作动机。雷蒙·威廉斯所不屑的政治写作在奥威尔笔下保持了平衡,成为艺术至上和政治鼓吹之外的中庸之选。20世纪30年代左翼思潮的狂飙并没有撼动奥威尔的立场,而《北回归线》作为一种另类而勇敢的坚持,实现了从公共空间向个人空间的回归。米勒凭一己之力将文学的钟摆推向20世纪20年代,是继普鲁弗洛克之后"又一个人类的声音",也是在文学与政治的天平严重失衡时维护中间派立场的一块极具分量的砝码。不仅如此,《北回归线》实现了消极被动的抗议价值,因此为它辩护的《在鲸腹中》绝非政治隐遁主义的声明。奥威尔本人没有躲到鲸鱼腹中,而是做了一个战争中的行动派,并以"分裂的自我"在战后背景下力图达到文学与政治的新平衡。

总之,歌颂世俗情怀的人文价值观是奥威尔文学观的基础,对现代派文学积极的审美判断和情感拥护是其文学观的必要组成部分,在政治与文学之间采取中间立场的政治文学观是其文学观最关键的内容。由此,研究缘起中所提出的关于奥威尔为米勒辩护的一系列问题也得到了解答,本研究到这里似乎就画上了句号。但是，为了能如导论开篇所言，"给奥威尔的雕像增加新的维度"，可以进一步将这份研究归结为奥威尔的"悖论"。这也是奥威尔批评家们常用的字眼。有的论著以此为标题，有的论者将奥威尔其人其作概括为一个"悖论"。迈耶斯就曾如此描述奥威尔人生经历和性格中的"悖论"：伊顿无产者、反殖民主义警察、中产阶级流浪汉、保守派无政府主义者、批评左派的左派、清教徒色鬼、和蔼的专横者。本研究不仅解释了奥威尔对米勒的辩护与赞赏，也揭开了他与既定形象相悖的三张面孔，构成了一系列"悖论"。

他是"冷峻的良心"，是道德楷模，却对污秽的"禁书"赞不绝口。他被尊为"圣人"，却为"俗人"摇旗呐喊，对圣人理想口诛笔伐。他是激进的流行文化研究的倡导者，却也是保守的文化传统的捍卫者。他以揭露社会恐怖著称，却执着于描写一杯好茶、田园风光和温馨的家庭生活场景。他珍视生命的过程与生活的细节，始终以"腹对地"的姿态丈量世界与人心，却热爱米勒奔向艺术尽头的超现实主义冒险。他是"政治作家"，却以乔伊斯和艾略特为偶像和标杆。他以冷峻的深沉审视极权政治的黑洞，却创作了一部"悲情的长篇自然主义小说"，他的遗稿也终止于创作开始的地方——一部以缅甸为背景的"关于人物而非关于观念"的小说。他青睐现代主义文学，却冷落了伍尔夫。他是革命者，却深恋着往昔。他写了大量的文学批评文章，却对文学批评嗤之以鼻。他以"政治写作"为目标，却义正辞严地捍卫审美的立场。他活跃于20世纪三四十年代，却是为数不多的没有被卷入左翼洪流的作家。他自称属于左翼，却对奥登诗人口诛笔伐。他的"政治"面孔被无限放大，却是政治与文学的中间主义者。他在时代的风暴之眼昂首挺立，却建议作家们躲进"鲸鱼腹中"。

他是一个反叛者、孤独者和苦行者，一个"从荒野归来的施洗约翰"或是理想主义的唐·吉诃德。他也是一个"普通的俗人"，一个日常生活的狂热爱好者，一个机智诙谐、充满烟火气的桑丘·潘沙。他既是好斗的圣乔治，又是"好奇的乔治"。既是知识分子，又是普通人。既关注殖民剥削和极权政治，又热爱钓鱼和烹饪。他是积极行动的唐·吉诃德，也是孤独厌世的哈姆雷特。是执着的英雄、圆滑的俗人，也是堕入虚无的反英雄。他幽默，但并不有趣。他激情澎湃，却又冷峻克制。而即使他愤怒，这愤怒中也没有仇恨。他的脸上经常流露出拉曼却骑士可敬可悲的忧伤。他用清晰朴素的声音写作，在一个复杂的世界里说出了简单的真理，但他绝不仅仅是他看起来那样简单。他离开这个世界已逾七十载，但现在的世界依然接受他的"指导"，或者说，他的意义不仅在于他的过去性，更在于他的现在性。

然而，他若得知自己的一生被好事者概括成了"悖论"这样模糊的字眼，恐怕会深感不安。他倡导让意思选择词语，当词语和意义无限接近，当风格与主题无限贴合，以至于人们意识不到界限的存在时，就达到了探索的终极。他不喜欢复杂的理论或抽象的哲学，他钟爱"正派"和"常识"。他认为知识分子"用那些神秘的实体、命题、对照和综合"一味追求抽象是一种怯懦的逃避，这样的见解始终影响、敲打和警示那些已经或即将陷于"深奥的诱惑"中的人们。

参考文献

一、奥威尔作品全集

[1] Orwell G. Down and out in Paris and London[M]. London:Secker and Warburg,1986.

[2] Orwell G. Burmese Days[M]. London:Secker and Warburg,1986.

[3] Orwell G. A clergyman's daughter[M]. London:Secker and Warburg,1986.

[4] Orwell G. Keep the aspidistra flying[M]. London:Secker and Warburg,1986.

[5] Orwell G. The road to Wigan Pier[M]. London:Secker and Warburg,1986.

[6] Orwell G. Homage to Catalonia[M]. London:Secker and Warburg,1986.

[7] Orwell G. Coming up for air[M]. London:Secker and Warburg,1986.

[8] Orwell G. Animal farm[M]. London:Secker and Warburg,1986.

[9] Orwell G. Nineteen eighty-four[M]. London:Secker and Warburg,1986.

[10] Orwell G. A kind of compulsion(1903-36)[M]. London:Secker and Warburg,1998.

[11] Orwell G. Facing unpleasant facts(1937-39)[M]. London:Secker and Warburg,1998.

[12] Orwell G. A patriot after all(1940-41)[M]. London:Secker and Warburg,1998.

[13] Orwell G. All propaganda is lies(1941-42)[M]. London:Secker and Warburg,1998.

[14] Orwell G. Keeping our little corner clean(1942-43)[M]. London:Secker and Warburg,1998.

[15] Orwell G. Two wasted years(1943)[M]. London:Secker and Warburg,1998.

[16] Orwell G. I Have tried to tell the truth(1943-44)[M]. London:Secker and Warburg,1998.

[17] Orwell G. I Belong to the left(1945)[M]. London:Secker and Warburg,1998.

[18] Orwell G. Smothered under journalism(1946)[M]. London:Secker and Warburg,1998.

[19] Orwell G. It is what I think(1947-48)[M]. London:Secker and Warburg,1998.

[20] Orwell G. Our job is to make life worth living(1949-50)[M]. London:Secker and Warburg,1998.

二、中文参考文献

[1] 加缪.鼠疫[M].李玉民,译.长沙:湖南文艺出版社,2018.

[2] 加缪.西西弗斯的神话[M].闫正坤,赖丽薇,译.南京:江苏文艺出版社,2012.

[3] 王尔德.道林·格雷的画像[M].孙宜学,译.杭州:浙江文艺出版社,2019.

[4] 陈勇.跨文化语境下的乔治·奥威尔研究[M].北京:中国社会科学出版社,2018.

[5] 陈勇.乔治·奥威尔在中国大陆的传播与接受[J].中国比较文学,2017(3):101-119.

[6] 陈勇.关于国内对乔治·奥威尔研究的述评:以20世纪50~90年代的研究为据[J].安顺学院学报,2012(3):20-24.

[7] 陈勇.新世纪以来西方奥威尔研究综述[J].佳木斯大学社会科学学报,2012(4):105-108.

[8] 陈勇.新世纪以来国内乔治·奥威尔研究综述[J].兰州学刊,2012(8):116-120.

[9] 陈勇.奥登诗人团体与乔治·奥威尔[J].温州大学学报(社会科学版),2015,28(5):44-50.

[10] 劳伦斯.查泰莱夫人的情人[M].杨恒达,杨婷,译.北京:北京燕山出版社,2008.

[11] 丁卓.乔治·奥威尔三十年代小说研究(1934—1939)[D].长春:吉林大学,2015.

[12] 福斯特.小说面面观[M].冯涛,译.北京:人民文学出版社,2009.

[13] 伍尔夫.伍尔芙随笔全集(第二册)[M].王义国,张军学,邹枚,译.北京:中国社会科学出版社,2001.

[14] 伍尔夫.存在的瞬间[M].刘春芳,倪爱霞,译.广州:花城出版社,2016.

[15] 伏珊,邹威华.利维斯主义与"大众文明与少数人文化"[J].当代文坛,2014(5):49-52.

[16] 韩利敏.论乔治·奥威尔小说中的怀旧情结[J].河南理工大学学报(社会科学版),2017(1):60-65.

[17] 黑塞.玻璃球游戏[M].张佩芬,译.上海:上海译文出版社,2012.

[18] 黑马.阶级与文学:闲谈奥威尔、伍尔夫和劳伦斯等[J].译林,2001(5):192-195.

[19] 米勒.宇宙哲学的眼光[M].潘小松,译.北京:中国人民大学出版社,2004.

[20] 侯维瑞.现代英国小说史[M].北京:商务印书馆,2019.

[21] 韦勒克.近代文学批评史(第一卷)[M].杨岂深,杨自伍,译.上海:上海译文出版社,1987.

[22] 韦勒克.近代文学批评史(第二卷)[M].杨自伍,译.上海:上海译文出版社,1989.

[23] 霍加特.识字的用途:工人阶级生活面貌[M].李冠杰,译.上海:上海人民出版社,2018.

[24] 李锋.当代西方的奥威尔研究与批评[J].国外理论动态,2008(6):87-91.

[25] 李锋.从社会语言学看《一九八四》中的语言策略[J].英美文学研究论丛,2014(2):23-33.

[26] 李零.读《动物农场》(一)[J].读书,2008(7):109-122.

[27] 李零.读《动物农场》(二)[J].读书,2008(8):123-136.

[28] 李零.读《动物农场》(三)[J].读书,2008(9):69-83.

[29] 李伟长.作为评论家的奥威尔[J].社会观察,2011(11):76.

[30] 黎新华.文学与政治的变奏:论奥威尔的文学观及其政治性写作[J].河北大学学报(哲学社会科学版),2013(2):17-19.

[31] 柳青.作为读者的奥威尔:有关《英国式谋杀的衰落》[J].文汇报,2007-12-15(7).

[32] 伦敦.深渊居民:伦敦东区见闻[M].陈荣彬,译.北京:北京大学出版社,2017.

[33] 考利.流放者归来:二十年代的文学流浪生涯[M].张承谟,译.重庆:重庆出版社,2006.

[34] 美国《巴黎评论》编辑部.巴黎评论·作家访谈:1[M].黄昱宁,等译.北京:人民文学出版社,2012.

[35] 昆德拉.被背叛的遗嘱[M].余中先,译.上海:上海译文出版社,2015.

[36] 聂素民.伦理诉求和政治伦理批判:奥威尔小说研究[M].杭州:浙江大学出版社,2014.

[37] 聂素民.文学伦理学批评视域下的奥威尔小说解读[J].上饶师范学院学报,2019(2):59-65.

[38] 聂素民.从关联理论视角看讽刺的差异:比较《格列佛游记》与《动物农庄》的讽刺效果[J].江汉论坛,2010(10):119-122.

[39] 奥威尔.政治与文学[M].李存捧,译.南京:译林出版社,2011.

[40] 萨特.什么是文学?[M].施康强,译.北京:人民文学出版社,2018.

[41] 孙怡冰.乔治·奥威尔后期作品中的无政府主义思想[D].北京:北京外国语大学,2016.

[42] 艾略特.荒原:艾略特文集·诗歌[M].汤永宽,裘小龙,等译.上海:上海译文出版社,2012.

[43] 陀思妥耶夫斯基.地下室手记[M].曾思艺,译.杭州:浙江文艺出版社,2020.

[44] 王晓华.乔治·奥威尔创作主题研究[D].济南:山东大学,2009.

[45] 王晓华.奥威尔研究中的不足[J].东岳论丛,2009(3):182-184.

[46] 王小梅.女性主义重读乔治·奥威尔[D].北京:北京外国语大学,2004.

[47] 王佐良,周珏良.英国20世纪文学史[M].北京:外语教学与研究出版社,2018.

[48] 佩特. 文艺复兴:艺术与诗的研究[M]. 张岩冰,译. 桂林:广西师范大学出版社,2000.

[49] 仵从巨. 中国作家王小波的"西方资源"[J]. 文史哲,2005(4):67-75.

[50] 亚瑟. 见信如晤:私密信件博物馆[M]. 冯倩珠,译. 长沙:湖南美术出版社,2020.

[51] 许淑芳. 肉身与符号:乔治·奥威尔小说的身体阐释[D]. 杭州:浙江大学,2011.

[52] 徐贲. 奥威尔文学、文化评论的政治内涵[M]//乔治·奥威尔.《政治与文学》. 李存捧,译. 南京:译林出版社,2011.

[53] 姚国松. 试从《动物庄园》谈奥威尔的文学观[J]. 大学英语(学术版),2005(0):279-282.

[54] 严靖. 鲁迅与奥威尔:以文学观念、文学实践和政治意识为视角的比较[J]. 鲁迅研究月刊,2017(12):33-47.

[55] 扎米亚京. 我们[M]. 陈超,译. 上海:上海译文出版社,2017.

[56] 张中载. 十年后再读《1984》——评乔治·奥威尔的《1984》[J]. 外国文学,1996(1):66-71.

[57] 支运波. 生命政治与《一九八四》[J]. 四川师范大学学报(社会科学版),2017(4):106-112.

[58] 班达. 知识分子的背叛[M]. 佘碧平,译. 上海:上海人民出版社,2017.

[59] 邹潇. 乔治·奥威尔文学观研究[D]. 湘潭:湘潭大学,2016.

三、英文参考文献

[1] Alldritt K. The making of George Orwell: an essay in literary history[M]. New York: St. Martin's Press,1969.

[2] Atkins J. George Orwell: a literary and biographical study. [M]. New York: Ungar,1954.

[3] Bloom H. Bloom's Modern Critical Views: George Orwell[M]. New York: Chelsea House Publications,2007.

[4] Booker M K. The dystopian impulse in modern literature: fiction as social criticism [M]. London: Greenwood Press,1994.

[5] Bounds P. Orwell and Marxism: the political and cultural thinking of George Orwell [M]. London: I. B. Tauris,2009.

[6] Bowker G. George Orwell[M]. London: Abacus,2004.

[7] Brzezinski S M. England, Inc.: the corporate reorganization of British modernism,

1918—1956[D]. Durham:Duke University,2007.

[8] Carpenter H. W. H. Auden:a biography[M]. Boston:Houghton Mifflin Harcourt,1981.

[9] Carpentier M C. Orwell's Joyce and coming up for air[J]. Joyce Studies Annual,2012:131-153.

[10] Connolly C. Enemies of promise [M]. London:Macmillan Publishers Limited,1948.

[11] Crick B. George Orwell:a Life[M]. Boston:Little,Brown and Company,1981.

[12] Davidson P. George Orwell:a literary life [M]. New York:Palgrave Macmillan,1996.

[13] Deer P H. "Savage warnings and notations":wartime visions, cultural blackouts and the crisis of British literature, 1939—1949 [D]. Manhattan:Columbia University,2000.

[14] During S. Cultural studies:a critical introduction[M]. London:Routledge,2005.

[15] Durrell L, Miller H. Durrell-Miller Letters, 1935-80 [M]. New York:New Directions Publishing,1988.

[16] Eliot T S, Kermode F. Selected prose of T. S. Eliot [M]. London:Faber& Faber,1975.

[17] Ellis S. British writers and the approach of World War II[M]. Cambridge:Cambridge University Press,2014

[18] Firchow P. Homage to George Orwell[J]. The Midwest Quarterly, 2011, 53(1):77.

[19] Forster E M. Two cheers for democracy[M]. London:Edward Arnold,1972.

[20] Fowler R. The language of George Orwell [M]. Basingstoke, Hampshire:Macmillan Press,1995.

[21] Gessen K. Introduction[M]//Orwell G, Gessen K. All art is propaganda:critical essays. New York:Mariner Books,2009.

[22] Good G. Orwell and Eliot:politics, poetry, prose[M]//Nadel I. George Orwell:a reassessment. London:Palgrave Macmillan,1988.

[23] Good G. Ideology and personality in Orwell's criticism[J]. College Literature,1984,11 (1):78-93.

[24] Greenblatt S. The Norton anthology of English literature, volume F:the twentieth

cebtury and after[M]. New York:W. W. Norton & Company,2005.

[25] Hassan I H. The literature of silence:Henry Miller and Samuel Beckett[M]. New York:Alfred A. Knopf,Inc. ,1967.

[26] Hitchens C. Orwell's victory[M]. London:Penguin Press,2002.

[27] Hammond J R. A George Orwell companion:a guide to the novels,documentaries and essays[M]. New York:Palgrave Macmillan,1982.

[28] Hunt W. Orwel's commedia: the ironic theology of Nineteen Eighty-Four[J]. Modern Philology,2013,110(4):536-563.

[29] Hynes S. The Auden generation:literature and politics in England in the 1930s [M]. London:Bodley Head,1976

[30] Howe I. Orwell: history as nightmare [M]//Irving Howe. Orwell's Nineteen Eighty-Four: text, sources, criticism. Boston: Houghton Mifflin Harcourt, 1982: 185-201.

[31] Howe I. George Orwell:"as the bones know"{1968}[M]//Howe I, Howe N. A voice still heard: selected essays of Irving Howe. London: Yale University Press,2014.

[32] Ingle S. Orwell reconsidered[M]. London:Routledge,2019.

[33] Ingle S. The social and political thought of George Orwell:a reassessment[M]. London:Routledge,2006.

[34] Johnson L. The cultural critics:from Matthew Arnold to Raymond Williams[M]. London:Routledge & Kegan Paul,1979.

[35] Leavis Q D. Fiction and the reading public[M]. London:Chatto & Windus,1932.

[36] Lebedoff D. The same man:George Orwell and Eveyln Waugh in love and war [M]. New York:Random House,2008

[37] Levenson M. The fictional realist: novels of the 1930s [M]//Rodden J. The Cambridge companion to George Orwell. Cambridge: Cambridge University Press,2007.

[38] Ligda K S. Serious comedy:British modernist humor and political crisis[D]. Stanford:Stanford University,2012.

[39] Lodge D. Language of fiction:essays in criticism and verbal analysis of the English novel[M]. London:Routledge & Kegan Paul,1966.

[40] Lodge D. The art of fiction[M]. London:Penguin Group,1992.

[41] Lucas S. The betrayal of dissent: beyond Orwell, Hitchens and the new American century[M]. London: Pluto Press, 2004.

[42] Marks P. George Orwell the essayist: literature, politics and the periodical culture [M]. London: Continuum, 2012.

[43] Meyers J. George Orwell[M]. London: Routledge, 2002

[44] Meyers J. Orwell: wintry conscience of a generation[M]. New York: W. W. Norton & Company, 2000.

[45] Meyers J. Orwell: life and art[M]. Urbana: University of Illinois Press, 2010.

[46] Meyers V. George Orwell[M]. London: Macmillan Publishers Limited, 1991.

[47] Miller H. Tropic of cancer[M]. New York: Grove Press, 1961.

[48] Miller H. Walking up and down in China[G]//Gopnik A. Americans in Paris: a literary anthology. New York: Library of America, 2004.

[49] Miller S. Orwell once more[J]. Sewanee Review, 2004(4): 595-618.

[50] Mitchell E. Henry Miller: three decades of criticism[M]. New York: New York University Press, 1971.

[51] Newsinger J. Orwell's politics[M]. London: Palgrave Macmillan, 1999.

[52] Nadel I. George Orwell: a reassessment[M]. London: Palgrave Macmillan, 1988.

[53] Quinn E. Critical companion to George Orwell: a literary reference to his life and work[M]. New York: Facts on File, 2009.

[54] Rae P. Mr. Charrington's junk shop: T. S. Eliot and modernist poetics in nineteen eighty-four[J]. Twentieth Century Literature, 1997, 43(2): 196.

[55] Roberts J M. How are George Orwell's writings a precursor to studies of popular culture? [J]. Journal for Cultural Research, 2014, 18(3): 216-232.

[56] Rodden J. Every intellectual's big brother: George Orwell's literary siblings[M]. Austin: University of Texas Press, 2006.

[57] Rodden J. The politics of literary reputation: the making and claiming of "St. George" Orwell[M]. 2nd ed. Oxford: Oxford University Press, 1989.

[58] Rodden J. The Cambridge Companion to George Orwell [M]. Cambridge: Cambridge University Press, 2007.

[59] Rodden J. The intellectual as critic and conscience[J]. The Midwest Quarterly, 2014(1): 86-102.

[60] Ross M L. Orwell as literary critic: a reassessment[M]//Nadel I. George Orwell: a reassessment. London: Palgrave Macmillan, 1988.

[61] Rossi J. Two irascible Englishmen: Mr. Waugh and Mr. Orwell[J]. Modern Age, 2005(2): 148-152.

[62] Rushdie S. Imaginary homelands: essays and criticism, 1981—1991[M]. London: Granta Books, 1991.

[63] Said E W. Culture and imperialism[M]. New York: Vintage Books, 1994.

[64] Samuels S. English intellectuals and politics in the 1930s[M]//Rieff P. On intellectuals: theoretical studies, case studies. New York: Doubleday & Company, Inc, 1969.

[65] Saunders L. The unsung artistry of George Orwell: the novels from Burmese Days to Nineteen Eighty-Four[M]. London: Routledge, 2016.

[66] Shapiro K. In defense of innocence[M]. New York: Random House, 1960.

[67] Shelden M. Orwell: the authorized biography[M]. New York: Harper Collins, 1991.

[68] Sherry V. George Orwell and T. S. Eliot: the sense of the past[J]. College Literature, 1987(2): 85-100.

[69] Stevenson G. Blast and bless: radical aesthetics in the writings of Henry Miller and Ezra Pound[D]. London: Goldsmiths, University of London, 2015.

[70] Stewart A. George Orwell, doubleness, and the value of decency[M]. London: Routledge, 2003.

[71] Stritch T. Art and journalism[J]. Review of Politics, 1972(2): 240-242.

[72] Thompson, E. P. Outside the whale[M]//Out of Apathy. London: Stevens & Sons Ltd, 1960.

[73] Trilling L. George Orwell and the politics of truth[J]. Commentary, 1952, 13: 218-227.

[74] Wain, J. Essays in Literature and Ideas[M]. London: Macmillan, 1963.

[75] Wegner P E. Horizons of future worlds, borders of present states: utopian narratives, history, and the nation[D]. Durham: Duke University, 1993.

[76] Williams K. 'The unpaid agitator': Joyce's influence on George Orwell and James Agee[J]. James Joyce Quarterly, 1999(4): 729-763.

[77] Williams R. Orwell[M]. Glasgow:Collins Sons and Co. Ltd,1971.
[78] Woodcock G. The crystal spirit:a study of George Orwell[M]. 1st ed. Boston: Little,Brown and Company,1966.

附录

"悖论"的偏见
——也论雷蒙·威廉斯的奥威尔批评

内容提要：雷蒙·威廉斯的奥威尔批评从 20 世纪 50 年代开始跨越三十年，态度愈发严厉。威廉斯认为奥威尔及其作品是一系列"悖论"的集合——作家既要脱离社会但又受制于社会，既要向无产阶级靠拢却又无法与之建立真正的联系，这种不可调和的矛盾让他陷入绝望，而这一切与奥威尔的"统治阶级"身份密切相关。本文基于"威廉斯的奥威尔"展开批评，以奥威尔的生平细节与创作文本为依据，揭示威廉斯对奥威尔以"影响的焦虑"为主导的复杂情感，反驳威廉斯的奥威尔"悖论"，剖析威廉斯的阶级决定论视角所折射出的一系列偏见，以澄清对奥威尔其人其作的重大误解。

关键词：雷蒙·威廉斯；乔治·奥威尔；批评；悖论；偏见

Title: The Bias of "Paradoxes": A Study of Raymond Williams's Criticism on George Orwell

Abstract: Raymond Williams's criticism on Orwell lasted for 30 years and turned all the more hostile. According to Williams, Orwell and his works were a complex of "paradoxes": Orwell intended to be committed to the society but constantly felt alienated; he tried to build connection with proletarians but always failed to do so, and these paradoxes were fundamentally related to his "ruling-class" identity and ultimately threw him into despair. Based upon Orwell's life details and writings, this thesis attempts a critical analysis of "Williams's Orwell", revealing Williams's complex feelings dominated by "anxiety of influence", refuting all kinds of biases caused by Williams's class-determined perspective, and aiming for a clarification of the major misunderstandings of Orwell and his works.

Keywords: Raymond Williams; George Orwell; criticism; paradoxes; bias

奥威尔（George Orwell）的形象在 20 世纪 50 至 80 年代的西方知识界颇受争议，萨义德（Edward W. Said）、汤普森（E. P. Thompson）和威廉斯（Raymond Williams）等左翼知识分子都对奥威尔进行过不同程度的批判。在冷战结束后的新世纪，奥威尔"一代人的冷峻良心"形象深入人心，用奥威尔研究专家罗登（John Rodden）所引的评语来说："翻开这些争论就像走进了一座文化历史博物馆。汤普森可能视奥威尔为隐遁主义的辩护者，威廉斯可能紧抓奥威尔的中产阶级背景不放。但是除了一群教授外，还有人觉得那些过时的看法会对奥威尔造成什么影响吗？［……］关于奥威尔的论战已经结束。"（104）然而并非如此，至少在国内学术界，威廉斯的奥威尔批评还在持续产生影响：有的论者回顾了新左派对奥威尔批判的声音，有的则重申了威廉斯的奥威尔"悖论"[1]。鉴于此，笔者认为有必要重访"奥威尔文化博物馆"，在"威廉斯"橱窗前驻足细观。

一、代际影响的焦虑

从 20 世纪 50 年代中期开始，英国左翼知识分子对奥威尔的接受主要以威廉斯、霍加特（Richard Hoggart）和汤普森为代表，往往立场越激进，对奥威尔就越难认同。汤普森是这三人中最具政治意识的，对奥威尔也最为敌视。霍加特属于新左派的温和派，主要对文化批评感兴趣，对奥威尔在这一领域内的成就欣赏有加。处于二人中间的是威廉斯，他虽然也曾十分青睐奥威尔，却逐渐向反奥威尔的立场靠拢，并最终与汤普森一样，把奥威尔视为宿命论和失败主义的代表。

威廉斯对奥威尔的评价最早见于 1955 年他对布兰德（Laurence Brander）所著《乔治·奥威尔》（*George Orwell*）一书的书评，1958 年的《文化与社会》（*Culture and Society*）中《奥威尔》一章是对 1955 年书评的修改和补充。虽然时隔不远，但赞誉的口吻已有所淡化。对比二文的开头和结尾就会发现，"英雄"变成了"案例"，"勇敢、坦率、善良"的魅力几乎只剩下了"坦率"，"我们应该永远记住"的榜样被困在了"悖论"中（"George" 44，52；Culture 303，314）。不过，二者总基调是一致的。20 世纪 50 年代的威廉斯既对冷战政治感兴趣，又对奥威尔开创的文化研究颇为欣赏。在钦佩奥威尔的魅力和坚守左翼原则的矛盾中，他试图寻找一条中间路线。在 1958 年批评的最后一段中，威廉斯仍称奥威尔为"一个勇敢、慷慨、真诚的好人"，并以奥威尔所处的特殊时代背景作为同情理解的出发点："他的作品总的来说是一个悖论，这一悖论不能仅从个人的角度来理解，而是要考虑整体社会状况的压力。"（Culture 313）在这基本表达正面态度的话语中，"悖论"一词占据中心地位；该章的结语给人一种吞吞吐吐、欲说还休的感觉，似乎预示着更为明确和大胆的批判的到来。十几年后，"悖论"果然成为其专著《奥威尔》（*Orwell*）的关键词。威廉斯对奥威尔小说中个体与整体的矛盾进行了深入剖析，认为奥威尔虽然对本阶级怀有刻骨的憎恨，向左派靠拢，努力走社会主义路线，却无法与工人阶级建立真正的联系，最终以《动物庄园》（*Animal Farm*）和《一九八四》（*Nineteen Eighty-Four*）表达了幻灭情绪。不过在终章部分，威廉斯缓和了批判的口吻，承认奥威尔反帝立场的坚决和和对斯大林主义判断的正确，赞扬了其对平民文化的深刻体察，并认为"英国新左派的特质显然受了奥威尔的直接影响"（85）。但这未改变其否定的基调，《奥威尔》的结语是一种暗示——奥威尔也许是一个杰出的榜样，但我们应该做的是把他忘记。就这样，威廉斯切断了与 1955 年应该被"永远记住"的"英雄"奥威尔之间的联系。在 1979 年的《政治与文学：〈新左翼评论〉访谈录》（*Politics and Letters: Interview with New Left Review*）中，威廉斯不仅收回了 1971 年对奥威尔的网开一面之处，而且对其进行了批斗式分析，把"前社会主义者"奥威尔"一贯的正派和诚实的印象"视为"一种虚构"；曾经"带着质疑的尊重"变成了公开的拒绝，奥威尔对他来说已是"不堪卒读"（419-422）。在 1984 年《奥威尔》的再版序言中，威廉斯延续了对奥威尔的批判。

对威廉斯最猛烈的回击来自希钦斯（Christopher Hitchens）。他在《奥威尔的胜利》（*Orwell's Victory*）之《奥威尔与左派》（*Orwell and the Left*）一章中讨论了汤普森和威廉斯等人的奥威尔批评，认为这些批评意味着"奥威尔的名字在某些方面一被提及就会自动引爆的憎恨、歪曲和混淆"（154）。希钦斯的首要抨击对象就是"公然蔑视奥威尔，千方百计地误解和歪曲他"的威廉斯，并讥讽威廉斯"偷偷摸摸、胆小怯懦"（51）。希钦斯的反击常常辛辣有力，但是意识形态色彩过浓，而且身为公共知识分子的他对奥威尔怀有强烈的代入感，难免陷入睚眦必报的偏激。相较之下，罗登的分析则颇为理性，他从各个方面剖析了威廉斯对奥威尔态度变化的原因，包括威廉斯三十年中政治观点的演变、从冷战到越战的时代背景、新与旧的代际矛盾以及威廉斯领袖身份的反噬等，并用"影响的焦虑"精辟地概括了威廉斯对奥威尔的复杂情感（Politics 188-200）。

威廉斯 1979 年访谈中的一句话后来常被引用："在 50 年代的英国，在你所走的每一条道路上，奥威尔的身影似乎都在等待着。如果你试图开展一种新的大众文化分析，前方有奥威尔；如果你想报道工作或日常生活，前方有奥威尔；如果你要参与任何一种有关社会主义的争论，前方就有一座奥威尔的巨型充气塑像，警告你退回去。"（Politics 414）这就是他的心声——对20世纪50年代以威廉斯为代表的年轻一代来说，奥威尔与其说是前辈和导师，毋宁说是一只拦路虎，把守在他们的每条必经之路上。威廉斯奋斗了三十年，终于成为奥威尔的继承者，却早已不像年轻时那样渴望这个身份——此时的他年逾五旬、德高望重，也有了属于自己的崇拜者。希钦斯认为威廉斯对奥威尔心存妒忌，罗登则这样描述奥威尔作为替罪羊的尴尬："奥威尔是50年代年轻的威廉斯和左派所需要的老一辈白璧无瑕的模范社会主义者，多年后，他却变成了一位备受责难的长者，走向激进的威廉斯和新左派把几代人破灭的梦想怪在他的头上。"（Politics 199）笔者认为，也许奥威尔曾经打在老左派身上的鞭印始终没有褪去，为了为新左派张目，为了弃绝奥威尔思想中的保守成分，为了推翻奥威尔在战后英国知识界的"统治"，威廉斯高举起反叛的大旗。然而他并未得偿所愿，奥威尔注定构成一种"影响的焦虑"，盘旋在20世纪下半叶英国知识分子的头顶。

二、基于"悖论"的批判

在《文化与社会》中，威廉斯认为奥威尔其人其作都是由一系列"悖论"构成的，而所有的悖论都可以归结为个体与整体之间的终极"悖论"：

> ［……］这就是自我放逐的心理状态。因此，在攻击对自由的剥夺时，他是底气十足的；他坚决拒绝社会让他参与其中的企图［……］"极权主义"描述的是一种压迫性的社会控制，但同时，任何真正的社会、任何像样的共同体，都必然是一个整体。属于一个共同体就是成为整体［totality］的一部分［……］然而，对于流放者来说，这样的社会是极权主义的［totalitarian］；他不能参与其中，他只能流放在外［……］在《作家与利维坦》中［……］奥威尔发现了这种僵局，他的解决方式就是作家必须分裂，一部分独立，另一部分参与。这是自我流放的破产，却不可避免。（310 - 11）

值得怀疑的是，"任何像样的共同体"确实是个"整体"，却并不必然是"极权主义的"，更并非奥威尔所"不能参与其中"的社会。奥威尔拒绝的不是一般意义上的"共同体"，而是极权社会，威廉斯却将二者等同起来。基于这个错误的前提，威廉斯得出奥威尔是悲观宿命论者的结论，理由是这个过程（既参与又独立）是不可能的，紧张感得不到释放，只能走向绝望。奥威尔是否陷入绝望容后再议。但是，当奥威尔亲近"共同体"，把英格兰比作一个大家庭时，威廉斯嘲笑他太过感情用事；对于奥威尔参加伦敦战时国民自卫队保卫"共同体"的事实，威廉斯也只是一笔带过。笔者认为，在奥威尔（而非他的主人公）身上，并不存在个人与整体或既要脱离社会又受制于社会的矛盾。相反，正是出于高度的"共同体"责任意识和参与意识，奥威尔才把社会批判视为毕生的事业，致力于用"窗玻璃式"的英文在读者与作者、人与人之间建立联系。事实上，他常常颂扬"四海之内皆兄弟"的理想："社会主义的真正目标不是幸福；幸福只是一种副产品［……］社会主义的真正目标是人类的兄弟情谊。"（16：42）[2] 在西班牙抗击法西斯、拯救共和国的几个月是奥威尔一生中至关重要的经历，高涨的革命热情、随处可见的锤子和镰刀标志、普遍的公有化（6：2－3）等等，让他获得了一次短暂而纯粹的社会主义体验，也让他真正皈依社会主义理想。在《向加泰罗尼亚致敬》（*Homage to Catalonia*）所描述的西班牙民兵组织中，人与人之间跨越了语言、文化、身份和阶级的障碍，处处洋溢着浓厚的平等主义氛围，就连威廉斯自己也承认该作是奥威尔史无前例的有关努力成为一个虔诚团体成员的记录（Culture 309）。

《作家与利维坦》（*Writers and Leviathan*）一文 1948 年发表在青年威廉斯创办的剑桥大学杂志《政治与文学》（*Politics and Letters*）上。奥威尔在文中的确对作家提出了"分裂自我"的要求，也就是说，要把"政治忠诚"（日常意义上的政治参与）和"文学忠诚"（反映精神活动的写作）区分开来，在从事"肮脏工作"的同时保持精神的一尘不染（Culture 292）。把作家分为政治的人和文学的人，这也许是奥威尔无奈的妥协，他自己也承认这是一种"痛苦的窘境"，一种尴尬的随势而动；但这种分裂是必要的，因为"把自己关在象牙塔里是不可能的，也是不可取的"（292）。在艺术与现实、文学与政治的矛盾尤为尖锐的20世纪三四十年代，政治对文学的侵入不可避免，"分裂自我"是不愿为意识形态宣传所裹挟的作家与现实保持联系的唯一选择。既然奥威尔从未"自我流放"过，又何来"破产"呢？毋宁说，奥威尔主张的是一种文学与政治、个体与整体之间的辩证的平衡。

不过，就作品人物描写上的"悖论"而言，威廉斯的评价是中肯的。他认为主人公与周围环境的矛盾是奥威尔早期小说的重大艺术瑕疵，因为他既想进入人物内心，又想对人物保留观察的视角，就像乔伊斯处理布卢姆那样，但是未能成功。在威廉斯看来，《上来透口气》(*Coming up for Air*，1939) 作为奥威尔 20 世纪 30 年代最好的小说也是缺乏文学想象力的，因为他把自己放在抽象代言人的位置。幸而在其纪实作品中并不存在这种矛盾。在早年的经典纪实短篇《射象》(*Shooting An Elephant*) 中，奥威尔并未"在吃力扮演和冷静观察之间来回切换"，而是比传统的想象性文学"拥有了更多的文学创造力"(Orwell 50)。因此，奥威尔 20 世纪 30 年代的小说和纪实作品"共同创造了'奥威尔'这个最成功的人物"(52)。在 1979 年访谈中，威廉斯依然对这个评价念念不忘，并强调"奥威尔"这个人物与作家奥威尔非常不同。不论是如威廉斯般刻意把"奥威尔"和作家本人分开，还是像特里林 (Lionel Trilling) 那样出于仰慕在二者间画上等号[3]，都确凿地表明，"奥威尔"作为一个标志性形象，是创作的胜利。同时，威廉斯又指出，与这一成功的"奥威尔"形象形成反差的是《一九八四》中的人物，他们和早期小说中的人物一样都是"单向度和固定的"(81)，可谓一语中的。不过，洞见很快变成了苛责。威廉斯将奥威尔的英格兰北部考察日记和其《威根苦旅》(*The Road to Wigan Pier*) 相对照，证实奥威尔对事实进行过筛选，是一种刻意的经营。在 1979 年访谈中，威廉斯批评奥威尔描写工人阶级时忽略经济条件较好的家庭，着重凸显肮脏的形象，例如用棍子戳下水道的人 (413)。威廉斯的异议看似合理——奥威尔既然以真诚坦率的形象示人，就该展示事实的原貌。然而，如果被没收了材料处理权，如果作家奥威尔原封不动地记录事实，就不会出现那个为威廉斯所津津乐道的"奥威尔"形象了。在法语版《巴黎伦敦落魄记》(*La Vache enragée*) 导言中，奥威尔声明自己"像所有作家一样对素材进行了筛选"(10：353)。他承认作家"可能会对现实进行扭曲和夸张从而更好地表达观点"，但"绝不能违背自己的本心"(17：375)。20 世纪 30 年代尚名不见经传的奥威尔身处报刊文化的喧嚣氛围中，为了争取读者而有所夸张，恐怕也在所难免。

个体与整体"悖论"的另一重要内容就是奥威尔与描述对象——工人阶级的关系。威廉斯早期曾斥责某些马克思主义评论家用阶级原罪的浅见来解读奥威尔 (Culture 311)，自己却也陷入这种教条中。威廉斯认为"英格兰是以奥威尔为代表的少数人，即统治阶级，笔下的英格兰"，奥威尔与穷人为伍的动机主要是为了写作，"与下层民众不是自然的亲近，而是有意识的靠拢"(Orwell 16 - 17)。对于奥威尔深入贫苦阶层的做法，威廉斯认为那只是一种外在的观察，无法触及非外在的固有的情感层面，并讥讽道："我不知道原始部落的某个成员对人类学家关于他生活方式的报告会有什么看法。"（Boys' Weeklies 48）可是，奥威尔的"报告"和人类学家的研究一样，不以研究对象为目标读者，毕竟，不论是贫苦矿工、流浪汉还是原始人，都无法开展自我研究。更何况，观察者记录的总是个人的思想与体验，主观层面的信息加工与过滤无法避免，从这个意义上来说，每一个观察者都是局外人。海恩斯（Samuel Hynes）的看法或许更为客观："《威根苦旅》表面上是关于贫穷的书，但更准确地说是一本关于阶级的书。奥威尔写得最出色最生动的是那些描写他自己的偏见并生动展示这些偏见的段落。"（272-78）正是这些"偏见"构筑了稳固的"奥威尔"形象，并为现实中的作家奥威尔赢得了大批工人阶级支持者。在陈述《论坛报》（*Tribune*）的巴黎声望时，奥威尔描述了法国工人读者对自己的热情（19：35-38），这种良性的互动是对奥威尔与其描写对象之间"悖论"的有力驳斥。不仅如此，奥威尔以《男生周报》（*Boys' Weeklies*）和《唐纳德·麦克吉尔的艺术》（*The Art of Donald McGill*）等文首开英国流行文化研究的先河，威廉斯也对之十分欣赏——其他批评家不屑一顾的民间读物成为奥威尔和以工人阶级为代表的普通人[4]相联结的纽带。

三、阶级决定论的偏见

在《文化与社会》中，威廉斯尚试图理解奥威尔的历史"处境"，而《奥威尔》一书却将阶级身份视为作品的决定因素。在该作第二节中，威廉斯认为奥威尔属于"处于社会中上层边缘并害怕掉出这一阶层"的人群，与处在"这一阶层舒适中心的人"不同，"既是统治者又是被统治对象"（19）。似乎倘若奥威尔家境富裕，处于社会的"舒适中心"，他就不会走上后来的文学道路。在该书的结尾，威廉斯又一次强调了奥威尔的"身份问题"——他是"殖民地警察［……］转向下层的知识分子和中产阶级作家"，并认为奥威尔与奥登（W. H. Auden）具有共同的"阶级心理"和"典型的冷漠"（88-89）。正因为威廉斯把阶级背景视为决定因素，才会把奥威尔与奥登归为同类，然而实际上奥威尔与以奥登为代表的左翼文化圈道不相谋。尽管奥威尔无法独立于阶级这一重要社会属性之外，但是他确实为实现阶级平等的理想不断地进行构想、论证与实践，可"阶级原罪"在很大程度上决定了威廉斯的臧否。

首先，奥威尔悖逆自己的教养和成长环境行事的举动大都被抹上了功利色彩。威廉斯认为，奥威尔之所以接近穷人是为了丰富写作内容，选择去巴黎流浪是因为那是当时的潮流，去西班牙战场的首要动机是收集写作素材（Orwell 9，12）。笔者认为，不论是在巴黎的肮脏厨房打工（奥威尔并未卷入流浪艺术家的潮流），还是在北部矿区考察，又或是与流浪汉共宿班房，写作当然是重要目的，但这些举动同时也是奥威尔为了摆脱"内疚感"[5]而向底层突围的重要尝试。收集素材、抗击法西斯和弥补错过前次大战的遗憾则共同促成了西班牙之行。如果奥威尔只想收集素材，那么从前线退回巴塞罗那养伤之前的三个半月早已足够（海明威和奥登们在西班牙逗留的时间就很短），他完全不必重返战场。奥威尔在《我为什么写作》（*Why I Write*）中描述写作的四大动机时，光明正大地把"纯粹的利己主义"（18：318）放在第一位，反倒证实了他的坦然。

同样被抹上功利色彩的还有奥威尔的文学主张。在《我为什么写作》中，奥威尔曾如此剖析自己的文学本性："在和平年代里，我可能会写出华丽的或者只是描述性的书，也可能不太会意识到自己的政治态度。可现在我却不得不成了宣传册作家。"（18：319）威廉斯以此认为，奥威尔的宣传性写作成了"对他的本性和他自然写作方式的入侵"，政治的压力"困扰和削弱了他的创造力"，因而其小说的主人公总是"想逃却逃不了的人"（Orwell 30）。同时，对于《作家与利维坦》中所说的"政治对文学的侵入不可避免［……］现在已经没有人能够像乔伊斯和福斯特那样一心专注文学了"，威廉斯不以为然地揶揄道："'侵入'是（奥威尔）积极寻求的，是他自己招来的［……］奥威尔举的乔伊斯的例子不能作数。［……］《芬尼根守灵夜》完成于1939年。"（34）也就是说，奥威尔原本意在成为一名"纯"艺术家，却最终沦为政治作家；20世纪30年代坚持纯文学创作原本可行，但奥威尔却为了个人利益选择了迎向政治。威廉斯并不掩饰对纯艺术之褒和对政治写作之贬，文学和政治被置于互相拒斥的两端，但奥威尔致力将二者调和，将"审美热情"和"政治目的"视为两大写作动机，努力"把政治写作变成艺术"（18：319）。一方面，政治信息存在于一切作品中；另一方面，只有兼顾审美标准的才是艺术品，毕竟"审美和道德考量在任何情况下都是不可分割的"（12：129）。"把政治写作变成艺术"就是"既政治性地行事，又不牺牲在审美和思想上的诚实"（18：319）。政治是内容，艺术是形式，奥威尔不断在审美情感和政治目的、个人空间与公共精神之间谋求平衡。

其次，威廉斯认为奥威尔缺乏革命决心，政治上摇摆不定。在威廉斯看来，奥威尔在《狮子与独角兽》（*The Lion and the Unicorn*）中对英格兰的描述虽然形象贴切，却具有麻痹作用，太轻松温和；后来又重申了对奥威尔将英国比作

"由不称职的家长领导的大家庭"的"社会爱国主义"的批评（Politics 422）[6]。《狮子与独角兽》是奥威尔少有的政论作品，局限性明显，他自己在遗嘱中也禁止将其再版（20：226）。不过"大家庭"这个比方并无不妥。在奥威尔写下此文的 1940 年 11 月，法西斯对伦敦的轰炸已经持续了两个月，奥威尔把战争视为社会主义革命的契机，强调爱国与革命的统一，在批判资本主义和帝国主义"丑事"的同时突出国家的"家"之维度，都与时代背景相契合。他"终究是个爱国者"（12：152），在关键时刻把国家利益看得高于一切，更痛恨在此时瓦解民心的某些极端左翼分子，并因此树敌不少。欧文·豪（Irving Howe）评价奥威尔"在战争爆发之前支持通过在英格兰进行社会主义革命消灭法西斯主义，战后支持战争保卫英格兰，但仍然是一个激进主义者，不断批评社会特权和势利主义"（272）。不可否认，奥威尔的社会批判始终包含对工具理性和进步主义的否定，他的爱国主义中亦夹杂着对维多利亚时代宁静生活的深情眷恋。他既渴望社会革命，又重视传统文化的延续性；他在政治上是激进的，在感情上是保守的。《狮子与独角兽》虽然呼吁建立新的社会主义秩序，并提出了一系列改革措施，然而它也是对根深蒂固的英国性的歌颂，在精神上是怀旧的。或者说，奥威尔既谴责保守主义，又承认保守主义的魅力。即使谴责也是温和的，因为他并不憎恶保守主义，只是认为它不合时宜。用其传记作者克里克（Bernard Crick）的话说，奥威尔是"一个热爱往昔的革命者"（408）。奥威尔作为社会主义革命的倡导者，却充当了时代后卫的角色，这场后卫行动注定以失败告终，但整个过程令人肃然起敬。

威廉斯认为，奥威尔虽然认识并强调了社会结构的复杂，但是没有形成任何思想来支撑和扩展对社会结构的批判性分析，对阶级差别的理解浮于表面，虽痛恨资本主义，却未能把它看成一个经济和政治体系。《狮子与独角兽》的确被不少人视为太过理想化，经不起推敲。应该说，该作对政治议题的论述是综合式的，而非分析式的，虽然没有对细节问题予以理论上的挖掘和阐发，但是内容丰富，视角广阔，成功地以鲜明的文学色彩将现实议题纳入公众的日常意识中去。如《党派评论》（*Partisan Review*）主编麦克唐纳（Dwight MacDonald）所言，文中包含了大多数理论家所缺少的文化分析和"人文气质［……］让人觉得道德和文化在他身上得到了统一"（转引自 Meyers 191）。奥威尔只是时刻与自己争论且不断调整看法，并无意构建自己的政治理论体系，他作为社会分析家的缺陷显而易见，但是作为作家的优越性与感染力却独树一帜。虽然没有提出系统的理论，但是奥威尔1944年就预见了阶级关系发展的方向，所得"工人阶级和中产阶级正合二为一，奔向更大的平等"（16：217）在战后成了现实，而"一旦文明达到了相当高的技术水平，阶级差别就是一个明显的恶"（16：224）则是他对共产主义理想的一种朴素表达。同样，《一九八四》虽然没有从理论上剖析极权主义，却为普罗大众筑起了一道自由的屏障。然而，威廉斯却得出了截然相反的结论。

四、作品立场的误读

燕卜荪（William Empson）在1945年给奥威尔的信中针对《动物农场》预言道："你一定会在很大程度上被'误读'。"（转引自Crick 491）事实证明，《一九八四》亦遭遇多种解读。威廉斯把小说描述的黑暗景象与奥威尔对未来的预期相等同，将之视为政治幻灭、革命和社会主义必然失败的声音。他对《一九八四》中的"关系"耿耿于怀："奥威尔认为人们终究会互相背叛，这种概括是非常过分的。如果人类本性如此，那么民主社会主义又有什么意义？"（Politics 413）然而，只有在小说的特定叙事语境中，人们才会被诱惑或被迫背叛彼此。《一九八四》诠释的不是自由社会的常态，而是一种极端化的非常态，不是对社会主义的背叛，而是对背叛本身的叙写，是以严正警告为内核的恐怖寓言；其在读者脑中唤起的精神与情感体验越骇人、越绝望，对幻想的摧毁力就越强大，毕竟，对苏联的幻想在1949年的英国知识分子中十分普遍。这一年，奥威尔对《一九八四》的创作目的做出了严正声明：

> 我最近的小说《一九八四》不是为了攻击社会主义和英国工党［……］我所描述的那种社会不一定会到来，但类似的情形并非没有可能。我相信极权主义思想已经在全世界知识分子的头脑中扎根，并试图把这些思想的逻辑后果展示出来。故事的背景地之所以设为英国就是为了强调，说英语的种族并非天生就更明智，而极权主义，如果不与之抗争，在任何地方都可能获得胜利。（20：136）

威廉斯也引用了此篇声明，但是略去了省略号后面的部分——威廉斯为了突出奥威尔的反社会主义态度，淡化了他的反极权主义立场。苏联作家西梅卡（Milan Simecka）和米洛斯（Czeslav Milos）后来惊叹奥威尔"从来没有在俄国生活过，对俄国人的生活竟如此了如指掌"（转引自Gottlieb 196），奥威尔也因此被很多人奉为先知。但威廉斯却将奥威尔对斯大林主义的准确判断解读为反社会主义和反共产主义，为新左派的敌意定下了基调。他认为奥威尔对资本主义秩序和正统的马克思主义都怀有深刻的敌意，并称奥威尔为"前社会主义者"（Politics 412）。然而事实是，奥威尔从未背叛过社会主义立场。在去西班牙之前，"社会主义"对于他只是一个空泛的词语，西班牙经历之后他成了一个坚定的社会主义者，至死未渝，因为"我在那里看到了很多美好的事情，最后我真的相信社会主义，这是我以前从未相信过的"（11：28）。奥威尔一直忠于民主社会主义，将之视为资本主义和斯大林主义之外的另一条道路，但人们常常把他的反斯大林主义与反共产主义混为一谈。奥威尔在《马克思与俄国》（*Marx and Russia*）中清楚地阐明了二者的区别（19：268-69），即他一再提及并抨击的"共产主义"是苏联模式，而不是马克思主义本身，他对后者充其量只是兴趣不大，并无反对之意。对奥威尔立场的辨识不清导致了一种尴尬局面。一方面，许多共产主义支持者将他视为右派和反社会主义者；另一方面，一些反共的保守派成员又将他视为盟友。奥威尔在有生之年曾对此做出过澄清。他在1945年写给友人的信中说："我不可能和一个从根本上属于保守派的团体站在一起［……］我属于左派，必须在左派内部开展工作。"（17：385）《奥威尔全集》第17卷以"我属于左派"命名，足以证明这个表达立场的声明不容忽视。

然而，对于自己毕生追求与信仰的"民主社会主义"，奥威尔的理解看起来又颇为含糊："也许社会主义的目的不是要使世界变得完美，而是要使世界变得更好。"（16：400）这种不够确切的表述也是他备受争议的重要原因之一；离世后，奥威尔更是遭到了各种曲解和拉拢，成了和狄更斯一样"最值得偷窃的作家"（12：20）。实际上，奥威尔对"政治"一词内涵的理解是其社会主义理想的一个绝佳注脚。在《我为什么写作》中，奥威尔如此界定写作的"政治"动机："取'政治'最广义上的含义，就是将世界向某一方向推动、改变人们理想社会观念的渴望。"（18：318）显然，政治写作的动机充满了浓厚的道德理想主义色彩，与"社会主义的目的"同向而行。与其说奥威尔关注社会主义的现实运作方式，不如说他关注社会主义的理想运作效果，他重视的不是具象的政治信条和严密的政治推导，而是如何创造一种善占更大优势的社会，如何"使世界变得更好"。如另一位威廉斯（Ian Williams）所言，奥威尔对政治教条、理论、术语和框架的回避导致了一种"模糊逻辑"，他不一定根据善与恶、进步与反动的绝对二元对立来评估形势和立场，而是以"更好"或者"更糟"为变量（81）。奥威尔不是意识形态论者，而是经验论者，他需要在实际的论争和对话中借助某些术语来表达让世界变得更好的道德理想。进一步说，奥威尔不是政治家，他是作家，是社会主义者，但首先是人道主义者。

在危机四伏、思潮涌动的20世纪三四十年代，奥威尔在大雾弥漫的左翼道路上踽踽独行、艰难探索。然而，时间的距离越远，历史的迷雾看起来就越淡，后人就越容易忘记在这迷雾中辨明方向委实不易。威廉斯的奥威尔批评围绕着"悖论"展开：奥威尔既要脱离社会又受制于社会，既要向无产阶级靠拢却又无法与之建立真正的联系，种种不可调和的矛盾让他陷入《一九八四》式绝望，而这一切都与奥威尔"统治阶级"的身份密切相关。威廉斯之见代表了英国战后新左派的主要立场，曾经的英雄偶像奥威尔终究沦为其眼中悲观保守的"前社会主义者"。但是，奥威尔既未被这种"悖论"困扰，也非狭隘功利的革命投机者，更非走向绝望的反社会主义者，可以说，阶级决定论导致的偏见是威廉斯式奥威尔批评的一个盲点。本文以奥威尔为研究对象，梳理并分析了威廉斯评论的主要内容，但是后者产生、发展和变化的动因及其给思想史语境带来的影响却又是以威廉斯们为研究对象的全新话题。

注释 [Notes]

[1] 二文分别是高杨的《一个马克思主义文论家的立场：以雷蒙·威廉斯对奥威尔的研究为例》和赵柔柔的《流放者的悖论——20世纪50—70年代英国左翼的奥威尔批评》。高杨主要转述了威廉斯批评的大致内容，并对威廉斯之见进行了解读和分析，总体上是以威廉斯为依据展开的奥威尔批评。赵柔柔将奥威尔视为一种文化现象，梳理了威廉斯及其弟子伊格尔顿20世纪70年代以文化研究为视角的奥威尔批评，其着眼点不在奥威尔本身，而在于威廉斯对奥威尔作为充满"悖论"的"流放者"的界定和概括。总体来说，二文对威廉斯的奥威尔批评并无异议。

[2] 文中来自《奥威尔全集》(*The Complete Works of George Orwell*)的引文，均以卷号加页码的形式标注。

[3] 在1952年美国版《向加泰罗尼亚致敬》的前言"乔治·奥威尔与真相的政治"(George Orwell and the Politics of Truth)一文中，特里林评价奥威尔"是一个贤德（virtuous）之人"（220）。

[4] 奥威尔并未对"无产阶级""工人阶级"等术语进行界定，其行文中提及最多的

是"普通人"（men in the streets），用来指处于社会下层的被压迫人群。有论者指出，奥威尔将以流浪汉为代表的流氓无产阶级与有组织的产业工人视为同类，参见孙怡冰《乌托邦建构的悖论：从〈上来透口气〉看乔治·奥威尔的文化保守主义倾向》第19页。

[5] 在《威根苦旅》中，奥威尔回顾了自己1927年辞去殖民地工作的原因："过去五年里，我是专制体制的爪牙，我问心有愧［……］我心中充满了深深的内疚感，我必须为自己赎罪。"（5：149）

[6] 威廉斯所指的这段话出自《狮子与独角兽》的《英格兰，你的英格兰》(England, Your England) 部分，原文如下："它［英格兰］就好比一户人家，维多利亚时代的大户人家。没有多少害群之马，却多的是见不得人的丑事。对有钱的亲戚点头哈腰，对穷亲戚欺侮压榨。关于这一家子的收入来源问题，大家都心照不宣地保持了沉默。在这个家里，年轻人受到打压，权力大都掌握在不负责任的叔叔和卧床不起的姊姊手里。不过，他们还是一家人，有着彼此才懂的语言和共同的记忆，敌人来犯时，大家都团结一致。由错误的家长掌控的大家庭——这可能就是对英格兰最贴切的概括。"实际上，威廉斯漏掉了奥威尔原话的一个要点，即"对于这一家子的收入来源问题，大家都心照不宣地保持了沉默"一句。威廉斯对这句话的忽略未必故意，即使故意，也未必出于异见。不过，威廉斯对大英帝国的话题至少是不敏感的。萨义德在《文化与帝国主义》(Culture and Imperialism) 中这样评价威廉斯："他的《文化与社会》对帝国主义只字未提［……］《乡村与城市》中的短短几页论述虽然涉及了文化与帝国主义，但对于全书的中心思想而言是无关紧要的。"（65）在1979年访谈中被问及《文化与社会》为何没有正面讨论大英帝国的问题时，威廉斯的回答有些闪烁其词："我认为其中一个原因是，当时本该使我能够更仔细、更批判性地思考这一问题的经历，即我作为威尔士人的经历，由于种种原因被搁置了"（118），而后便转而开始讨论"共同体"问题。

引用文献 [Works Cited]

Crick, Bernard. *George Orwell: A Life*. Revised ed. Secker and Warburg, 1981.
Hitchens, Christopher. *Orwell's Victory*. Penguin, 2002.
Howe, Irving. "George Orwell: 'As the Bones Know.'" *Decline of the New*, by Howe, Harcourt, Brace and World, 1970, pp. 269-79.
Hynes, Samuel. *The Auden Generation: Literature and Politics in England in the*

1930s. Farber and Farber, 1976.

Gottlieb, Erika. "Orwell: A Bibliographic Essay." *The Cambridge Companion to George Orwell*, edited by John Rodden, Cambridge UP, 2007, pp. 190-200.

Meyers, Jeffrey, editor. *George Orwell: Critical Heritage*. Routledge, 1975.

Orwell, George. *The Road to Wigan Pier. The Complete Works of George Orwell*. Vol. V. Edited by Peter Davidson, Secker and Warburg, 1986.

———. *Homage to Catalonia. The Complete Works of George Orwell*, Vol. VI. Edited by Peter Davidson, Secker and Warburg, 1986.

———. *The Complete Works of George Orwell*, Vol. XI: *Facing Unpleasant Facts* (1937-39). Edited by Peter Davidson, Secker and Warburg, 1998.

———. *The Complete Works of George Orwell*, Vol. XII: *A Patriot After All* (1940-41). Edited by Peter Davidson, Secker and Warburg, 1998.

———. *The Complete Works of George Orwell*, Vol. XVI: *I Have Tried to Tell the Truth* (1943-44). Edited by Peter Davidson, Secker and Warburg, 1998.

———. *The Complete Works of George Orwell*, Vol. XVII: *I Belong to the Left* (1945). Edited by Peter Davidson, Secker and Warburg, 1998.

———. *The Complete Works of George Orwell*, Vol. XVIII: *Smothered Under Journalism* (1946). Edited by Peter Davidson, Secker and Warburg, 1998.

———. *The Complete Works of George Orwell*, Vol. XIX: *It is What I Think* (1947-48). Edited by Peter Davidson, Secker and Warburg, 1998.

———. *The Complete Works of George Orwell*, Vol. XX: *Our Job is to Make Life Worth Living* (1949-50). Edited by Peter Davidson, Secker and Warburg, 1998.

Rodden, John. *Every Intellectual's Big Brother*. U of Texas P, 2006.

———. *Politics of Literary Reputation*. Routledge, 2017.

Said, Edward W. *Culture and Imperialism*. Vintage Books, 1994.

Trilling, Lionel. "George Orwell and the Politics of Truth." *Commentary*, vol. 13, 1952. pp. 218-27.

Williams, Ian. *Political and Cultural Perceptions of George Orwell: British and American Views*. Palgrave Macmillan, 2017.

Williams, Raymond. "George Orwell." *Essays in Criticism*, vol. 5, no. 1, 1955, pp. 44-52.

———. *Culture and Society* 1780—1950. Anchor Books, 1960.

——. *Orwell*. Collins Sons, 1971.

——. *Politics and Letters*: *Interview with* New Left Review. Verso, 2015.

高杨：一个马克思主义文论家的立场：以雷蒙·威廉斯对奥威尔的研究为例[J]. 外国文学动态研究，2018(03)：5-12. [Gao, Yang. "The Standing of a Marxist Literary Critic: Taking Raymond Williams' Study of Orwell as an Example." *New Perspectives on World Literature*, 2018(03), pp. 5-12.]

孙怡冰：乌托邦建构的悖论：从《上来透口气》看乔治·奥威尔的文化保守主义倾向[J]. 外国语言与文化，2023(03)：12-24. [Sun, Yibing. "The Paradox of Utopia: The Cultural Conservatism in George Orwell's Coming Up for Air." *Foreign Languages and Cultures*, 2023(03), pp. 12-24.]

赵柔柔：流放者的悖论——20世纪50—70年代英国左翼的奥威尔批评[J]. 文艺理论与批评，2023(02)：36-46. [Zhao, Rourou. "The Paradox of the Exile: The British Left's Criticism on Orwell from the 1950s to 1970s." *Theory and Criticism of Literature and Art*, 2023(02), pp. 36-46.]

（本文发表于《外国语言与文化》2024年第1期，收录时略有改动）